여름

김유진은 1981년 서울에서 태어나 명지대학교 문예창작학과를 졸업했다. 2004년 문학동네 신인상을 수상하며 등단했고, 소설집 『늑대의 문장』과 장편소설 『숨은 밤』을 펴냈다.

김유진 소설집
여름

제1판 제1쇄 2012년 3월 23일
제1판 제2쇄 2015년 9월 3일

지은이 김유진
펴낸이 주일우
펴낸곳 ㈜문학과지성사
등록번호 제1993-000098호
주소 121-894 서울 마포구 잔다리로7길 18(서교동 377-20)
전화 02) 338-7224
팩스 02) 323-4180(편집), 02) 338-7221(영업)
전자우편 moonji@moonji.com
홈페이지 www.moonji.com

ⓒ 김유진, 2012. Printed in Seoul, Korea
ISBN 978-89-320-2292-5

* 이 책의 판권은 지은이와 ㈜문학과지성사에 있습니다.
양측의 서면 동의 없는 무단 전재 및 복제를 금합니다.

김 유 진 **여름** 소 설 집

문학과지성사
2012

차례

바다 아래서, Tenuto 7
희미한 빛 35
여름 63
우기 91
눈은 춤춘다 119
A 149
물보라 177
나뭇잎 아래, 물고기의 뼈 201

해설 마음의 풍경, 풍경의 마음_조연정 222
작가의 말 255

바다 아래서, Tenuto

후박나무는 그 잎이 꽃의 모양새와 닮았다. 한데 뭉쳐 겹겹이 잎을 틔운다. 멀리서 보면 나무는, 거대한 표고버섯 같다. 바람이 불면 결에 따라 일렁인다. 나무줄기는 잎들을 한껏 받쳐주며 공중으로 올려 보낸다. 그 빽빽한 잎을 통과하기 위해, 빛은 더욱 잘게 쪼개어져야 한다. 나무는 그 빛과 따뜻한 바닷바람을 양분 삼아 자라난다. 나무줄기는 수만 개에 달하는 균일한 크기의 비늘을 갖고 있다. 늙은 비늘은 시간이 지나면 새로 자라나는 것들에 밀려 저절로 떨어지지만, 사람들은 그때를 기다리지 않는다. 수피가 약재로 쓰이는데 위장병에 특효이기 때문이다. 나무 기둥은 땡볕에 그을려 살갗이 벗겨진 얼굴처럼 언제나 얼룩덜룩하다. 나는 그 나무 아래 서 있는, 꼭 그렇게 혈색이 나쁜 얼굴 하나를 알고 있다. 그에게는 그 모습에 걸맞은 이름이 있었으나 이름을 불러주는 이는 많지 않았다. 대체로 그는 선생님으로 불렸다. 몇 가지 불명예스러운 별명도 있었다. 그가 가진 외모의 약점, 이해받지 못할 습관 탓에 생긴 것들이었다. 그러나 그의 앞에서 별명이 거론되는 일은 없었다. 그에게는 약간의 권위가 있었기 때문이다. 나는 그를 K라고 불렀다.

K는 잠에서 깨어난 후에도 한동안 침대에 머물렀다. 눈을 천천히 깜박이다, 모로 누웠다. 머리칼이 가마를 중심으로 회오리치며 심하게 짓눌려 있었다. 머리숱이 많지 않아 허연 두피가 그대로 드러났다. 밤새 떠나 있던 영혼이 돌아오기를 기다리는 사람처럼, K는 방 귀퉁이를 응시하며 미동도 하지 않았다. 얼마간의 시간이 지나자, 벌떡 일어나 두 손을 서로 비벼 눈두덩으로 가져갔다. 그의 손은 크고 투박했다. 손가락을 쫙 펴자, 뭉툭한 손끝이 바깥으로 살짝 휘어졌다. K는 일어나자마자 양말부터 신었다. 그는 맨발바닥이 마룻바닥에 닿는 것을 싫어했다. 세면대 거울 앞에 서서 찻숟가락으로 혓바닥의 백태를 긁어내기 시작했다. 오른쪽 볼에 길게 팬 베개 자국을 만지작거렸다.

K의 방은 남향이었다. 화장실이 딸린 작은 원룸에 발코니가 있었다. K는 그곳에 몇 개의 화분을 놓았다. K는 고무나

무나 벤자민 같은 관목류를 좋아했다. 야산에서 걷어온 이끼들을 담아놓은 강장 음료 박스가 난간 아래 놓여 있었다. K는 고무나무 옆에 작은 철제 의자를 두었다. 그는 그곳에 앉아 나무의 생육을 살피며 양치질하는 것을 좋아했다. 트렁크 차림에 양말만 신고 양치질을 하는 K의 모습은 여러 차례, 여러 사람에게 목격되었지만, 그는 버릇을 고치지 않았다. 유두 주변에 난 긴 털들이 바람에 살랑거렸다. 볕이 좋았다. K는 이불을 널어 말렸다. 옷은 집을 나서기 직전에 입었다.

K의 집 발코니에서 보는 풍경은 대체로 비슷했다. 좁은 골목길을 따라 여관과 횟집, 콩나물을 본뜬 가로등, 마을 공용 주차장, 주차장을 아지트로 삼은 길고양이들, 이발소, 이발소 앞 간이 구둣방, 부인복 매장, 목욕탕이 딸린 하숙집이 있었다. 건물들은 대체로 1층은 상가, 2층부터는 주거 용도로 쓰이는 주상복합의 형식을 띠고 있었다. 건물의 높이는 4층을 넘지 않았다. K의 방 맞은편은 여관 장기 투숙자의 방이었다. 두 방은 좁은 골목길을 사이에 두고 마주 보고 있었는데, K의 방이 약간 더 높았다. 한 달 전까지, 그 방은 사내아이를 둔 부부가 썼다. 사내아이는 창문으로 가벼운 물건을 떨어뜨리고, 재빨리 뛰어 내려가 물건이 땅에 닿기 전에 낚아채는 연습을 하며 하루를 보냈다. 나무로 된 원앙 모형은 아래층 난간에 부딪혀 산산이 부서졌다. 그 밖에 탁구공, 레고 조각,

홈런볼, 실크 스카프까지 모두 실패로 돌아갔다. 얼굴이 시뻘게지도록 뛰어도 추락하는 것들의 속도를 따라잡지 못했다. 실패를 확인하고 방으로 올라가는 길에는 큰 소리로 군가를 불렀다. 별빛이 맑은 전선의 밤 용사의 꿈길은 고향 길⋯⋯ 노래는 이렇게 시작했다. 아이가 마지막으로 던진 것은 작은 나뭇잎이었다. 여관 쪽문을 박차고 뛰쳐나왔을 때, 나뭇잎은 바람에 실려 더 높이 날아가고 있었다. 아이는 공중에서 작은 점이 되어 사라져가는 나뭇잎을 멍하니 바라보았다. 그 풍경은 이상하게도 내게 아주 긴, 정지된 시간처럼 느껴졌다. 고개를 숙이고 여관 입구로 들어서는 소년의 뒷모습은 그사이 조금 자란 것 같았다.

K는 해가 지는 것을 좋아하지 않았다. 음식 냄새가 골목에 진동하기 때문이었다. 생선이나 고기를 굽는 냄새, 쌀이 익는 냄새가 밀려들면, K는 재빨리 창문과 발코니의 문을 닫아버렸다. 그는 늦은 저녁으로 쌈배추 반 포기와 토마토 두 개, 당근 한 개를 먹었다. 멀지 않은 곳에서 찾아오는 바다 냄새가 있었다.

K는 감정의 기복이 거의 없었다. 특별히 기쁜 일도 슬픈 일도 일어나지 않았다. 자연스레 자리 잡은 규칙들, 사소한 습관들에 의지해 일과를 나누었다. 큰 변화가 없는 그의 하루는 평화로웠다. K는 점심 식사가 든 플라스틱 밀폐 용기를

한 손에 들고 골목을 빠져나왔다. 가방은 들지 않았다. 그의 상의 주머니에는 언제나처럼 문고판 소설책 한 권과 0.3밀리미터짜리 감청색 하이테크 펜이 들어 있었다. 책은 그때그때 기분에 따라 손이 가는 대로 주머니에 넣었다. K는 책을 읽는 것에 크게 의미를 부여하지는 않았다. 오늘은 출근이 조금 늦었다. 침대에서 평소보다 오랫동안 누워 있었기 때문이다. 그렇다고 준비를 서두르지도, 출근 준비 전에 해야 할 일을 생략하지도 않았다. 걸음이 빨라지는 법도 없었다. 일과는 단지 약간의 시간 차를 두고 순차적으로 진행될 뿐이었다. K에게는 그 정도의 여유로움이 있었다. 1년 내내 입는 그의 어두운 밤색 양복은 소매 끝이 다 닳았다. K는 여름에도 양복 재킷을 벗지 않아, 등판이며 팔꿈치가 온통 반질반질했다. 오른쪽 소매엔 단추 두 개가 없었다. 그러나 K에게는 교사의 품위가 있다고, 나는 생각했다. 꽃이 피기가 무섭게 지고 그 자리에 새잎이 돋았다. 처음 햇빛을 본 듯, 가로수의 어린잎들은 유난스럽게 반짝였다. K는 마을의 유일한 분교 교문 앞을 지났다. 목덜미를 덮은 희끗한 머리칼이 와이셔츠 깃에 닿아 바깥으로 휘어졌다. 아이들의 웅성거림이 그의 꽁무니를 쫓았다. 오락실의 난잡한 소음도 그를 따랐다. 멀리 마을의 입구가 보이기 시작했다. 뒤로 먼바다가 이어졌다. 햇빛을 받아 경계가 지워진 그 자리에, 후박나무가 한 그루 서 있었다.

원장은 오후가 다 되어서야 학원에 출근할 것이었다. 오전엔 주민센터에서 운영하는 주부 합창 교실에서 지휘와 반주를 맡았기 때문이었다. 학원 자물쇠를 열고, 아이들이 내동댕이친 가방과 악보들을 정리하는 것은 K의 몫이었다. 학원은 일곱 개의 연습실과 원장실, 그리고 다섯 평 남짓한 홀로 이루어져 있었다. 연습실과 원장실에는 각각 업라이트 피아노 여덟 대가, 홀 중앙엔 그랜드 피아노 한 대가 배치되어 있었다. 홀의 한쪽 벽면에 긴 책상과 함께 녹색, 파란색, 빨간색, 노란색, 주황색 나무 의자 다섯 개가 놓여 있었다. 그곳에서 아이들은 높은음자리표를 그리거나 수학문제를 풀었다. 그랜드 피아노는 전시용이었으므로, 아무도 연주하지 않았다. 학원 문을 열면 퀴퀴한 나무 냄새와 아이들의 젖내가 가장 먼저 K를 맞이했다. 그는 문 옆에 널브러진 피아노 가방을 집었다. 꽃무늬나 격자무늬가 프린트 된 종이접기용 색종이들이 우수수 떨어졌다. K는 꽁무니가 들리지 않는 개구리나 코가 잘린 해마, 대가 찌그러진 우산들을 주워 한데 모았다. 저학년용 음악 이론 책의 구겨진 뒤표지를 꾹꾹 눌러 폈다.

 K는 학원에 하나뿐인 메트로놈을 원장실 피아노 위에 올려놓았다. 손바닥만 한 액자 속에 원장과 학사모를 쓴 두 딸이 웃고 있었다. K는 큰 광대를 가진 세 여자의 얼굴을 잠시 바라보았다. 그들은 조금 더 젊거나 조금 더 나이 든 것을 제외하면 구별하기 어려울 정도로 닮아 있었다.

청소를 마친 K는 이른 점심을 먹었다. 점심시간이 지나면 아이들이 몰려올 것이었다. 그는 복도의 작은 나무 책상 아래 몸을 구겨 넣었다. K의 엉덩이가 아동용 의자 끄트머리에 아슬아슬하게 걸쳐 있었다. 도시락 통을 꺼냈다. 반으로 가른 고구마 세 덩이, 막대 모양으로 자른 오이 반 개가 있었다. K는 먹던 고구마를 잠시 내려놓고는 버려진 종이 개구리를 펼쳤다. 잘못 접힌 선들을 손톱 끝으로 밀어내고, 새로운 선을 만들었다. 학원을 떠돌던 먼지들이 손끝에 신경을 집중하고 있는 그의 정수리와 어깨 위로 내려앉았다. K의 개구리는 곳곳에 주름이 졌지만, 손가락으로 꽁무니를 눌렀다 떼면 제법 멀리 뛰어 오를 수 있었다.

어린 시절 K는 늘 꿈속에서 한 마리 가자미가 된 듯한 기분을 느꼈다. 그는 바다 가장 깊은 곳에 몸을 낮추고 오랫동안 깊은 잠을 잤다. 그곳은 어두웠고, 소리도 없었다. K의 어머니는 그의 귓가에 이름을 작게 속삭이는 것으로 잠을 깨웠다. 어머니의 목소리는 깊고 힘이 세서, 바다 밑바닥에 달라붙은 K에게까지 전해졌다. 어머니가 K의 이름을 부를 때마다, 작은 모래바람이 일었다. 어머니의 목소리는 거대한 그물이 되어 서서히 K를 끌어올렸다. 그는 어떠한 저항 없이 수면 위로 떠오를 수 있었다. 눈을 뜨면, 그곳에 어머니가 있었다. K에겐 그때가 하루 중 가장 행복한 시간이었다. 그 순간

만큼은, 자신의 영혼이 온전히 자기 안에 있다고 믿을 수 있었다. 충만함으로 가득 찬 그는 피아노 앞으로 끌려가면서도 아무런 불평도 할 수 없었다고, 그리움이 담긴 표정으로 말하곤 했다. 어머니는 그의 이름을 다정하게 불러준 마지막 사람이었다.

아이들은 빨려 들어갈 듯 공책에 고개를 박고 열심히 연필을 놀렸다. 음악의 3요소는 리듬, 가락, 화성. 현악 사중주는 제1바이올린, 제2바이올린, 비올라, 첼로…… 아이들은 비올라가 어떻게 생겼는지도 모르면서 소리 내어 읽었다. 오선지 맨 위에 K가 오늘 배울 것을 적으면, 아이들은 그 아래에 열 번씩 따라 적었다. 다 적고 나면 외웠다. 다 외울 때까지 집에 가지 못했으므로, 아이들은 노래 가사를 외우듯, 의미와 상관없이 머릿속에 글자들을 집어넣었다. K가 쓴 글자는 언제나 오선지 한 칸에 들어갈 정도로 작아, 아이들은 눈이 사시가 될 정도로 뚫어지게 글자를 노려보아야 했다. 좀이 쑤신 아이들의 엉덩이가 들썩거렸다. 구석에서 수학 학습지를 풀던 아이가 다리를 달달 떨었다.

원장은 평소보다 한 시간 늦게 출근했다. 원장이 등장하자, 학원은 좀더 번잡스러워졌다. 원장은 출석부를 펼치고 아이들의 머릿수를 세었다. 연습실의 문을 하나하나 열어, 둘씩 들어가 장난치는 아이들의 뒷덜미를 잡아 끄집어내고, 댐퍼

페달을 밟고 하농을 치는 녀석의 뒤통수를 볼펜으로 때려 주의를 주었다. 마지막 연습실의 문을 닫은 원장은 아이들 사이에 앉아 있는 K를 향해 몸을 돌렸다. 손바닥만 한 의자에 몸을 잔뜩 웅크리고 앉아 있는 K의 등은 곰처럼 컸다. 아이의 오선지에 정교하게 가온음자리표를 그려주고 있던 K는 원장의 시선을 느꼈다. 그는 0.3밀리미터 펜으로 음자리표의 각기 다른 선의 굵기와 곡선의 균형을 맞추며 꼼꼼히 메웠다. K가 그린 가온음자리표는 인쇄본과 거의 다를 바 없었다. K는 온음표 밑에 개미만 한 크기로 '가온 다'라고 적고 나서야 자리에서 일어났다. 두 마리는 아프답니다. K는 아이들을 물고기 세듯 세는 버릇이 있었다. 원장은 들고 있던 출석부와 가곡집을 왼쪽 겨드랑이에 끼웠다. 들린 겨드랑이에 동그란 땀자국이 보였다. 원장의 큰 광대가 반질반질 윤이 났다. 원장은 K에게 무언가를 말하려다 말고, 갑자기 생각났다는 듯 현관으로 뛰어갔다. 출석부와 가곡집이 원장의 겨드랑이에서 떨어졌다. 가곡집 사이사이 껴 있던 악보가 바닥에 흩어졌다. 문을 열자, 얼굴이 까만 여자아이 하나가 그곳에 서 있었다.

K는 집으로 돌아갈 때야 비로소 걸음이 빨라졌다. 집 앞 골목길에 다다르면, 그는 거의 뛰다시피 했다. K의 방은 4층이었다. 3층부터는 계단을 한꺼번에 두 개씩 올랐다. 그는 하루에 정확히 여덟 시간을 일했다. 토요일과 일요일은 쉬었다.

그리고 한 달에 80만 원을 받았다. K는 나이가 많았고, 이렇다 할 자격증이나 학위가 없었다. 80만 원은 방세와 공과금을 내고 식료품을 사는 데 부족함이 없었기에, K는 불평하지 않았다. 그는 돈을 모으지 않았다. 방으로 돌아온 K는 널어두었던 이불을 걷었다. 조금만 시간을 지체하면, 온종일 햇볕을 받아 보송해진 이불이 다시 눅눅해져버리기 때문이었다.

K는 양복 주머니에서 책을 꺼냈다. 폭 60센티미터의 3단 책장 빼곡히 문고판 책들이 꽂혀 있었다. 책은 출판사별로 정렬되어 있었다. 19세기 후반의 영국과 프랑스 소설, 20세기 초 일본 시집들이 주류를 이뤘다. 중국 민담에 관한 책이나 로맨스 소설도 몇 권 있었다. K는 도시락 통을 열었다. 플라스틱 용기 안에는 점심때 접었던 개구리가 들어 있었다. 그는 색이 바랜 종이 개구리를 책장 위에 올려놓았다. 개구리에게서 오이 냄새가 조금 났다. 해가 서서히 길어지고 있었다. 낙조가 책장과 개구리를 반으로 갈랐다.

허겁지겁 문을 연 원장은 여자아이를 원장실로 데려갔다. K는 흩어진 가곡집과 악보들을 주워 협탁 위에 올려놓았다. 초견을 보고 싶은데. 원장은 소나타 곡집 하나를 꺼내 보면대 위에 펼쳤다. 원장실의 피아노는 1978년식 야마하였다. 검은 유광 피아노는 다부진 외형에 다소 높고 단단한 소리를 내었다. 원장은 레슨 때에만 아이들의 연주를 허락했다. 원장이

고른 소나타는 한 개의 주제 선율과 열두 개의 변주로 이루어진 곡이었다. 23세의 젊은 작곡가는 여행 도중 어머니를 잃는다. 그녀는 병환으로 객사했다. 남겨진 그녀의 아들은 그곳에서 유행하는 동요 한 곡을 듣는다. 1년 뒤 홀로 고국 땅을 밟는다. 다시 1년간의 고독과 그리움을 견뎌낸 그는 타국에서 들었던 동요를 기억해낸다. 그리고 노래를 열세 개의 조금 다른 얼굴들로 바꾸어 만들었다. 색이 다른 색종이들을 동일한 모양새로 접어 커다란 상자 하나를 만드는 것과 비슷한 원리였다. 소녀는 지나치게 긴장해 연신 손목을 위아래로 흔들었다. 머리칼을 너무 단단히 묶어 작은 눈이 옆으로 힘껏 찢어져 있었다. K는 시선을 거두었다.

한 달이나 비어 있었던 맞은편 여관의 장기 투숙 방에 불이 들어와 있었다. 닫힌 커튼 위로 그림자가 일렁이다 사라졌다.

K에게도 취미는 있었다. 주말이면 그는 느긋하게 일어나 하루 종일 1층 카페에서 시간을 보냈다. 점심과 저녁도 그곳에서 해결했다. 간혹 맥주와 튀긴 음식을 먹으며 기분을 내기도 했다.

화분의 죽은 잎사귀를 떼어내고 가지치기를 마친 K는, 침대 밑을 더듬어 자개함을 끄집어냈다. 자개함 속에는 각종 세금 영수증과 생김새가 제각각인 단추들, 어머니의 증명사진, 그리고 얼마간의 현금이 들어 있었다. K는 통장이 없었다.

그는 3만 원을 꺼냈다.

K는 어린 시절 단 한 차례 여행을 떠난 적이 있었다. 그와 그의 어머니는 무려 여섯 시간 동안이나 기차를 탔다고 했다. 기차 안에서, 그는 처음으로 아몬드가 들어간 초콜릿을 맛보았다. 그는 마지막 초콜릿을 혓바닥에서 조심스럽게 녹였다. 아몬드를 손바닥에 뱉었다. 땅콩보다 두 배는 큰 데다 나무둥치처럼 고운 결이 있었다. 그 결들 덕분에, 아몬드는 땅콩보다 부드럽고 고소한 맛이 나는 거라고 K는 추측했다. 그는 역무원을 처음 만났다. 차창 밖 하늘로 이어지는 거대한 바다가 있었다. 새의 울음이나 파도 소리는 들리지 않았다. 풍경은 시간을 두고 서서히, 혹은 급작스럽게 변했다. 그는 너른 들판 모심기하는 농부들, 라일락과 수수꽃다리를 처음 보았다. 밀려오는 먹구름, 비의 경계를 보았다. 문어 빨판처럼 유리창에 필사적으로 달라붙는 물방울들, 그 물방울 안으로 스며드는 작은 빛의 무리를 보았다. 그의 어머니는 규칙적인 기차 소리에 잠이 들어 있었다. K는 그 소리 때문에 잠을 이룰 수 없었다. 어머니의 고른 숨소리가 귓가를 간질였다. 땀에 젖은 어머니의 귀밑머리가 볼에 달라붙어 있었다. 그는 곱슬거리는 그녀의 머리칼을 귀 뒤로 넘겨주었다. K는 여섯 시간 동안 창밖 풍경을 눈에 담았다. 눈이 시리면, 잠시 눈을 감고 그 풍경 한가운데에 서 있는 자신의 모습을 상상했다.

K는 우선 500시시 생맥주 한 잔을 시켰다. 주간지 첫 장 헤드라인부터 꼼꼼히 읽어 내려가기 시작했다. 카페 주인이 가끔 그에게 농담을 던졌지만, K는 말을 섞지 않았다. 맥주를 절반 정도 마셨을 때, K는 감자 크로켓을 추가했다. 그는 유리창 너머 행인들과 골목 풍경을 바라보았다. K는 새로울 것도 없는 그 풍경을 좋아했다. 직접 나서서 걷는 것은 좋아하지 않았다. 그는 단지 그 가운데에 서 있는 자신의 모습을 상상하는 것을 즐겼다. K는 간장을 주문해 감자 크로켓에 딸려 나온 마요네즈에 약간 섞었다. 부드럽고 짭조름한 맛이 입 안 가득 퍼지자, 눈에 띄지 않게 살짝 미소 지었다.

젊은 남자와 여자아이가 마을 공용 주차장에서 목욕탕 쪽으로 걸어오고 있었다. 남자는 양손에 마트 이름이 찍힌 커다란 비닐 봉투를 두 개씩 들고 있었다. 때 타월, 비눗갑, 라면, 국자, 대파 등이 한데 뒤섞여 있었다. 얼굴이 낯설었다. 여자아이가 뒤를 따르고 있었는데, 작은 눈과 고집스러운 입매가 찍어놓은 듯 닮아 있었다. 등에 멘 낡은 배낭이 금방이라도 터질 듯했다. 배낭 밖으로 튀어나온 목욕탕용 바가지의 길쭉한 손잡이가 자꾸만 소녀의 뒤통수를 쳤다. 심통이 난 얼굴은 세게 묶은 머리카락 때문에 더욱 사나워 보였다. 분홍 칠부바지 아래 흰 운동화를 신었다. 양말엔 레이스가 달려 있었다. K는 안경을 추어올리고, 지그시 여자아이를 바라보았다. 볼이 잔뜩 부풀어, 까만 콩 같았다.

K는 여느 때보다 일찍 카페를 나섰다. 저녁도 먹지 않았다. 오늘은 축구 중계를 하는 날이기 때문이었다. K는 카페의 텔레비전이 켜지자마자, 도망치듯 빠져나왔다.

장기 투숙 방에 새로운 투숙자가 오고부터 K의 괴로움은 시작되었다. 밤마다 고기 굽는 냄새가 넘어왔기 때문이었다. 새로운 장기 투숙자는 거구의 여자였다. K는 어째서 자정이 다 되어 고기를 굽는지 이해할 수 없었다. 그녀는 이곳에 온 다음 날, 근처 만물상에서 중고 버너와 프라이팬, 냄비를 각각 하나씩 샀다. 낮엔 온종일 방 안에 있는 듯했다. 커튼 사이로 빠끔히 고개를 내밀어 해가 진 것을 확인한 후에야 밖으로 나왔다. 그녀는 대단히 까다로운 미각의 소유자 같았다. 고기를 고를 때에는 부위의 정확한 명칭을 대고, 손질 방법까지 제시했다. 그녀는 고기의 부위와 그날의 육질에 따라 두께를 조절했다. 마트에선 버섯과 야채의 신선도를 꼼꼼히 살폈다. 과자나 인스턴트 식품은 고르지 않았다. 그녀는 술이나 담배도 하지 않는 듯했다. 고기를 굽지 않는 날은, 수제 햄이라도 구웠다. 낮 동안 굳게 닫혀 있던 창문을 그때만은 활짝 열어놓았다. 가끔 백숙을 해 먹거나 식당에서 오리 불고기를 사다 직접 익혀 먹기도 했다. 밤이 되면 어김없이 맞은편 창문으로 연기가 피어올랐다. 날이 점점 더워지고 있었지만, K는 며칠째 시원한 밤공기를 쐬지 못하고 있었다. 문을 닫아도 냄새는 어딘가에서부터 조금씩 새어 들어왔다. 그는 냄새 때문에 잠에서 깨어났다. 다시 잠들지 못했다.

K는 발코니에서 양치질을 하다 말고 맞은편 방으로 눈을 돌렸다. 방은 언제 그랬냐는 듯 창문과 커튼으로 굳게 닫혀 있었다. K는 이에서 피가 날 정도로 거칠게 칫솔질을 하며, 한참 동안 창문을 노려보았다. 나는 불현듯 그 방의 옛 주인인 소년을 떠올렸다. 숨이 턱까지 차올라 헉헉대면서 군가를 부르던 모습을, 나뭇잎을 놓치고 힘없이 발길을 돌리던 다 자란 뒷모습을 되짚어보았다.

소녀는 세번째로 연습실을 옮기고 있었다. 자기 몸통보다 큰 피아노 가방을 안고 바삐 움직였다. 등에 멘 책가방이 무거운지 몸이 금방이라도 뒤로 넘어갈 듯 아슬아슬했다. 소녀는 연습실로 들어가 건반을 하나하나 눌러보고, 페달이 온전히 작동하는지를 확인했다. 학원에는 멀쩡한 피아노가 거의 없었다. 아이들이 주먹으로 아무렇게나 두드리고, 심지어 올라타기도 했다. 게다가 환기가 잘 되지 않아 향판이 뒤틀리거나 현이 늘어진 것, 해머가 나가 건반을 아예 들어 올리지 못하는 것도 있었다. 건반이 멀쩡하면 페달이 작동하지 않았고, 3옥타브의 C음과 4옥타브의 그것이 전혀 다른 소리를 내기도 했다. 중고 피아노를 한꺼번에 매입했던 원장은 수리할 엄두를 내지 못했다. 수리비가 피아노 값보다 더 나올 수도 있었기 때문이었다. 조율사를 불러도 여름을 한차례 보내고 나면 음이 뚝뚝 떨어졌다. 이곳은 피아노 학원을 하기에 좋은 환경이 아니었다. 바람이 잦고 습도가 높았다. 아이들은 유성펜으로 내려앉은 피아노 건반 위에 커다란 앞니가 입 밖으로 튀어나온 얼굴을 그려댔다. 소녀는 네번째 시도 만에 연습할 자리를 잡았다. 폭 한숨을 쉬었다. 가방에서 악보집을 모두 꺼내 피아노 위에 올려놓았다. 소녀가 연습하는 책은 총 네 권이었다. 학원은 아직 아이들이 몰려오지 않아 고요했다. K는 점심 식사로 당근과 브로콜리를 먹었다. 소녀는 입을 꾹 다물고 C장조 스케일의 첫 건반을 눌렀다.

여섯 시간 후 어린 K와 어머니는 역 광장 한가운데에 서 있었다. 시계탑 아래서, 둘은 한동안 발을 떼지 못했다. 어머니는 지하철을 타려면 어디로 가야 하는지를 몰랐고, K는 많은 사람과 차들 때문에 정신을 잃을 지경이었다. 경적 소리가 귀를 찔렀다. K는 수족관에 갇힌 관상어가 된 기분이었다. 가슴이 답답하고 속이 메슥거렸다. K의 어머니는 아들을 지켜보다 갑자기 역사 앞 매점으로 달려갔다. 돌아온 어머니의 손에는 오렌지 맛 소다 한 캔과 포장 어묵 하나가 들려 있었다. 그녀는 다리가 풀려 탑에 기댄 채 널브러져 있는 K를 일으키고 이마의 식은땀을 닦아주었다. 어묵의 얇은 비닐을 손톱으로 뜯어냈다. 그러고는 K에게 일회용 숟가락으로 국물을 떠먹이기 시작했다. 김이 모락모락 나는 어묵을 집게손가락으로 집어, 잘게 잘라 아들의 입속에 넣어주었다. 잘 잘리지 않는 곤약은 이로 씹어 나누었다. K는 뜨거운 국물 탓에 붉게 익은 어머니의 손가락을 바라보며 연신 어묵을 씹어 넘겼다. K는 울렁거리던 속이 진정되는 것을 느꼈다.

그날 오후 K는 낯선 남자 앞에서 준비해 간 소나타와 생소한 녹턴 한 곡을 연주했다. K는 그의 얼굴을 기억해내지는 못했지만, 방을 쩌렁쩌렁 울렸던 큰 박수 소리는 기억하고 있었다. 그곳은 천장이 엄청나게 높은 커다란 교실 같았다고, 훗날 K는 말했다.

피아노는 통상 여든여덟 개의 건반을 갖고 있다. 흑건의 수는 서른여섯 개, 백건의 수는 쉰두 개다. 만약 K가 그중 하나의 건반을 선택해 누르면, 그와 동시에 지렛대 역할을 하는 탈진기가 건반 뒤쪽에 달린 해머를 들어 올린다. 들어 올려진 해머는 수직으로 위치한 현 가까이 다가간다. 해머가 현을 치는 것을 타현이라 한다. 피아노의 현은 총 이백스무 개 남짓이다. 건반 하나를 담당하는 현은 한 개에서 세 개 사이다. K가 누른 건반의 음이 높으면 높을수록 현의 굵기는 가늘고 짧아진다. 현은 강력한 장력에 의해 유지된다. 현을 지탱하는 장력은 20톤에 이른다. 코끼리 세 마리가 끄는 힘에 비한다. 타현된 초기 진동은 미약하다. 진동은 얇고 고른 결을 가진 나무로 만든 향판에 제 몸을 부딪혀, 부풀린다. 진동은 그에 멈추지 않고 피아노의 크고 단단한 몸, 다리 전체까지 달려나간다. 그제야 비로소 K의 귀에 만족스러운 소리로 다시 태어난다. 어린 K는 하나의 건반을 누를 때마다, 팽팽한 현의 긴장과 무게, 피아노 전체로 퍼져나가는 진동을 몸으로 느꼈을 것이다. 나는 어깨에 커다란 소금가마를 진 노인처럼, 천천히 건반과 건반 사이를 걷는 K를 상상했다.

K는 마지막 당근 두 개를 입에 털어 넣었다. 그사이 조금 야위어 있었다. 그는 고기를 먹지 않았다. 잘게 썰린 고기를 보면, 자꾸 그 조각들이 하나로 모여 이전의 모습으로 되돌아가는 상상을 하게 된다고, K는 말했었다. 식탁 위의 고기반찬들이 죽은 돼지나 깃털이 반쯤 뽑힌 닭, 목이 잘린 오리, 피를 흘리는 미꾸라지 같은 것들로 보여, 보기만 해도 얼굴이 일그러졌다. K는 요즘, 즐겨 먹던 구황작물도 먹지 않고 있었다. 맞은편 방의 고기 냄새 때문인지 하루 종일 힘이 없었다.

K는 소녀의 연습실을 힐끗거렸다. 도시락 통의 뚜껑을 닫은 그는 몸을 일으켜 연습실 문에 달린 유리창으로 다가갔다. 연습실을 고르느라 부산스럽게 움직여서인지, 단단하게 묶은 소녀의 머리카락 주변에 잔머리가 잔뜩 삐져나와 있었다. 조금 굽은 등, 힘이 잔뜩 들어간 어깨, 불필요한 손목의 움직임들이 여전히 남아 있었다. 소녀가 치는 소나타는 축축 늘어지

는 데다, 탁하고 음산하기 이를 데 없었다. 소녀에게는 장조의 현란한 춤곡을 장송곡으로 만들어버리는 대단한 능력이 있었다. 소녀는 울상을 하고서도 손을 쉬지 않았다. 늘 입이 잔뜩 튀어나와 있는 까만 얼굴의 소녀에게 자꾸 분홍색 옷을 입히는 부모 역시 악취미였다. K의 입가에 웃음기가 돌았다. 그는 어딘가 그리운 표정을 짓고 있었다. 그런 표정을 짓는 K의 모습은 아주 오래간만이었다.

연주를 마친 K는 어머니와 함께 끝이 보이지 않을 만큼 길고 폭이 넓은 계단을 내려왔다. 이곳은 무엇이든 필요 이상 컸고, 머리가 아플 정도로 시끄러웠다. K는 어서 집으로 돌아가고 싶었다. 어머니는 그를 데리고 지하철을 탔다. 둘은 여러 차례 길을 잃었다. 개찰구에 표를 놓고 가는 바람에 다시 사러 가기도 했다. 지하철은 거대한 미로였다. 도무지 출구가 보이질 않았다. 어머니는 인내심을 가지고 몇 번이고 계단을 오르내렸고, 지하철을 갈아탔다.

그들이 도착한 곳은 강변의 한 선착장이었다. 강의 폭은 바다에 비견될 만한 것이 못 되었고, 사위는 이미 어두워져 있었다. 바람이 도처에서 불었다. 어머니는 잠에 취한 K의 손을 잡고 유람선 티켓을 끊었다. 배를 타기까지 40분이 남았다. 땅바닥에 앉아 졸고 있는 K의 볼을, 어머니는 한없이 쓸어내렸다. 둘은 매점에서 가락국수 하나를 사 나눠 먹었다.

색색의 파라솔이 쉴 새 없이 펄럭였다.

유람선의 안내 방송에서 나온 말 중 가장 많이 쓰인 단어는 아름다운, 이었다. 아름다운 강, 아름다운 빌딩 숲, 아름다운 조명, 아름다운 문화유적…… 그는 일찍이 자신이 알고 있던 아름다움과의 큰 괴리감을 느꼈다. K에게 아름다운 풍경이란, 밤, 망망대해를 가르고 뭍으로 들어오는 오징어 배의 점멸하는 불빛 같은 것이었다. 이곳의 풍경엔 그런 희소성이 없었다. 그러나 어머니는 달라 보였다. 어머니는 한 시간 내내 입을 벌리고 주변을 둘러보느라 K를 잊은 듯했다. 발광하는 빌딩의 불빛들이 어머니의 눈동자 안으로 들어왔다. 어머니는 풍경을 보았고, K는 내내 어머니 옆에 붙어 있었다. 그는 갑자기 불안한 마음이 들어, 어머니의 손을 가져다 꼭 잡아보았다. 그러나 어머니는 손에 힘을 주지 않았다. K는 어머니가 굳게 입을 닫는 것을 바라보았다. 단단한 눈동자를 보았다. 그것은 유람선에서 바라보는 풍경보다도 낯선 것이었다. 어린 K는 두려움이 일었다. 그는 어머니와 눈을 맞추려고 노력했지만, 어머니는 배에서 내릴 때까지 돌아보지 않았다. K는 홀로 남겨진 것 같았다. 그는 물결을 가르고 천천히 나아가는 유람선 안에서, 영혼의 반쪽이 잘려나간 듯한 고통을 느꼈다.

K는 자신이 천장 높은 방에서 연주를 한 것이 원인이라고 생각했다. 박수를 받을 만큼 잘 쳤기 때문이라고 믿었다. 그 후 K는 피아노 치는 것을 거부했다. 어머니가 울어도 소용없

었다. 그는 어머니를 잃고 싶지 않았다.

K는 여러 차례 편지를 썼다 구겨버리기를 반복하고 있었다. K는 깨알 같은 글씨로, '당신이 밤마다 굽는 고기가 저에게 약간의 괴로움을 줍니다'라고 적었다. '약간'을 '매우'로 고쳐보았다가, 다시 '약간'으로 바꾸었다. K는 이 편지 한 장에 주말을 모두 쏟아붓고 있었다. '당신'을 '귀하'로 바꾸었다. 이름을 적었다 지우기를 반복했다. 결국 이름은 적지 않았다. 투서를 보내야 할지 말아야 할지를 두고도 고민하는 듯 종이를 여러 번 접었다 펼쳤다. 오늘은 맥주를 절반이나 남겼다.

그날 자정이 되자 여지없이 고기 굽는 냄새가 밀려오기 시작했다. K는 침대에서 벌떡 일어났다. 발코니 문을 열고 물칼라 항아리의 자갈들 중 가장 크고 길쭉한 것을 골라 물기를 닦기 시작했다. 어둠 속에서, K는 낮에 쓴 투서를 꼬아 자갈에 단단히 묶었다. 발코니 바닥으로 몸을 낮추고, 열린 창문을 조준했다. 투서는 빨려 들어가듯 창문 안으로 떨어졌다. K는 발뒤꿈치를 들고 조심스레 침대로 다가가 몸을 뉘었다.

소녀는 아무래도 학교에 다니지 않는 듯했다. 어떤 날은 K보다 먼저 나와 학원 앞에서 기다리기도 했다. K는 소녀에게 어느 것도 묻지 않았다. 문을 열면, 소녀는 인사도 없이 연습실로 뛰어 들어갔다. 둘은 아직 통성명도 하지 않았다. 오늘은 노란색 면 티를 입었는데, 티셔츠에 그려진 곰돌이는 레이스가 달린 드레스에 다이아몬드 목걸이를 하고 있었다. 곰돌이의 얼굴이 소녀의 얼굴 크기만 했다.

K는 연습실로 빨려 들어가는 소녀의 커다란 분홍색 배낭을 보았다. 그는 결심한 듯, 조심스럽게 연습실 문을 열었다. 놀라 눈을 동그랗게 뜬 소녀에게 다가갔다. K는 말없이 소녀의 등을 펴주고 어깨를 살짝 낮췄다. 의자를 피아노 바깥쪽으로 당기고 엉덩이를 반만 걸쳐 앉게 했다. 소녀의 발뒤꿈치가 땅에 닿았다. K는 소녀의 팔과 팔목을 털어 힘을 빼주고는 손가락을 건반과 수직이 되도록 세웠다.

건반을 때리지 말고 부드럽게 미는 거야. 이것만으로도 네 소리는 나아질 거다. 넌 네 몸보다 몇 배나 더 크고 아름다운 소리를 낼 수도 있어.

K는 소녀의 곁을 떠나지 않고 옆자리를 지켰다. 몇 가지 사소한 지적들을 했다. 소녀의 얼굴은 시간이 지날수록 붉어졌다. 어깨는 점점 더 딱딱해져가고 팔은 부들부들 떨렸다. 소녀는 곧 울음이 터질 것 같은 얼굴을 하고 있었다.

K의 어머니는 임종 직전 끊임없이 K의 이름을 불렀다. 자신이 아들에게 붙여준 이름을, 이젠 누구도 자신만큼 다정하게 불러주지 않으리라는 것을 알고 있는 것 같았다. 피아노를 더 이상 치지 않는 K는 무기력하고 무능했다. K는 어머니와

단둘이 살았다. 2인용 식탁에서 밥을 먹고, 나란히 잠을 잤다. 그는 친구가 없었다. 친구는 필요 없었다. 그에겐 어머니가 친구였다. K는 어머니의 유골을 마을 어귀 후박나무 아래 묻었다. 돌아오는 길, 유리창에 비친 자신의 모습을 발견했다. 그곳엔 머리가 희끗한 늙은 소년 하나가 서 있었다. 다시는 수면 아래 가자미처럼 깊고 평화로운 잠을 잘 수 없었다. 어머니의 유품은 태우지 않았다.

나는 그런 K에게 새로운 이름을 붙여주었다. 그리고 오랫동안 곁에서 그 이름을 불러주고 싶었다.

K는 잠에서 깨어난 후에도 한동안 침대에 머물러 있었다. 밤새 떠나 있던 영혼이 돌아오기를 기다리는 사람처럼, 그는 방 귀퉁이를 응시하며 미동도 하지 않았다. 그에게 필요한 시간이 지난 후, K는 천천히 일어나 두 손을 서로 비벼 눈두덩으로 가져갔다. 침대에 앉아 양말부터 신었다. 세면대 거울 앞에 선 K는 찻숟가락으로 혓바닥의 백태를 긁어내기 시작했다. 그는 칫솔에 치약을 짜 들고 발코니로 나갔다. 맞은편 장기 투숙 방의 창문은 여전히 굳게 닫혀 있었다. 벌써 열흘이 지났다. 지난 열흘 동안 장기 투숙 방의 창문은 열린 적이 없었다. 고기도 더 이상 굽지 않았다. K는 신경이 쓰이는 듯 오랫동안 불 꺼진 창문에서 시선을 떼지 못했다. 아마도 그는 자신이 무엇을 잘못 했는지 곱씹고 또 곱씹을 것이었다. 장기

투숙 방의 여자에게 상처를 준 것은 아닌지, 그런 방식으로 투서를 날린 것이 지나치게 예의 없는 일은 아니었는지를 고민할 것이었다. 그리고 그런 고민을 하는 자기 자신이 매우 낯설어, 또다시 고민에 빠질 것이었다. 그는 뒤늦게 감정을 배우고 있었다. 누군가가 결코 답을 내려주지 않는, 스스로 해결책을 찾아야 하는 그런 감정들에 대해서 말이다.

원장은 주부 합창단의 춘계 음악회 준비로 눈코 뜰 새 없이 바빴다. 우우 몰려다니는 잔물고기 떼 같은 아이들을 관리하는 것은 온전히 K의 몫이 되었다. K는 찐 양배추를 쌈장에 찍어 먹다 문득, 소녀의 연습실을 향해 고개를 돌렸다. 학원은 고요했다. 소녀가 오질 않았다. 그는 먹던 양배추를 밀폐용기에 넣고 뚜껑을 닫았다. 소녀는 하루도 학원을 거른 적이 없었다.

K는 느지막이 출근한 원장에게 다가가 다짜고짜 말을 내뱉었다. 한 마리가 나오질 않았어요. 이유를 모르겠습니다. 원장은 가장 먼저 그 한 마리의 학원비 완납 여부를 물었다. K는 입을 다물었다. 원장은 대답을 기다리지 않고 원장실로 들어가버렸다. 음악회에 쓰일 가곡의 악보집을 보면대 위에 올려놓고 원장실 문을 닫았다. 곧 피아노 반주와 함께 원장의 노랫소리가 학원에 울려 퍼지기 시작했다.

마을엔 나무에 얽힌 전설이 하나 있었다.

어느 날 고기잡이 노부부는 바닷가에서 커다란 물고기 한 마리를 낚는다. 그들은 저녁거리를 위해 물고기의 배를 가른다. 물고기의 배 안에는 아몬드만 한 씨앗이 하나 들어 있다. 부부는 그것을 신통히 여겨, 마을 어귀에 심어본다. 씨앗은 뿌리를 내리고 천천히, 수만 개에 달하는 비늘이 달린 나무로 자라난다. 그리고 5백 년간 살아남아 마을을 풍랑으로부터 지킨다.

K는 그 나무 아래 서 있었다. 아마도 K의 발아래 어딘가에 어머니의 유골 단지가 묻혀 있을 것이었다. 나는 그 집에 대해 들은 적이 있다. 어머니와 자신이 30년이 넘는 시간을 함께해온 집, 그가 열세 살 때부터 쓰던 스프링이 내려앉은 침대가 있는 집, 그는 더 이상 손대지 않았지만 어머니가 매일 닦고 또 닦았던 피아노가 있는 그 집의 이야기를. 어머니를 묻고 집으로 돌아왔을 때, K는 너무 무서워 마당에 발을 들이는 것도 힘에 겨웠다. 어머니는 집 어디에든 있었다. 그는 방에서, 화장실에서, 부엌에서, 어머니의 얼굴을 보았다. 쌀을 입에 가득 문 푸른 얼굴의 어머니가 K를 쫓아다녔다. 그는 도망치듯 집을 나왔다.

K는 나무 아래서 아무것도 하지 않았다. 그늘에 누워 휴식을 취하지도, 책을 읽지도 않았다. 그는 오랫동안 상상해왔던

일을 하고 있었다. 자신이 아끼는 풍경의 일부가 되는 것이었다. 배터리를 충전하듯, 그는 나무 기둥에 등을 기대고 오랫동안 그 자리에 서 있었다. 충분한 시간이 지나고, K는 천천히 자신의 방을 향해 발길을 돌렸다. 돌아오는 길에 화분 하나를 샀다. 붉은 양귀비였다. 그는 주인에게 화분에 리본을 달아달라고 말했다. 골목 어귀에 다다랐을 때 공용 주차장 구석, 타이어 위에 앉아 있는 소녀를 발견했다. 소녀는 등에 커다란 리본이 달린 물방울무늬 원피스를 입고 있었다. 원피스는 진한 꽃분홍색이어서, 소녀의 까만 얼굴이 타오를 듯 붉어 보였다. 소녀는 침통한 얼굴로 컵 떡볶이를 먹고 있었다. 배낭이 모랫바닥 위에 쓰러져 있었다. K는 소녀를 향해 아주 천천히, 걸었다.

희미한 빛

L의 여자 친구는 거실 한가운데에 서서 몸을 반으로 접고 있었다. 그녀의 두 팔이 원숭이의 것처럼 길게 늘어졌다. 이마가 정강이에 붙었다. 마르고 단단한 등, 튀어나온 목뼈와 척추를 중심으로 잎맥처럼 갈라진 근육이 보였다. 그녀는 등이 깊게 파인 레오타드에 얇은 실크 팬츠를 입고 있었다. 내 발소리를 들었는지 허리를 꼿꼿이 편 채 몸을 일으키며 좋은 아침, 이라고 말했다. 나는 그녀의 인사에 답하지 않았다. 오늘은 좋은 아침이 아니었고, 내 거실을 제집처럼 드나드는 그녀가 마음에 들지도 않았다. 신체의 어느 부위에서 나오는지 알 길 없이 거실 전체에 울리는 숨소리도 거슬렸다. 나는 이 모든 적대감을 숨김없이 얼굴에 드러냈다. 그러나 그녀는 나

의 표정에 영향받지 않았다.

나는 접이식 소파 위에 잠든 L의 뒤통수를 지나쳤다. 현관 입구에 세워둔 자전거 바퀴 주변에 진흙 부스러기가 떨어져 있었다. 자전거는 그녀의 것이었다. 거실까지 이어진 흙먼지에 절로 얼굴이 찌푸려졌다. 어젯밤에 비가 왔었거든. 그녀의 목소리는 여전히 밝고 친절했다. 나는 부엌으로 들어가 냉장고에서 캔 맥주 하나를 꺼냈다. 찬장에서 캐슈너트와 아몬드가 든 유리병을 집어 들었다. 크고 작은 접시들, 찌그러진 캔 맥주 네 개, 화이트 와인과 레드 와인 각각 한 병, 와인 잔 네 개, 머그컵 두 개, 숟가락과 포크, 티스푼 한 쌍이 개수대와 그 주변에 널브러져 있었다. 먹다 남은 올리브와 감자 찌꺼기가 배수구를 틀어막은 것을 확인하고 나서 부엌을 빠져나왔다. L의 여자 친구는 바닥에 드러누워 두 다리를 높이 들어올리는 중이었다. 어깨로 몸을 버티고는 허공에서 가부좌를 틀었다. 바닥과 수평을 이룬 두 다리의 무릎께를 양팔로 지탱하고는 균형을 잡았다. 통 넓은 바지가 커튼처럼 그녀의 얼굴을 가렸다. 나는 맥주 한 캔으로 지난밤의 불면을 종결짓길 원했다. 블라인드를 쳤으나 햇빛은 틈을 비집고 기어이 방 안으로 들이쳤다. 캐슈너트 세 개를 한꺼번에 입안에 집어넣었다. 깊고 규칙적인 숨소리가 방 안까지 퍼졌다. 나는 그녀의 배 속에 갇힌 것만 같았다.

잠에서 깨어난 L이 곧장 달려간 곳은 화장실이었다. L의 여자 친구는 이미 집을 떠나고 없었다. L은 손끝에 물을 묻혀 머리를 대충 정리했다. 그는 자신의 방과 면해 있는 부엌으로 가 맥주잔에 우유를 따라 단번에 마셨다. 그것이 그의 숙취 해소법이었다. 늘 그렇듯 잔은 씻지 않은 채 조리대에 올려두었다. 거실로 돌아와 TV 리모컨의 전원 버튼을 눌렀다. 담배를 꺼낸 L은 라이터를 찾아 주변을 뒤적거렸으나 찾지 못했다. 이내 다시 부엌으로 발길을 돌린 그는 가스레인지의 불을 붙였다. 두번째 담배에 불을 붙인 후, 다시 거실로 돌아왔다. L은 늘 창문 여는 것을 잊었다. 담배 연기가 내 방까지 흘러왔다. TV에서는 가정식 요리 프로그램이 이어지고 있었다. 진행자는 과일주에 조린 돼지고기 요리를 배우기 위해 차를 타고 두 시간가량 북쪽으로 이동했다. L은 탁자 위 누렇게 뜬 금사철 화분에 꽁초를 비볐다. 금사철은 내 것이었지만 L은 개의치 않았다. 나는 보지 않아도 L의 행동을 짐작할 수 있었다. 각자의 방에는 문이 없었다. 우리는 모든 소음을 공유했다.

나는 L의 인기척에 잠에서 깬 뒤에도 침대를 벗어나지 않았다. L은 음량을 잔뜩 올렸다. 여자 아나운서의 격앙된 목소리가 쩌렁쩌렁 울렸다. L은 그 청량한 목소리를 무척 마음에 들어했다. 그것은 L이 규칙적으로 시청하는 유일한 TV 프로그램이었으므로, 나는 싫은 내색을 하지 못했다. 6층짜리 아파트엔 엘리베이터가 없었다. 집은 6층에 있었다. 아파트는 이 골목의 유일한 고층 건물이었다. 창문을 열면 이웃 건물의 정수리가 고스란히 내려다보였다. 송전탑과 제비 집, 물탱크, 너저분한 살림살이들을 한눈에 조망할 수 있는 것은 이 집의 몇 안 되는 장점 중 하나였다. 요리 프로그램이 끝나자 L은 TV를 끄고 다시 화장실로 들어갔다. 곧 샤워기의 물소리가 들렸다. L은 아르바이트로 관광 가이드를 하고 있었다. 머리가 무거웠다. 입에서 단내가 났다.

나는 지하철 승강장에서 망연자실 서 있었다. 목적지와 반대 방향으로 갈아탄 것이 벌써 세번째였다. 마지막으로 깨달았을 때에는 무려 열다섯 정거장을 지나친 후였다. 철로가 여섯 개나 되는 야외 승강장은 사람들로 북적였다. 역은 시의 중심부에서 다소 벗어나 있어, 공기가 청량했다. 어묵 국물의 비린내와 즉석 빵 굽는 냄새가 진동했다. 역명이 낯설었다. 나는 둘둘 말아 쥔 잡지를 가방에 집어넣었다. 이 허무맹랑한 실수를 잡지 탓으로 돌리고 싶었다. 시간을 확인했다. 지하철 노선도를 재차 확인하고 승강장 계단으로 향했다.

반대쪽 승강장은 개찰구로 가로막혀 있었다. 교통 카드를 인식기에 갖다 대기 직전, 잠시 망설였다. 약속 시간에 도착할 수 있을지 확신할 수 없었다. 이 모든 분주함이 허사로 돌아갈 수도 있었다. 고용센터 직원은 약속 시간에 늦을 경우, 번호표를 뽑고 무한정 기다려야 한다고 으름장을 놓았었다. 약속을 다른 날로 미루는 것이 나을지도 몰랐다. 그때 뒤에서 누군가가 교통 카드를 든 손의 팔꿈치를 앞으로 밀었다. 떠밀리듯 교통 카드를 찍고 나자 개찰구를 빠져나올 수밖에 없었다. 뒤돌아볼 틈도 없이, 거구의 중년 여자가 내 몸을 밀치고는 개찰구를 지나 지하철 계단으로 뛰어 내려가버렸다. 열차가 역사 안으로 들어오고 있음을 알리는 신호음이 울렸다. 그러자 좀더 많은 사람이 몰려들기 시작했다. 의지와 상관없이 몸이 지하철 계단 바로 앞까지 떠밀리고 나서야, 비로소 난간을 잡고 간신히 무리에서 벗어날 수 있었다. 현기증이 일었다. 피가 정수리로 쏠리는 듯한 기분이었다. 집으로 돌아가고 싶었다.

지하철 안은 수신 상태가 나빴다. 고용센터 직원은 재차 이유를 물었다. 나는 몸이 아프다고 대답했다. 한번은 허리가 아프다고 했고, 나중에는 감기 몸살이라고 둘러댔다. 직원은 짜증이 나 있었다. 그는 서류를 제대로 갖추지 못해 창구 안을 우왕좌왕하는 실업자들과 번호표를 뽑지 않고 자신의 차례인 양 찾아오는 무례한 대기자들 사이에서 전쟁을 치르면서, 나에게 설득력 있는 결석 사유를 묻고 있었다. 그는 다음 번 실업 급여 교육 일자와 준비 서류를 빠르게 내뱉었다. 2주뒤였다. 실직 후 6개월 이내에 신청하지 않으면, 이후 실업급여는 받을 수 없게 된다는 말도 덧붙였다. 그 단순한 정보가 내 귀엔 게으름에 대한 질책과 협박으로 들렸다. 그는 인사도 없이 전화를 끊었다. 통화 종료를 알리는 메시지가 휴대폰 액정화면에 깜박였다. 우리가 나눈 곤혹스러운 대화 시간은 1분 35초였다. 나는 불이 저절로 꺼질 때까지 가만히 액정을 들여다보았다.

지하철은 빛을 가로지르며 달렸다. 사방에서 쏟아진 미적지근한 햇빛이 바닥으로 뚝뚝 떨어졌다가 이내 스며들었다. 수명을 다한 빛은 무거웠고, 눅눅했다. 빛은, 찌들어 보였고, 먼지로 가득 찬 것만 같았다. 목구멍이 간질거렸다. 열차는 다리를 건넜다. 모호한 색의 강물과 멀리, 오물처럼 물 위에 둥둥 떠밀려오는 노을, 구름 너머 V자 모양으로 일렁이는 철새 무리가 있었다.

오늘은 출장 온 아저씨들을 데리고 그 숲에 갔었어. 너도 이름은 들어봤잖아. 거긴 남자들이라면 누구나 궁금해하니까. 그런 델 가야 비로소 돈을 만지는 거야. 물론 위험하지. 너도 알다시피, 여자처럼 가슴도 달렸고 몸매도 끝내주지만, 아무튼 남자인데다 거칠거든. 약하는 애들도 많고. 내가 분명히 주의를 줬어. 절대 창문을 열지 말라고. 우린 구경만 하는 거라고. 차를 몰고 길을 따라가는데, 음 처음엔 별로 없어.

숲의 3분의 1 지점을 지나야 비로소 진짜들이 나타나지. 근데 이 아저씨들이 눈이 휘둥그레져서 창문에 다 달라붙어 있는 거야. 왠지 느낌이 좋질 않아서 빨리 지나가려고 속도를 내려는데, 일이 난 거지. 아저씨 한 명이 몰래 창문을 열었어. 내가 그걸 발견하고 창문 닫으라고 주의를 주는데, 그 순간 흑인 녀석 하나가 창틈으로 손을 집어넣어서 차 문을 열어버린 거야. 잽싸게 차 안으로 들어와서 다짜고짜 제일 덩치 작은 놈을 골라 아랫도리를 붙잡고 허리띠를 풀기 시작했어. 하, 상상이 가? 차 안에 말 한 마리가 뛰어들어온 것 같았어. 야광 비키니를 입은 흑마 말이야. 그때 카메라를 가져갔어야 했는데! 그 좁은 차 안에서 날뛰는데 불곰한테 습격당한 인간이랑 다를 바 없었어. 아비규환이었거든. 바지춤을 잡힌 아저씨는 자기보다 덩치 큰 놈이 위에 올라타니까 기겁을 했지만, 반항도 못했어. 겁먹은 것 같았어. 가슴이 아저씨 머리통만 했거든. 그 아저씨 완전히 포기했는지 넋 놓고 그놈 가슴이랑 얼굴만 번갈아 보더라. 아무튼 그 녀석, 내 얼굴을 마주치고 나서야 멈추더라고. 그러곤 바지 벗기면서 슬쩍한 지갑을 보여주면서 돈을 좀 달라고 하더군. 어쨌거나 일을 약간 했으니까. 그런데 그 아저씨, 얼굴이 시뻘게져서 지갑에 든 돈을 죄다 줘버렸어. 완전히 오버였지. 그 흑인 애가 엄청 고마워하면서 내리는 거야. 우리 차가 멀어질 때까지 내린 곳에 서서 손을 흔드는데, 눈을 못 떼더라, 그 아저씨. 커진 게 가라앉질 않더라고.

아무튼, 그 아저씨 돈 뺏긴 것 때문에 난 팁 한 푼도 못 건졌어. 오늘 하루 공쳤어.

나는 저녁 대신 치킨 너깃을 안주 삼아 맥주를 마셨다. 지하철에서 겪은 일련의 일들 때문에 진이 빠졌다. L은 시무룩해져서 우유 한 컵만을 마시고 자기 방으로 돌아갔다. L은 여자 친구 때문이 아니면 거실에서 자는 일이 없었다. 거실의 접이식 소파는 펼치면 세 명이 눕고도 남을 만큼 넓었지만, 매트리스가 단단해 자고 나면 허리가 아팠다. L의 방은 현관 바로 앞에 마주해 있어 내부가 훤히 들여다보였다. 집에 들어서면, 자연스럽게 L의 1인용 침대가 눈에 들어왔다. 지구본과 세계지도가 프린트된 이불과 침대 커버는 밝은 하늘색이었다. 붉은색의 'Bon voyage'라는 문구가 작고 규칙적으로 인쇄되어 있었는데, 언뜻 피 칠갑을 한 것처럼 보이기도 했다.

나는 L이 없을 때 종종 그 방에 들어갔다. L의 책장이나 서랍을 뒤적거리거나 컴퓨터를 켜고 문서를 열어보기도 했다. L의 책장엔 책이랄 것이 별로 없었다. 몇 권의 컴퓨터 프로그램 매뉴얼과 게임 공략집, 유명 사진작가의 사진집 몇 권과 시나리오 작법책이 전부였다. L의 포부는 언제나 상투적이었고 모호했다. 그 방에서 나의 관심사는 L이 찍은 사진이 저장된 컴퓨터 폴더와 앨범뿐이었다. L은 자신이 만났던 여자들의 모습을 담아 간직하는 것을 좋아했다. 특별히 잘 나온 사진은 인화하여 앨범에 보관했다. 그것은 여자들과의 애정도나 친밀감과는 아무런 관련이 없었다. 사진은 객관적으로 완성도가 높은 것들로만 추려졌다. 그곳엔 나도 있었다. 우리는 3년 전, 두 달간 만났다. 사진 속의 모습은 10년 전이라고 해도 믿을 만큼 어려 보였다. 시골 처녀인 양 뺨이 홍조를 띠었다. 3년 전의 나는 흉물스러운 단발 파마머리에 바다색 민소매 시폰 원피스를 입고 소파 위에 드러누워 있었다. 팬티 부근까지 치마를 걷어 올려, 훤히 드러난 두 다리와 맨발에 초점이 맞춰져 있었다. 나는 사진을 가져가고 싶었으나 그럴 수 없었다. 사진의 주인공은 나이되, 사진의 주인은 L이기 때문이었다. 두 다리는 게처럼 사이가 벌어져 있었다.

몇 달 전, B는 고국으로 돌아갔다. 그곳을 '고국'이라고 부르는 게 맞았다. B는 자신이 태어난 나라에 정착하려 6년간 애를 썼지만, 적응하지 못했다. 그는 유년기와 청소년기, 청년기를 모두 그곳에서 보냈다. 그곳의 물을 먹고 자라고, 말을 하고, 고등교육을 받았다. 그는 자신이 받은 양질의 교육에 자긍심이 있었다. B가 6년간의 생활에서 얻어가는 것은 자신을 보호하기 위해 필사적으로 익혔던 이곳의 언어뿐이었다. 그는 모호한 이곳의 정서를 이해하지 못했다. 논리로 무장한 그는 자주 오해받았다. 가까운 사람들일수록 그를 이해하지 못했다. 그는 늘 전쟁터의 군인처럼 긴장 상태였고, 말 속에 숨어 있는 좋지 않은 의도를 파악하는 데에 능했으며, 부당한 처사에 분연히 일어났다. 그는 자신을 보호할 줄 알았다. 문제라면, 자신만을 보호할 줄 안다는 것이었다.

B가 고국으로 돌아가고 난 후, 나는 그에게 일주일에 한 번씩 전화를 걸었고, 2주마다 메일을 보냈다. 나는 '사랑하는 B에게'라는 제목을 붙였다. 메일에 그간 내가 저지른 과오들, 그의 고독에 대한 몰이해와 의심들을 구구절절이 적으며 용서받고 싶다고 썼다. 그러나 기실, 그가 돌아오기를 바란 것은 아니었다. B는 나에게도 부담스러운 존재이기 때문이었다. 그는 독선적이었고 타협하지 않았다. B는 처음 한 달간 메일에 답장을 보내주었고, 두 달간은 가끔 전화를 걸어 안부를 물었다. 그리고 지난달부터는 아예 연락이 닿질 않았다.

B는 자주 꿈에 나타났다. 어느 날은 청부 살인에 실패한 나의 남편이었다가, 실족사 한 아들이 되기도 했고, 나의 선생님이자 강간범이 되기도 했다. 나는 B가 돌아가기 전 1년간 함께한 유일한 사람이었다.

L은 며칠째 컴퓨터 앞에 붙어 있었다. 집은 L의 것이었다. 나는 L에게 매달 방세를 냈다. 시세에 비하면 터무니없이 적은 액수였다. 공과금은 정확히 절반으로 나누었고, 매달 1일 얼마간의 돈을 갹출해 공동 생활비로 썼다. 우리는 특별한 일

이 아니면 각자 끼니를 해결했다. 냉장고와 찬장에는 각종 냉동식품, 반조리 식품, 술과 안주가 구비되어 있었다. 안주는 장기 저장이 가능한 건조 식품들이 주를 이뤘다. 둘 다 과일이나 야채를 좋아하지 않았다. 커피나 차 대신 유제품을 즐기는 점도 같았다. 우리의 공통점은 식성뿐이었지만, 대체로 관계는 원만한 편이었다. L은 부엌으로 향하는 나를 방으로 불렀다. 그는 성인용품 쇼핑몰을 뒤지는 중이었다. 침대 위 이불은 둘둘 말려 구석에 처박혀 있었다. 가까이 다가가자 L의 정수리에서 살냄새가 났다. L은 망사로 된 전신 스타킹과 밧줄 사이에서 고민하고 있었다. 인터넷 페이지를 넘기며 수십 장의 전신 스타킹 사진을 보여주었다. 나는 대답 대신 걔, 너보다 열 살은 많아 보여, 라고 말하곤 부엌으로 돌아갔다. 찬장에서 정종을 꺼내 전자레인지에 넣고 돌렸다.

'사랑하는 B에게'로 시작하는 메일을 쓰기 시작했다. 나는 이제 저 문장이 얼마나 상투적인지 잘 알고 있었다. 더불어 내가 하는 행동 역시 질리도록 지지부진하다는 것도 잘 알았다. 그러나 아는 것과 행동하는 것은 별개의 문제였다.

L의 여자 친구는 건강하고 독립심이 강해 보였다. 그녀에게는 일정한 수입이 보장된 일이 있었고, 5년간 요가를 했으며, 4년 전부터는 매년 두 차례씩 각각 한 달간 단식을 해왔다고 했다. 그녀의 얼굴에는 화장기가 없었고, 파마나 염색

따위도 하지 않았다. 무척 고집스러워 보였지만, 자신의 생활 방식을 L에게 권한 적은 없었다. 그녀는 일주일에 사흘 이상 우리 집을 찾았는데, 늘 자전거를 타고 왔다. 매번 자전거를 들쳐 메고 6층까지 올라오는 수고를 마다하지 않았다. 자전거 도둑이 기승을 부렸기 때문이었다. 그녀는 L이 복사해준 현관 열쇠를 갖고 있었지만, 언제나 초인종을 눌렀다.

현관문을 열자, L의 여자 친구는 여느 때처럼 어깨에 자전거를 얹고 서 있었다. 그녀가 씽긋 웃어 보였다. 나는 한 손에 요구르트 병을 든 채 그녀를 맞았다. L은 아직 일어나지 않았다. L의 여자 친구는 배낭에서 신문지로 감싼 납작한 그릇을 꺼냈다. 배낭엔 어깨끈을 여러 차례 덧대어 꿰맨 흔적이 있었다. 시금치와 가지, 말린 토마토가 들어간 키슈였다. 거실에 고소한 냄새가 순식간에 퍼졌다. 그녀는 낡은 스웨터를 걸치고 있었다. 분홍색과 검은색, 연두색이 뒤섞여 전반적으로 잿빛에 가까운 스웨터는 엉덩이를 덮을 정도로 길고 펑퍼짐했다. 목 부분의 실밥이 뜯겨 있었다. 나는 L에게 그녀가 종종 재활용품 수거함을 뒤져 사람들이 입다 버린 옷이나 양말 따위를 가져다 쓴다는 이야기를 들었었다. 스웨터 아래, 몸에 완전히 달라붙는 일체형 사이클복이 몸을 감쌌다. 나는 요구르트 병을 들어 보이며, 키슈를 거절했다. 그녀는 무엇이든 두 번 묻는 법이 없었다.

나는 방 창가에 놓아둔 작은 나무 의자에 앉아 남은 요구르트를 떠먹었다. 바닥에 남은 요구르트를 한 방울도 남기지 않겠다는 듯 긁어댔다. 티스푼이 유리 용기에 닿아 요란한 소리를 냈다. L의 인기척이 들렸다. 다 먹은 유리병은 창가에 모아 두었다. 크기가 작은 유리병은 여러모로 쓸모가 많았다.

건조하고 맑은 날이 계속됐다. 아침부터 먼지가 풀풀 날렸다. 오늘은 고용센터 직원과의 약속이 잡혀 있었다. 집을 나서기 전, 바닥에 쭈그리고 앉아 카펫에 달라붙은 머리칼을 뜯어냈다. 얇고 긴 머리칼은 섬유 깊숙이 박혀 있기 일쑤여서 핸디 청소기로는 도통 해결이 되지 않았기 때문이었다. L과 그녀의 대화를 엿들으며, 나는 머리칼을 뜯어내고 청소기로 먼지를 제거하는 짓을 수없이 반복했다.

L이 사진 찍어준대. 너도 찍을래?

단화 끈을 묶는 나에게, L의 여자 친구가 물었다. 거실 탁자에는 흰색과 붉은색 밧줄이 두께별로 늘어져 있었다. 괜찮아, 난 이미 찍었어. 나는 그녀의 습관처럼 살짝 미소를 지어 보였다. 아래로 처지는 입꼬리를 억지로 끌어 올려 싱긋 웃어 보이는 그녀의 표정을 뒤로하고 집을 나섰다.

지난여름 우리는 지방의 한 소도시로 짧은 여행을 떠났었다. 버스 터미널에 나타난 B의 손에는 검은 비닐봉지가 들려 있었다. 그 안엔 담배 한 보루와 요구르트 두 병이 들어 있었다. 우리는 버스 안에서 나란히 요구르트를 나눠 먹었다. 그곳은 B의 고향이긴 했지만, 연고가 있는 것은 아니었다. 그곳이 진짜 자신이 태어난 곳인지, 아니면 서류상의 고향일 뿐인지 B 역시 알지 못했다. B는 이동하는 내내 잠을 잤다. 차창 밖으로 끝없이 이어지는 여름 산과 싱싱한 벼, 야생화, 드물게 남아 있는 흙집이나 차양을 친 인삼밭은 그가 단 한 번도 본 적 없는 풍경들일 것이었다. 나는 그것들에 대해 이야기해주고 싶었으나, B는 관심이 없었다.

역에 도착한 B는 매표소 위에 걸려 있는 50호짜리 유화를 올려다보았다. 그림은 마을의 풍광을 담은 것이었다. 마을을 가로지르는 강과 녹음이 우거진 산의 아름다움은 다소 과장된 감이 없지 않았다. 그는 구도와 명암이 엉망인 형편없는 그림이라고 평했다. 색이 유치하고 촌스럽기 이를 데 없다면서, 벽을 따라 다닥다닥 붙어 있는 상아색 인조 가죽 의자를 가리키며 그 둘이 너무나 잘 어울린다고 비아냥거렸다. 의자 시트는 모서리가 갈라져 누런 스펀지가 곳곳에 드러났다. 출구엔 마을 뒤쪽으로 연결된 수목원의 상세 지도가 걸려 있었다. 역사 안에는 몇몇 노인들과 매표소 직원 한 명이 있었다. 직원은 껍질을 벗긴 메추리알을 소금에 찍어 입에 넣으며 그를 신기하다는 듯이 바라보았다. 그는 다소 예민해져 있었다. 우리는 다리를 건넜다. 난간에 길게 늘어놓은 나팔꽃에서 오줌 지린내가 났다.

고용센터의 직원은 열 명가량 되었다. 대기실엔 미리 약속을 잡고 온 사람들과 번호표를 뽑고 대기하는 사람들로 북새통을 이루었다. 태반이 오십대 이상의 남성이었다. 젊은 여자는 나를 포함해 세 명에 불과했다. 담당자는 퉁명스럽던 목소리와는 달리 인상이 서글서글했다. 제출한 서류를 훑어보며, 그는 해직 사유를 재차 확인했다. 나는 구차하리만큼 자세히 이유를 설명했다. 그는 겉표지에 내 이름이 적힌 작은 수첩 하나를 내밀었다. 나는 돈을 받기 위해, 3주에 한 번씩 구직활동을 증명해 보여야 했다. 각종 명함과 이력서, 이메일, 캡처 화면 등 증명할 수 있는 것이라면 무엇이든 가능했다. 그는 첫번째 칸에 오늘 날짜를 적어 넣고 도장을 찍었다. 돈은 기존 월급의 절반가량이 두 번에 나누어 계좌로 지급된다고 했다. 그는 수첩을 돌려주며, 세미나실을 가리켰다.

강의실 안에는 50명 정도의 사람들이 있었다. 파워포인트로 만든 조악한 그래프가 프로젝트 화면 위에서 어른거렸다. 강사는 실업 급여가 재취업의 의지를 고취하기 위한 제도라는 것을 누차 강조했다. 대다수는 강의가 끝나기만을 바라는 듯 엉덩이를 들썩댔으나, 몇몇 열성적인 수강자의 연이은 질문 공세로 교육은 한정 없이 늘어지고 있었다. 파워포인트에서 끊임없이 새어 나오는 효과음이 신경에 거슬렸다. 나는 이어폰을 꺼내 한쪽 귀에 꽂고 MP3 플레이어의 전원 버튼을 길게 눌렀다. 최대치로 올려놓은 음량을 재빨리 줄였다. 그때, 옆자리에 앉아 있던 남자가 말을 걸었다. 음악 좀 같이 들어도 될까요? 그는 머리숱이 유난히 많아, 구레나룻까지 촘촘했다. 남자는 나를 보며 작게 미소 지었는데, L의 여자 친구가 그러하듯, 나에게는 위선과 비웃음으로 느껴졌다. 이어폰을 나눠 낀 그는 몸을 내 쪽으로 완전히 틀었다. 반바지 아래로 드러난 내 허벅지를 검지로 살짝 누르며 속삭였다. 허벅지에 점이 하나 있네요. 나도 세 개나 있는데. 그는 조금 전보다 더 활짝 미소 지었다. 그의 작고 촘촘한 이가 눈앞으로 성큼 다가왔다. 니코틴에 전 누런 이가 참을 수 없이 역겨웠다. 나는 이어폰을 낚아채 세미나실 밖으로 나가버렸다. 교육을 끝마치지 못한 뒷일은 생각지 않았다.

우리는 시장 입구로 들어섰다. 허기가 졌다. 식당은 대부분 민물고기를 이용한 음식들을 팔았다. 강을 낀 마을은 은어가 특산물이라고 했다. 그는 비린내를 견디지 못했다. 시장 전체에 생선 고는 냄새가 풍겨 얼굴이 찌푸려졌다. 나는 노점상에서 치어를 통째로 튀긴 생선 튀김을 한 봉지 샀다. 튀김은 고소하고 비린내가 없었다. 그에게 권했으나, B는 미안하지만 역겹다고 했다. 나는 손에 든 튀김을 다시 종이봉투에 집어넣었다. 입구를 접었다.

B는 갈아입을 옷이 없었다. 우리는 트레이닝복이 즐비하게

널린 옷가게로 들어섰다. 그는 눈으로 물건을 훑어보고는 면티 두 장을 골랐다. B는 가게 주인에게 신용카드를 내밀었다. 주인 남자가 쓴웃음을 지으며 카드는 받지 않는다고 말했다. 이런 시골 장에서 누가 카드를 씁니까, 만 원도 안 하는데. 그는 볼멘소리로 덧붙였다. B는 계산기 옆에 버젓이 놓인 카드 단말기를 눈으로 확인했다. B는 단호한 목소리로, 카드로 계산하고 싶다고 재차 말했다. 나는 눈을 질끈 감았다. B는 한번 고집을 부리면 스스로 꺾는 일이 없었다. 나는 지갑을 열고 현금을 내보였으나, B는 나를 밀쳐냈다. 카드를 쓸 수 없는 이유를 명확히 대지 않으면 물러서지 않겠다고 했다. 이건 불법이잖아. B는 분개했다. 남자는 물건을 팔지 않겠다고 손사래를 쳤다. 그는 주인 남자의 냉랭한 태도에 급기야는 불같이 화를 내기 시작했다. 이 옷은 내가 고른 것이니 내가 반드시 가져가겠어요. 카드로 계산해주십시오. 아니면 경찰에 신고하겠습니다! 제가 우습게 보입니까? 난 한다면 하는 사람이에요. 경찰 부르세요!

그는 거친 말을 쓸 줄 몰랐다. 속어나 욕도 배우지 않았다. 그는 자신이 할 수 있는 가장 강경한 태도를 취했다. 그의 공손한 말투와는 달리 이글거리는 눈빛을 본 주인 남자는 싸움을 피했다. 목숨을 거는 듯한 B의 태도가 황당하다는 반응이었다. B는 티셔츠가 든 비닐봉지를 들고 당당히 시장을 빠져나왔다. 나는 B가 부끄러워 견딜 수 없었다. B는 종종 자신이 정의의 투사라도 된 양 굴었다.

생선 튀김이 든 종이봉투는 기름에 절어 눅눅해져 있었다. 생선이 식자 비린내가 올라왔다. 아무리 입구를 접어도 냄새는 사라지지 않았다. B의 탐탁지 않은 시선이 느껴졌으나 버리지 않았다. 버리고 싶지 않았다. 우리는 마을 입구에 도착했다. 마을은 고적했으나 평화로웠다. 볕이 잘 드는 담장과 지붕 위에는 어김없이 고양이들이 오수를 즐기고 있었다. 건조하고 시원한 바람, 푸르른 활엽수들, 잎 사이로 산산이 부서지며 쏟아지는 햇빛 냄새와 뒤섞인 나무줄기의 풋내를, 나는 무감하게 받아들였다. B를 어디까지 이해하고 용인해야 할지 감당할 수 없었다.

아스팔트 바닥으로 햇빛은 곤두박질쳤다. 빛은 덜 여물었으나, 한낮의 것과 다를 바 없이 매섭고 따가웠다. 요즘은 어째서 이렇게 날이 맑은 것인지, 짜증이 일었다. 빨라진 걸음 때문에 숨이 찼다. 더 이상 고용센터가 보이지 않을 정도로 멀리 왔으나, 조금 전에 느꼈던 역겨움은 사라지지 않았다. 어서 집으로 돌아가고 싶었다. 이불을 뒤집어쓰고 누워, 그대로 오늘 일과를 끝마치고 싶었다. 가로수 없는 인도를 끝없이 걸었다. 지하철역은 아직 보이지 않았다. 아파트 단지의 시든 장미 넝쿨을 지났다. 고가도로 아래 주차된 자동차들과 폐휴지 리어카 사이를 걸었다. 지하철은 아파트 단지의 끝자락에 있었다. 외벽 공사 중인 상가 건물을 지나 지하철 입구에 다다른 순간, 엄청난 굉음이 울렸다.

높고, 날카로우며, 연속적인 소음은 자동차의 경적 소리를 압도할 정도였다. 여기저기서 비명과 고함이 뒤따랐다. 엄청난 양의 먼지가 시야를 가로막았다. 외벽 공사에 쓰이는 철조 구조물이 한꺼번에 무너져 내린 것이었다. 철조 구조물은 인도와 도로의 한쪽 차선을 완전히 덮었다. 떨어져나간 철골이 도로를 굴렀다. 도로를 구른 철골들이 미처 피하지 못한 차와 맞부딪혔다. 경적 소리는 비명과 닮았다. 엄청난 소음 때문에 일순 정신이 아득해졌다. 점차 가라앉는 먼지 사이로, 나는 철골에 깔린 인부 한 명을 보았다. 찌그러진 철골 발판 아래로 피범벅이 된 두 다리가 있었다. 왼발의 운동화가 반쯤 벗겨져 있었다. 오른쪽은 그나마도 없었다. 나는 지하철역으로 몸을 돌렸다. 입구에선 노인 하나가 깐 완두와 말린 호박을 팔고 있었다.

주머니에서 핸드폰 진동이 느껴졌다. 번호를 보지 않아도 짐작할 수 있었다. 고용센터일 것이었다. 혹은 B일 수도 있었다. 아니면, 내 짐작이 틀렸을 수도 있었다. 그런 것은 별로 중요하지 않았다. 나는 모든 것이 하찮게 느껴졌다. 지리멸렬했다.

민박집에 도착하자, B는 기분이 한결 나아 보였다. 기역자 모양의 흙집이었다. 햇볕은 손바닥만 한 마당에 고르게 내리쬐었다. 마당 한편에는 고추, 오이, 깻잎 따위를 기르는 텃밭과 그 옆으로 장독 세 개가 나란히 자리 잡고 있었다. 돗자리가 깔린 평상이 마당 한가운데를 차지했다. 호박이며 토란대, 가지, 고사리 따위의 나물들이 바짝 말라, 건드리기만 해도 바스러질 것 같았다. 풍경 대신 메주 한 덩이가 처마 밑에서 흔들렸다. B는 감나무 아래 그루터기에 앉았다. 나는 하늘을 바라보았다. 감잎은 덜 여물어 얇고 부드러웠다. 감잎 그늘에 숨은 작고 단단한 열매를 보았다. 감나무 아래엔 1.5킬로그램짜리 아령이 두 개 있었다. B는 아령을 과장된 몸짓으로 들어 보이며 화를 내서 미안하다고 말했다. 그런데 억울한 일을 겪으면 참을 수가 없어. 그는 자신을 이해해주는 사람은 나뿐이라고 덧붙였다. 나는 그것은 사실이 아니라고 말하고 싶었으나 그럴 수 없었다. 그는 외톨이였다. 그를 이해하는 사람은 자신 말고는 세상 어디에도 없었다. 대청마루 위 놋쇠 그릇에 담긴 보리차에 하루살이들이 둥둥 떠다녔다. B는 이 집을 고향으로 삼아야겠다며 너스레를 떨었다.

L의 여자 친구는 나체로 거실 벽 가까이 서 있었다. 소파는 구석으로 밀려나 내 방 입구를 가로막고 있었다. 카메라를 이리저리 움직이던 L은 잡지를 펼쳐 보이며, 이런 자세도 할 수 있어?라고 물었다. 그녀는 고개를 끄덕이더니 가볍게 허리를

뒤로 꺾어 두 손으로 바닥을 짚었다. 몸을 뒤집어 팔다리로 지탱하는 모습은 거미 같기도 했고, 공포 영화의 한 장면이 떠오르기도 했다. 그녀의 몸은 지방이라고 할 만한 것이 없었다. 단단한 뼈와 최소한의 근육으로 이루어진 몸은 성적 감흥과는 거리가 멀었다. 음모가 없는 그녀의 성기는 어린아이의 것 같았다. 잔뜩 힘이 들어간 엉덩이 근육이 도드라졌다. 골반 뒤쪽이 움푹 들어갔다. 그녀가 취하는 자세 하나하나는 특정 부위의 근육을 단련시키기 위한 것 같았다. 가부좌를 틀고 두 팔로 몸 전체를 들어 버티는 동작은, 그녀를 한 마리 들소처럼 보이게 했다. 그녀가 고개를 치켜들자, 빗장뼈가 금방이라도 몸 밖으로 튀어나갈 듯했다. 목 근육과 가슴, 세 부분으로 갈라진 어깨 근육이 빗장뼈 주변을 감싸며 공격 태세를 갖추었다. 나는 보기 드문 광경에 넋을 놓고 있다가 그녀가 몸을 일으키자 번뜩 정신이 들었다. L에게 내 방 입구를 가로막은 소파를 치워달라고 요구했다. 온몸의 피가 다 빠져나간 듯 힘이 없었다. 한 시간 전의 충격이 채 가시지 않아 손이 덜덜 떨렸다. L은 대답 대신 탁자 위의 붉은 밧줄을 가져왔다. 좀 도와줘. L이 말했다.

　L은 매듭짓는 것에 서툴렀다. 그는 인터넷에서 출력한 각종 매듭의 이미지를 가져와 그대로 따라 했다. L은 발목과 팔목, 목에 부피감을 주고 싶어 했고, 명치에서부터 배꼽으로

이어지는 부분을 세 개의 매듭으로 장식하려 했다. 유두와 성기는 의식적으로 배제했다. 그녀의 밋밋한 몸에 적합한 방식이었다. 밧줄은 몸통 한가운데에서 시작해 팔과 다리로 퍼져 나갔다. 다리는 상대적으로 자유로웠는데, 높게 들어 올려야 하기 때문이라고, L은 말했다. 내 손엔 어느새 밧줄이 들려 있었다. 그녀는 몸에 힘을 풀고 척추를 바닥에 바싹 붙이고 누워 있었다. 두 손바닥이 하늘을 향했다. 생각했던 것보다 단단하게 몸을 결박해야 했다. 그렇지 않으면 매듭의 모양새가 틀어지거나, 중심이 어긋날 수도 있었다. 그럴 경우 그녀의 신체에 부담이 더하게 될 것이었다. 나는 그녀의 표정을 살폈다. 나와 눈이 마주쳤으나, 웃지 않았다. 온몸이 땀으로 범벅이 되어 있었다. 피가 통하지 않아 거무죽죽해진 몸은 언젠가 다큐멘터리에서 보았던 불에 그슬린 원숭이의 팔다리를 떠올리게 했다. 나는 긴장한 그녀의 눈과 일자로 다문 입술을 보았다. 팔다리가 미세하게 떨렸다. 나는 천천히 마음이 진정되는 것을 느꼈다.

L의 지시에 따라 그녀의 몸을 일으켜 세웠다. 그녀는 거실 한가운데에 두 발을 나란히 모으고 서서, 몸을 반으로 접었다. 두 손바닥이 발 옆 바닥을 짚었다. 오른쪽 다리에 힘을 주어 몸을 지탱하고, 왼쪽 다리를 천장 쪽으로 들어 올리기 시작했다. 지탱하는 오른쪽 다리의 정강이에 이마가 닿았다.

왼쪽 다리는 거의 몸과 일자가 될 정도로 들어 올려졌으나, 완벽하진 않았다. L은 왼쪽 다리에 연결된 밧줄을 천장 한가운데 박아놓은 고리에 끼워 넣고 반대쪽으로 넘겨 나에게 주었다. 잡아당겨, 힘껏. 나는 L의 지시에 따라 밧줄을 잡아당겼다. 그녀의 몸은 완벽히 일자가 되었다가, 활처럼 미세하게 휘었다. 그녀의 시선은 정강이에서 떨어져 나와 바닥을 향했다. 바닥을 짚고 있던 그녀는 양손을 들어, 신체를 지탱하고 있는 오른쪽 다리를 감쌌다. L은 연방 카메라 셔터를 눌렀다. 그러다 갑자기 큰 소리로 멋지다!고 말했다. 나는 깜짝 놀라, 그만 밧줄을 놓치고 말았다. 밧줄에 의지한 몸이 균형을 잃고 앞으로 고꾸라졌다. 나와 L은 그녀를 향해 달려갔다. L의 여자 친구는 대자로 누웠다. 우리를 올려다보며, 나지막이 웃었다. 땀이 들어가는지 눈을 쉴 새 없이 깜박이면서도 닦아내지 않았다.

나는 메일함에 저장해놓은 B의 편지를 모두 지웠다. 나는 B에게 고국으로 돌아가라고 말한 사람이 내가 아님을 후회했다. 이곳에서 너를 이해하는 사람은 아무도 없노라, 말해주지 않은 것을 후회했다. 더불어, 돌아간 고국에서도 너를 받아줄 곳은 아무 데도 없다는 것을 꼭 말해주고 싶었다. 그가 나에게 하듯, 그에게 진심을 말하지 않은 것을 후회했다. 그가 고국에 돌아가고 나서도 나는 끝까지 진심을 말해주지 않았다.

나는 지금이야말로 침묵할 때라고 생각했다. 내가 B에게 보냈던 편지 중 그가 수신 확인을 하지 않은 몇 통의 편지들을 찾아 지워버렸다. 그가 편지를 읽지 않은 것이 참으로 다행이었다. 나는 입을 다물어야 했다.

B가 가진 주소에는 집 대신 작은 연못만이 남아 있었다. 물은 깊이를 가늠하기 어려울 정도로 혼탁했다. B는 오랫동안 연못 앞에 서 있었다. 그는 표정이 없었다. 나는 그에게 마을 너머로 보이는 수목원의 입구를 가리켜 보였다.

L은 말린 소시지를 불에 살짝 구웠다. 발효된 돼지고기 비린내가 식욕을 자극했다. 냉장고에서 캔 맥주 세 개를 꺼내 탁자에 내려놓았을 때, L의 여자 친구가 샤워를 마치고 나왔다. 그녀는 전신 타이츠 대신 L의 티셔츠를 입었다. 옷에는 거대한 남자 성기 그림과 함께 Suce-moi!라고 휘갈겨 쓴 문장이 프린트되어 있었다. 그림과 그녀의 납작한 가슴은 묘하게 잘 어울렸다. L은 시간을 확인하더니 TV를 틀었다. 아나운서는 삭힌 생선 요리법을 전수받는 내내 끊임없이 말을 했다. 조금 쉰 듯한 목소리로 남부에서 가장 유명한 요리사라는 소개를 받은 중년 여성은, 삭힌 생선 요리야말로 지극히 개인적인, 하나하나가 다 다른 맛을 지닌 음식이며, 그 맛으로 그것을 담근 사람과 그 집안의 내력을 이해할 수 있다는 평가를 내렸다. 나는 이해라는 단어가 참으로 재미있는 말이라는 생

각을 문득 했다. 우리는 생선의 숙성 과정을 보며 맥주를 들이켰다. 나는 무의식적으로 담배를 빼 드는 L을 위해 창문을 조금 열었다. 죽은 화분을 그의 앞으로 밀어주었다. 우리는 아무런 대화도 나누지 않았다.

  늙은 공작은 구애 중이었다. 우리는 수목원에서 그를 보았다. 공작은 인도공작의 변종으로 전신이 백색이었다. 부리와 다리는 연한 분홍빛이 돌았다. 그는 날개깃의 가장자리와 정수리 부분이 누렇게 변색되어가는 중이었다. 공작은 깃털을 빳빳이 세우고 울었다. 코를 푼 휴지를 뭉쳐놓은 듯, 불규칙한 크기의 무늬들이 앞뒤로 파르르 떨렸다. 구애는 약 15분간 이어졌다. 그러나 우리 안의 암컷들은 그에게 관심이 없었다. 여행하는 내내 날이 흐렸다. 흐린 날을 기다려 구애를 하는 것이 공작의 습성이라고 했다. 공작은 체념한 듯 깃털을 천천히 접었다. 가지런히 접힌 날개의 길이는 족히 1미터가 넘었다. 날개 때문에, 방향을 바꾸기가 쉽지 않은 듯했다. 땅에 끌린 깃털은 흙먼지를 뒤집어쓰고 좀더 누레졌다. 둥지로 돌아가는 공작의 엉덩이와 뒤뚱거리는 걸음새는 오리의 것과 다를 바 없었다. 공작의 생태에 관한 안내문과 경고 문구가 적힌 표지판을 단 원형 철조망, 그 주변을 에워싼 개화한 모감주나무, 나뭇잎과 닮은 모양새의 비늘구름 사이로 이제 막 들이치기 시작한 희미한 빛을, 나는 바라보았다.

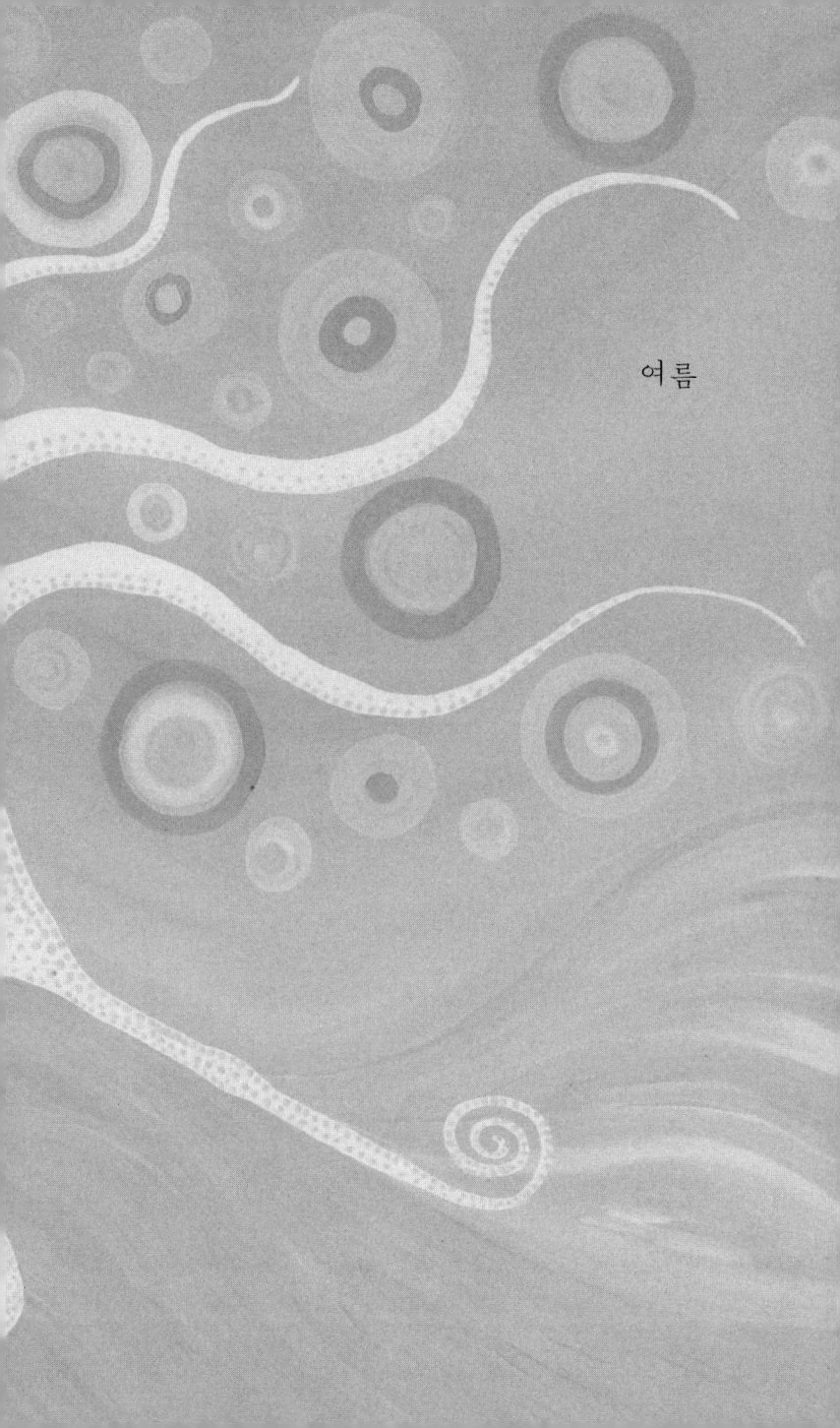

여름

Y는 조심스레 실내화를 벗고 욕실 앞 발판 위로 올라섰다. 맨발의 Y는 물속을 걷는 듯 느리고 무겁게 한 발씩 떼었다 놓았다. 백색 러그에 누런 발자국이 차례로 찍혔다. Y의 발은 작고 부드러워 보였다. 굳은살도, 각질도 없는 발은, 발가락의 마디 부분과 발등만이 햇볕에 그을려 있어, 개울가에서 물장구치는 사내아이의 것을 떠올리게 했다. 옷을 벗기 직전, Y는 욕실 바닥에 깔린 카펫에 들러붙은 머리카락 몇 올을 주웠다. 짧고 굵은 것은 자신의 것, 가는 고수머리는 B의 것이었다. 욕실 안으로 들어선 후 Y는 줄곧 뒤꿈치를 들고 서 있었다. Y는 전신 거울 쪽으로 몸을 돌렸다. 긴장된 종아리와 허벅지 근육이 먼저 눈에 들어왔다. 백시멘트 가루는 두피와 머리카

락 전체에 걸쳐 달라붙어 있었다. 머리카락을 귀 뒤로 넘기려 했으나 넘겨지지 않았다. Y는 목덜미를 살폈다. 머리카락이 스치는 부분에 발진이 돋았다. 힘이 들어간 종아리가 덜덜 떨렸다.

욕조 안에서, Y는 비로소 발뒤꿈치를 바닥에 내려놓았다. 그것은 Y의 이해하기 어려운 습관 중 하나였다. Y는 바닥에 온전히 맨발을 내려놓는 법이 없었다. Y는 샤워기의 물이 카펫에 튀지 않도록 꼼꼼히 샤워 커튼을 쳤다. 욕조와 맞닿은 양쪽 타일 벽에 물을 살짝 뿌려, 비닐을 고정했다. 샤워 커튼을 완전히 펼치자, 서로 덤벼드는 두 남자의 삽화가 나타났다. 그들은 크고 붉었으며, 나체였다.

Y는 신중히 물 온도를 맞춘 후, 샤워 레버를 약간 내렸다. Y는 높은 수압을 즐기지 않았다. 한여름에도 뜨거운 물을 썼다.

먼지는 B의 작업장에서 날아들었다. B는 도면대로 자른 합판이나 콘크리트의 표면을 사포기로 일일이 다듬었다. 차고로 쓰이던 작업장은 문이 없었다. 떨어진 톱밥들은 주변의 꽃나무와 입구에 깔린 자갈 위에 머물렀으나, 입자가 밀가루만큼이나 고운 시멘트 가루들은 바람을 타고 집 안으로 이동했다. 창틀, 거실 바닥, 탁자 위, 탁자와 의자 사이, 부엌 선반, 조리대 구석의 커피 머신, 커피 찌꺼기를 모아놓은 유리병 위에 앉았다. 면을 가진 모든 것들 위에, 먼지는 있었다. 먼지는 살아 있는 듯 끊임없이 태어나고 이동했다. 번식했다. 거실의 네 귀퉁이, 하나뿐인 책장의 작은 모서리, 구색을 갖춘 몇 권의 책 틈으로 숨어들었다. Y는 그 단출한 살림살이를 아침과 저녁, 하루에 두 차례 닦았다. 좀이 슨 나무 바닥, 한쪽 다리가 흔들거리는 탁자, 짝이 맞지 않는 의자 두 개를 물걸레와 마른걸레로 번갈아 문질렀다. 마룻바닥의 좁은 틈이나 문턱과 바닥 사이에 낀 먼지들은 페인트용 붓으로 파냈다. 샤워를 끝낸 Y는 개수대 앞에 섰다. 건조대 위, 찻잔과 그릇 몇 개가 눈에 들어왔다. 먼지가 부엌까지 미치는 것을 알지 못하는 B가 한 일이었다. Y는 그릇들을 내려 다시 닦기 시작했다.

놀란 Y는 손에 들고 있던 거름망 덮개를 놓쳤다. 원형 덮개가 Y의 발등 위로 떨어졌다. Y는 소리를 지를 듯 입을 크게 벌렸으나 정작 목소리는 나오지 않았다. 뒤로 물러나 개수대 안을 바라보았다. 귓불이 붉게 달아올랐다.

설거지를 마친 Y가 수챗구멍의 거름망 덮개를 열었을 때, 그곳에서 벌레 한 마리가 튀어나왔다. 두 개의 긴 더듬이와 여러 개의 마디, 무수한 다리를 가진 벌레는 어른 검지만 한 길이였고, 제법 부피감이 있었다. 벌레는 살아 있음을 들키고 싶어 하지 않는 듯, 최대한 바닥 가까이 몸을 밀착시키고는 숨을 죽이고 있었다. 세제 거품이 묻은 등껍질이 반질거렸다. 벌레는 독충이 아니었고 날개를 가진 것도 아니었으나, Y는 그 생김새에 두려움이나 혐오감을 느끼는 듯했다. 쉽사리 발을 떼지 못하던 Y는 몸을 한차례 부르르 떨고는 개수대에서 물러났다. 정면에 난 창으로 보이는 뒤뜰의 풍경들, 잡초와 구별되지 않는 진달래 잎, 일렬로 피어난 붉은 깨꽃들, 땅에 닿을 듯 낮게 깔린 구름이 서서히 멀어졌다. 허공을 향해 손을 뻗는 넝쿨의 새순들이 바람을 따라 일렁였다. 잘못 뿌리내려 땅으로 곤두박질친 넝쿨을 뽑아내던 B의 뒷모습이 시야에서 사라져갔다.

Y는 침실로 향했다. 슬리퍼를 벗고 양말을 꺼내 신었다.

B는 만드는 사람이었다. B는, 깎아내는 사람이었고, 부수는 사람이었다.

B는 헐값에 집을 샀다. 집은 가격에 비해 넓은 편이었으나, 낡은 데다 오랜 시간 방치되어 있었다. 문을 열자 곰팡내가 뒤섞인 오래 묵은 공기가 둘을 맞이했다. 서늘한 기운에 일순 오한이 서렸다. 집은 에이전시가 말한 것보다 훨씬 더 오랫동안 사람의 손길이 닿지 않았던 것 같다고, Y는 속삭이듯 말했다. 현관 입구는 한쪽으로 기운 구식 신발장 때문에 시야가 가로막혀 있었다. 쓰이는 전선과 더 이상 쓰이지 않는 전선들이 한데 묶여 천장을 가로질렀다. 터무니없이 작은 부엌 싱크

대를 살피며, B는 이미 새로워질 집의 모습을 상상하고 있었다. 거실 테라스와 마주 보이는 차고를 무척 마음에 들어 했다. 가건물을 감싸 안듯 가지를 드리운 늙은 체리나무를, B는 한없이 바라보았다. 그리고 기대에 찬 B의 뒷모습을, Y는 바라보고 있었다. B는 마뜩잖아 하는 Y에게 '가능성'에 대하여 이야기했다. 집은 아름다워질 가능성이 있다고 했다. Y는 대답 대신 커다란 머리째 뚝뚝 떨어져 쌓인 무궁화 무덤 쪽으로 고개를 돌렸다. 뒤틀린 현관문이 잘 닫히지 않아 애를 먹었다.

B는 가장 먼저 욕실 주변 시멘트 벽의 곰팡이를 벗겨내기 시작했다. 당장 필요한 가구 몇 개를 제외하고는 모두 버렸다.

Y는 이어폰을 귀에 꽂고 휴대용 카세트 플레이어에 녹음테이프를 넣었다. 플레이어의 재생 버튼을 눌렀다.

Y의 알람은 여름이 시작된 후 줄곧 새벽 4시에 맞춰져 있었다. 쓰레기 수거 차가 집 앞 골목에 다다르는 소리, 인부들이 차에서 내려 음식물 쓰레기통과 재활용 쓰레기 봉지를 차가까이 끌고 가는 소리, 봉지가 쓰레기 더미 위로 쌓이고 이내 굉음을 내며 멀어지는 들끓는 엔진 소리를 들으며, 서서히 잠에서 깨어났다. Y는 하루에 네 시간 정도 일을 했다. 해가 길어진 후부터는 한 시간 앞당겨 일어났다. B의 기상 시간이 빨라졌기 때문이었다. Y는 언제나 고요한 상태에서 작업하기를 원했다. 해가 뜨기 직전의 적막, 새벽의 습기와 서늘함을

아꼈다. Y는 어둠을 더듬어 거실 탁자 위에 노트북을 놓았다. 방문을 닫고 난 후에야 거실 불을 켤 수 있었다. B는 빛에 예민해, 조도가 낮은 전등 불빛에도 잠을 뒤척였다.

인터뷰어의 목소리는 익숙했다. Y는 몇몇 잡지사나 출판사로부터 녹취록 의뢰를 받았다. 인터뷰나 좌담의 녹음 분량은 대체로 60분 안팎이었다. 긴장을 풀기 위한 의례적인 질문이나 농담으로 인터뷰는 시작되었다. 종종 평전이나 수필집 출간을 위한 인터뷰의 녹취록 의뢰도 들어왔다. 그것은 Y가 받는 일거리 중 가장 규모가 크고 긴 시간이 소요되는 것이었다. 녹취록은 책 한 권 정도로 방대했다.

Y는 정해진 일의 순서를 따랐다. 첫번째로, 들리는 말들을 빠른 속도로 타이핑했다. 모호한 부분은 공란으로 남겨두었다. 작업이 끝나면, 테이프를 처음으로 돌려 확인 작업을 거쳤다. 불확실한 발음의 단어들은 몇 번이고 반복해서 들었다. 그런 단어들은 곧 껄끄러워지고, 어감이 낯설게 느껴졌는데, 그럴 때면 단어에 적응하는 데 시간을 들여야 했다. 전문용어들을 일일이 확인했다. Y에게는 이 단계가 가장 지난한 작업이었다. 확인이 끝난 후에는 읽기 수월하도록 문장을 손봤다.

입술에서 떨어진 말들은 대체로 불구에 가까웠다. 말들은 문법에 어긋난 것들이 대부분이었고, 종결되지 않은 채로 남겨지거나, 끝없이 이어졌다. 사람들은 서술어를 쉽게 생략했다. 문장의 앞뒤를 바꾸거나 이미 말한 단어를 전혀 뜻이 다른 단어로 번복하기도 했다. Y의 임무는 생략된 말들을 찾아 문맥에 맞게 끼워 넣는 것이었다. 문장과 문장 사이의 공간, 대화와 대화 사이의 간극, 언어로 표현하기 전에 눈빛이나 손짓으로 대체하는 대화들을, Y는 오해의 여지 없이 풀어내야 했다.

Y는 누가 가르쳐주지 않아도 서서히 요령을 익혀나갔다. 녹음 상태를 확인한 후 테이프를 되감았다.

——그곳에는 바둑 친구들이 몇 있었습니다. 그중엔 치과의도 있었지요. 특이한 친구였는데…… 아침 11시부터 오후 3시까지만 진료를 했어요. 오후 3시 이후엔 무슨 일이 있어도 병원 문을 닫았어요. 그길로 지하철을 타고 카페로 출근했지요. 우리가 늘 모이던 카페로요. 그 후엔? 뭘 하겠습니까. 바둑을 뒀지요. 새벽 1시까지요. 술은 마시지 않았어요. 출출하면 근처 쌀국숫집으로 우르르 몰려갔어요. 남자들끼리요. 그 친구, 고수 잎을 특별히 좋아하진 않았는데, 문 여는 가게가 그 시간엔 그곳뿐이라…… 가족도, 애인도 없었어요. 딸이 어디서 산다고는 들었는데……

——K씨는 어떠셨나요? 본인 이야기도 들려주셔야죠.

——아, 나요? 나는, 뭐……

물이 끓자, 커피 냄새가 거실에 퍼져나갔다. 새벽의 습기와 뒤섞인 커피 향은 생리혈 비린내 같았다.

  B는 어린아이에게 하듯 Y의 양옆구리를 잡고 높이 들어 올려 합판 위에 앉혔다. Y의 검은색 니트와 청바지가 B의 옷에서 묻은 톱밥과 땀으로 범벅이 되었다. 비가 내린 동안 습기를 먹은 합판들이 햇볕에 바짝 마르는 과정에서 미세하게 뒤틀리거나 작아졌다. Y는 버팀목과 살짝 사이가 벌어진 합판을 자신의 몸무게를 이용해 눌렀다. B는 그동안 못을 박아 고정했다. 금세 이마에 땀이 맺혔다. B는 방의 한 면이 가득 메워질 정도로 커다란 책상을 만들고 있었다. 두 겹의 합판을 마주 댔다. 아래는 저렴한 미송 합판을, 윗면은 무늬가 그럴듯한 자작나무를 썼다. 사포질이 끝난 합판은 어린아이의 살결처럼 부드러웠다. 책상은 밤나무색 스테인으로 세 번가량 칠하게 될 것이었다. 스테인과 사포질을 반복한 후 스테인이 완전히 마르면 그 위에 코팅제를 바르는데, 보통 다섯 차례 이상 발랐다. 그래야 발로 차도 긁히지 않을 만큼 단단해진다고, B는 말했다. 책상 다리는 콘크리트로 만들 거야. B가 드릴로 못을 박을 때마다, Y의 몸이 진동으로 덜덜 떨렸다. 소음이 대단해, Y는 B의 말을 절반밖에 알아듣지 못했다.

  B는 Y에게 손바닥 크기의 작은 나무판 네 개를 차례로 보여주며 합판 위에 올려놓았다. 고양이, 나뭇잎, 고래, 하트 모양의 나무판은 각각 옅은 분홍, 초록, 하늘, 노란색이었다.

컵 받침대. 짧게 내뱉은 B는 두 팔을 뻗어 Y를 안았다. Y는 B의 어깨를 잡고 바닥으로 발을 뻗었다. 땀 냄새가 훅 끼쳐오자, Y는 자신도 모르게 미간을 찡그리며 고개를 옆으로 돌렸다. 손바닥과 팔 전체가 B의 땀으로 미끈거렸다. 비린내가 났다. Y는 손끝으로 조심스럽게 컵 받침대를 들었다. 더러워진 옷에 자꾸 눈이 갔다.

Y는 서둘러 작업장을 빠져나왔다. B는 뒤따라 나오는 듯하더니, 작업장 입구에 서서 크게 기침을 했다. 자갈 위에 가래를 뱉었다. B는 매일 사포질을 하면서도 마스크를 쓰는 법이 없었다. Y는 체리나무를 올려다보았다. 바둑알처럼 윤이 나는 체리가 가지마다 떼 지어 매달려 있었다. 얇은 가지들이 부러질 듯 축 처졌다. 체리나무는 성장이 무척 더딘 종임에도, 나무는 보통의 것들보다 기둥이 굵고 키가 훨씬 컸다. 열매는 이미 검붉은색을 띠고 있었다.

Y는 집 안으로 들어오자마자 옷을 모두 벗어 빨래 바구니에 넣었다. 컵 받침대를 만지작거리다 싱크대 서랍 안에 넣었다.

Y는 벌레에 대하여 생각하고 있었다. 며칠 전 개수대에서 마주쳤던 벌레의 모습이, 세제 거품이 묻은 등껍질이 머릿속 어딘가에 남아 있다, 문득문득 떠올랐다. 양말을 신고 개수대로 돌아왔을 때 벌레는 이미 사라지고 없었다. 벌레는 죽지 않았으므로, 여전히 집 안팎 어딘가에 살아 있을 것이었다.

벌레는, 이 집의 다른 종들과는 사뭇 이질적인 데가 있었다. 그날 이후 Y는 내내 긴장해 있었다. 냉장고 문을 열 때, 설거지를 하기 위해 개수대 앞에 설 때, 창문을 열 때, 혹은 책상 의자를 뒤로 밀 때, 바닥에 죽은 듯 달라붙어 있던 벌레의 모습이 스쳐 지나갔다. 그날 이후, Y는 잠을 잘 때에도 양말을 신었다. 종종 실내화를 신고도 발뒤꿈치를 들고 걸었다. 살아 있는 것도, 죽은 모습을 마주하는 것도 고역이었다. 수챗구멍의 덮개를 열기 위해서는 마음을 굳게 다잡아야 했다. 언젠가는 B의 도움을 받은 적도 있었다. B는 영문도 모른 채 작업장에서 불려 나와 덮개를 열어주고 돌아갔다. 부피가 큰 벌레가 어떻게 덮개에 난 좁은 틈을 비집고 거름망 안으로 들어갈 수 있었는지 Y는 짐작도 하지 못했다. 도시에서 나고 자란 Y는 벌레에 대해 아는 것이 아무것도 없었다.

Y는 어두운 거실 한구석을 노려보았다. 어둠을 응시하는 것은 Y가 두려움을 이겨내기 위해 사용하는 방법이었다. Y는 사물을 분간할 수 없을 만큼의 어둠을 자세히 들여다보고 또 보아, 결국 스스로 아무것도 구별할 수도 감지할 수도 없다는 것을 깨닫고는, 안도했다.

침실에서 B의 기침 소리가 들려왔다. 카세트테이프는 이미 재생이 끝나 있었다. Y는 카세트 플레이어에서 녹음테이프를 꺼내 뒤집어 넣었다. 재생 버튼을 눌렀다. 테이프의 케이스엔 '인터뷰 A-1'이라고 휘갈겨 쓴 견출지가 붙어 있었다. Y에게 인터뷰어와 대상자에 대한 정보는 주어지지 않았다.

 인터뷰어들은 목소리에 감정을 없애는 데 능숙했다. 숙련되면 숙련될수록, 그들의 목소리는 본래 자신의 목소리와 완전히 일치하거나, 완전히 멀어져갔다. 인터뷰이들은, 인터뷰 도중 종종 자신의 진짜 목소리를 내곤 했다. 누구에게도 들려주지 않은 목소리, 들려주고 싶지 않은 억양, 고치고 싶으나 고치지 못한 점잖지 않은 추임새나 말버릇 들을 자신도 모르게 내뱉었다. Y는 그것을 예민하게 느낄 수 있었다. 그들은 자신의 실수를 깨닫고 나면, 상대방이 알아채는 것과 상관없이 수치심을 느꼈다. 잠시 말을 멈추거나 멋쩍게 웃었다. Y는 그런 비어 있는 시간이 불편했다. 그러면 이어폰을 잠시 귀에서 떼어두고 바람을 쐬고 들어왔다. Y는 시큰한 손목을 매만졌다.

 Y는 50도짜리 술 다섯 병과 1리터 용량의 밀폐 유리병 여섯 개가 든 비닐봉지를 양쪽 손에 들고 있었다. 걸음을 옮길 때마다, 유리와 유리가, 유리와 무릎이 부딪혔다. Y는 유리의 마찰음과 골목을 가득 메우는 햇볕의 쨍쨍한 소리를 구별하지 못했다. 황소들이 서로의 뿔을 들이밀듯, Y는 이마로 빛을 밀며 힘겹게 나아가고 있었다. 목덜미와 어깨, 잔뜩 긴장한 두 팔 위로, 빛은 떨어졌다. Y의 그림자가 뒤에서 일렁

이다 이내 앞질렀으나, 더 이상 길어지지 못한 채 Y의 발아래 일그러졌다. 골목 양쪽의 높은 담장은 길이 끝날 때까지 이어져 있었다. 잘 다듬어진 관상수의 동그란 머리통이 담장 밖으로 삐죽이 솟아나왔다. 그늘은 없었다.

Y는 작은 바퀴가 시멘트 바닥을 긁다 멈추기를 반복하는 소리에 고개를 들었다. 반대편에서 젊은 여자가 유모차를 밀며 다가오고 있었다. 여자는 한 손으로 유모차를 살짝 밀었다. 아이의 무게 때문에, 유모차는 5미터가량 앞서 가다 멈췄다. 슬리퍼를 끌며 천천히 유모차로 다가간 여자는 손잡이를 꼭 쥐고, 반동을 주어 더 세게 밀었다. 유모차는 Y를 스쳐 조금 더 멀리 나아갔다. 바퀴가 작은 돌멩이에 걸려 덜덜거렸다. Y의 시선이 여자의 나머지 한 손에 들린 종이컵에 닿았다. 컵 안에는 튀긴 닭 껍질 몇 개가 이쑤시개에 꽂혀 있었다. 두 살가량의 사내아이는 낯빛이 어둡고 표정이 없었다. Y는 갑작스레 눈앞이 흐려졌다. 졸음이 몰려왔다. 더위 탓인 듯했다.

——……상자는 모두 손으로 만들어야 해요. 지름이 5센티미터건, 1센티미터건. 그래야 각각의 상자마다 크기나 형태에서 미묘한 차이가 생겨나니까요. 그 차이는 나중에 수백 개의 상자를 일정한 패턴으로 캔버스에 옮겨 붙였을 때, 작은 틈을 만들어줍니다. 그 공간이 변화와 균형감을 만들어주지

요. 개개의 상자에는 치중하지 않아요. 큰 그림을 봅니다. 수백 수천 개의 모서리가 만들어내는 질감, 경계가 희미한 형태들이 주는 모호한 감정을 중요하게 생각합니다. 나는 감정을 가진 형태들을 풍경이라 부릅니다.

그해 여름에 대해서 이야기하고 싶군요. 나는 어렸을 때, 어머니가 무척 싫었습니다. 우리 어머니는 융통성이라곤 없는 양반이었어요. 까만 얼굴에 흰자위만 번뜩이며, 내 이름을 불러댔지요. 그 시절 나의 유일한 바람은 고향을 떠나는 것이었습니다. 새벽이면 어머니는 헛간으로 숨어든 나를 끌어내, 여동생과 살구를 따게 하곤 했습니다.

한 치 앞의 발밑만을 간신히 분간할 정도의 약한 빛에 의지해, 우리는 과수원으로 향했습니다. 과수원까지는 30분 정도를 걸어가야 했는데, 입구에 다다르니 푸르스름하게 해가 돋기 시작하더군요. 우리는 우선 벌레 먹거나 짓무른 살구를 주워 먹으며 허기를 달랬습니다. 내가 살구나무 가지를 흔들면, 동생이 떨어진 과실을 주워 광주리에 담았어요. 동생은 키가 작아 허리를 조금만 숙여도 되었지요. 우리는 한낮 햇볕에 그을려 얼굴이 시뻘게질 때까지 살구를 땄습니다. 종일 먹은 것이 살구뿐이라, 위가 쓰릴 정도였지요. 여동생은 풋살구를 먹었는지 자꾸 배가 아프다고 했어요. 처음엔 살구나무 아래 똥을 누고 흙으로 잘 덮더니, 나중엔 귀찮았는지 그마저도 하지 않더군요. 동생은 다시 나무 그늘에 쭈그리고 앉았습니다. 이미 햇볕에 익은 얼굴이, 힘을 주니 더욱 붉어지더군요. 살구나무는 나무 자체가 크지 않고 잎도 성글어, 그늘이 제구실하기 어려워요. 여동생의 흰 엉덩이와 그 옆, 아침에 누어 표면이 단단해진 똥 위로 빛이 쏟아졌습니다. 나는 그 빛나는 것들을 바라보다, 그길로 고향을 떠났습니다. 그것이 고향에서 본 마지막 풍경이었습니다.

  B는 체리주를 담그고 싶다고 했다. 그는 오래전부터 어릴 적 자신의 집 앞뜰에서 자라던 두 그루의 체리나무에 대하여 이야기했었다. 체리 꼭지를 자르던 어머니의 뒷모습과, 추운 겨울 차고의 높은 선반 위에 올려둔 술병에서 몰래 꺼내 먹던 숙성된 체리의 맛을 추억했다. B는 연극적인 데가 있었다. 그는 어린 시절 경험했으나 더는 누릴 수 없는 많은 것들을 반추하고, 재현하고자 했다. 그는 그것이 나이가 들면서 겪게 되는 상실감을 모호하게나마 채워줄 것이라 기대했다. B는 자신의 아버지가 그러했듯 집을 고치거나 나무를 가꾸는 것으로 하루를 보냈다. 새로운 허브를 발견하고, 가지나 토마토의 모종을 구했다. 동물 다큐멘터리를 볼 때마다 아버지가 기르던 백색 앵무새에 관하여 이야기했다. 어머니가 직접 가죽을 꿰매어 만든 테이블 매트를 그리워했다. 명절 때 귀하게 먹던 고기찜이 먹고 싶다고 Y를 졸랐다. Y는 태어나서 한 번도 맛본 적 없는 음식을 간단한 레시피만으로 재현해내기 위

해 고군분투하곤 했다. 모든 것은 함께 이루어나가는 데에 의미가 있는 것이라고, B는 Y에게 말했었다.

마당에는 잘 익은 체리 세 광주리가 놓여 있었다. Y는 수도와 연결된 고무호스를 이용해 체리를 씻었다. 작업장의 먼지로부터 안전한 뒷마당으로 체리를 가져가 물기를 뺄 것이었다. Y는 체리 한 알을 입에 넣었다. 달고 사근사근한 맛이었으나 Y에게는 익숙지 않았다. 체리는 어디까지나 B의 추억이기 때문이었다.

B는 죽어가는 화분에서 온전한 뿌리 몇 개를 거두는 중이었다. 팔손이는 지난겨울을 잘 이겨내는 듯하더니 봄이 지나자 급격히 쇠약해지기 시작했다. 물을 주는 것도, 부드러운 볕만을 쬘 수 있도록 그늘을 만들어주는 것도 소용없었다. 팔손이는 B가 여러 차례 집을 옮기면서도 낙오되지 않은 몇 안 되는 화분 중 하나였다. 마르지 않은 줄기 몇 가닥을 골라내, 흙을 털어내고 잔뿌리를 쓰다듬는 B의 조심스러운 손놀림을, Y는 체리 광주리를 옮기며 힐끔힐끔 쳐다보았다. B는 팔손이의 뿌리를 대야에 받아놓은 물에 가볍게 씻었다. 흙을 씻어내자, 눈부시게 하얀 뿌리가 드러났다. 잔뿌리를 다듬는 B의 손과 손길에 따라 흔들리는 연약한 뿌리를 보고 있을 때, Y는 불현듯 어린아이의 맨다리를 떠올렸다. 발가벗겨진 어린아이의 아랫도리, 마디가 짧고 통통한 아이의 다리와 작은 발이

눈앞에 나타났다. 허공에서 덜렁거리는 희디흰 두 다리와 정원용 가위에 뚝뚝 잘려나가는 팔손이의 잔뿌리들이 하나의 이미지로 겹쳐졌다. B의 손은 크고 야만스러워 보였다. Y는 갑자기 구토가 치밀었다.

Y는 고개를 돌렸다. 체리를 채반에 넓게 폈다. 물기가 마르는 동안, 열매의 꼭지를 1센티미터가량만 남기고 하나하나 잘라내기 시작했다. 표정을 지우기 위해 애썼으나 더는 B의 손을 볼 수 없었다. B가 습관적으로 기침할 때마다, Y는 올라오는 구토를 간신히 억눌렀다.

——아내와 아이 이야기는 하고 싶지 않아요.
——……20년 만에 고국으로 돌아오시게 된 계기가 있다면요?
——누가…… 잠깐 만나던 여자가 있었는데, 돌아가는 게 좋을 것 같다고 하더군요. 아무래도, 고향이니까요. 나를 잘 이해해줄 것이다, 하면서.
——후회하진 않으세요?
——……잘 모르겠습니다.

Y는 전날 미리 냉장고에 넣어둔 냄비를 꺼냈다. 냄비 안에는 정사각형으로 큼지막하게 자른 고기가 술에 재워 있었다. Y는 채반에 밭쳐 육수를 걸러냈다. 정향을 박아 넣은 월계수

잎 세 개, 소고기 2킬로그램, 흰 양파 한 개, 당근 두 개, 마늘 세 쪽이 채반에 걸러졌다. 핏물이 밴 육수는 걸쭉하고 검붉은색을 띠었다. Y는 육수를 약한 불에 올렸다. 먹어본 적이 없으므로, 그 맛을 짐작할 수조차 없었다. 약간의 피비린내가 났다. 물기를 없애기 위해 집게로 고기를 하나씩 옮겨 담는 동안, Y의 등은 땀으로 범벅이 되어 있었다. 재료를 볶고 오래 졸이는 것은 지금의 계절과는 맞지 않았으나, Y는 개의치 않았다. Y는 연방 이마에 흐르는 땀을 손등으로 훔쳤다.

 Y는 언젠가 B에게서 들은 요리의 이름을 기억해두고 있었다. 지방색이 강한 명절 음식, 한겨울 온 가족이 둘러앉아 먹는 보양식이었다. B가 집을 떠나온 뒤로 맛보지 못한 것을 대신해주려는 듯했다. Y는 분주하게 움직였다. 의도는 모호했으나, 행동에는 단호함에다 절실함마저 느껴졌다.

 Y는 훈연 돼지고기를 도마 위에 올려놓았다. 칼날을 들이대다 멈추고 돼지고기와 도마를 차례로 물에 헹구기 시작했다. 거실 한가운데를 가로지르는 비닐막이 커튼인 듯 일렁였다. B는 거실에서 작업을 시작하며, 책상을 설치할 때 날리는 먼지와 앞으로 발생할 콘크리트 가루가 탁자나 책장, 부엌으로 가는 것을 우려했다. 비닐막을 달면 먼지가 새어 나갈 리 없을 것이라는 B의 호언과는 달리, 먼지는 가까이는 탁자와 의자, 멀리는 찬장 안쪽의 종지 그릇에 이르렀다. 먼지는 원하는 곳이면 어디로든 갈 수 있었다. Y는 이미 그 사실을

알고 있었으나, 입을 열지 않았다. B는 어린아이 같은 데가 있어 자칫 싸움이 될 수도 있었다. Y는 이전보다 더 꼼꼼히 세간을 닦아야 했다. B는 책상 다리가 들어갈 자리에 나무 거푸집을 놓았다. 책상이 될 합판은 벽에 세워두었다.

B는 공언한 대로 시멘트로 책상 다리를 만들려 하고 있었다. 그는 콘크리트의 차갑고 거친 재질을 좋아했다. 콘크리트만큼 나무와 잘 어울리면서도 현대적인 것은 없다고 늘 말해왔다. B는 두 개의 콘크리트 다리로 이루어진 거대한 책상을 계획했다. 책상의 판은 좁은 버팀목으로 교묘하게 지지하되, 측면에서 보면 다리와 합판이 서로 분리되어 공중에 떠 있듯 보이도록 할 것이었다. B는 나무로 틀을 짠 후, 여러 개의 지지대를 설치했다. 시멘트는 자체 무게가 상당해, 나무틀이 휘어질 수도 있었다. 40킬로그램짜리 시멘트 세 포대로 다리 한 개를 만들 수 있었다.

비닐막은 바람이 불 때마다 치마폭처럼 크게 부풀었다 가라앉았다.

Y는 먼저 달군 프라이팬에 훈연 돼지고기를 튀겼다. 편으로 저민 마늘 약간, 붉은 양파 두 개를 채 썰어 갈색이 되도록 볶아냈다. 프라이팬의 남은 기름을 이용해, 소고기의 네 면을 센 불에 태우듯이 익혔다. 그래야 오랫동안 조려도 고기가 부스러지지 않았다. 밀가루를 약간 뿌려 뒤적거렸다. 주물

냄비 바닥에 볶은 양파와 돼지고기를 깐 후, 소고기를 하나씩 조심스레 얹었다. 육수를 붓기 위해 냄비 뚜껑을 열자, 피비린내가 훅 끼쳤다. Y는 냄비를 다시 내려두었다. B의 허브가 떠올랐다. Y는 바구니를 든 두 손을 감추고 조심스럽게 비닐 막의 갈라진 틈으로 머리와 어깨를 들이밀었다.

 B는 체리나무 그늘에 있었다. 그는 시멘트 봉지를 뜯고 맨땅에 가루를 부었다. 쌓인 시멘트의 봉우리 부분을 겨냥해 고무호스로 물을 들이부었다. 막삽으로 능숙하게 시멘트를 뒤적였다. 반죽을 끝낸 시멘트의 면적을 좁혀, 산처럼 높게 쌓았다. 시멘트는 응고가 빨라 쓰임새가 끝나면 재빨리 물로 씻어내야 했다. 섞인 시멘트는 몇 번 분량으로 나누어 대야에 담아 이동할 것이었다. B는 인기척을 느끼고는 고개를 들었다. 바구니를 든 Y를 보았다. B와 눈이 마주친 Y는 자신도 모르게 눈을 피했다. Y는 당황했다. B를 뚜렷한 이유 없이 외면한 것이 미안해진 Y는 입꼬리만을 살짝 올려 웃어보이며, 다시 B와 눈을 맞췄다. 그 순간 B가 기침을 하기 시작했다. 그는 시멘트 반죽에 꽂아놓은 막삽에 몸을 의지했다. 기침할 때마다, 온몸이 출렁였다. Y는 B를 부축해야 할지 잠시 망설였다. 손에 들린 바구니와 허브를 기다리고 있는 고기찜, 방금 씻고 나온 깨끗한 두 손이 차례로 머릿속에 떠올랐다. 그러는 사이 B는 더욱 격렬하게 기침하기 시작했다. 놀란 Y가 발을 떼었을 때, B가 왈칵 피를 토했다.

피는 양이 상당했다. 기침을 할 때마다, 컵에 든 물을 엎지르듯, 피가 쏟아졌다. B는 곧 입을 틀어막았으나, 피는 손가락을 비집고 나와 시멘트 위로 떨어졌다. B의 두 손과 옷, 시멘트와 땅이 검붉게 물들었다. 피를 한 바가지 쏟아낸 후에야 기침이 잦아들었다. 입 주변과 앞가슴에 피 칠갑을 한 채, B는 얼어붙은 듯 서 있는 Y를 바라보았다.

매미가 울었다. 올해 처음 듣는 매미 울음소리였다.

―나는 한여름 폭염 속에 태어났습니다. 사람들이 우스갯소리로 하는 30년 만의 폭염같은 것 말이지요. 그래서 나는 폭염이란 단어와 나의 생일을 쌍둥이처럼 함께 갖고 다녀야 했습니다. 누구든 내 생일을 들으면, 가장 먼저 그해의 폭염에 대하여 이야기하곤 했으니까요. 물론 나는 내가 태어난 해의 여름은 기억하지 못합니다. 하지만, 그 집 문을 열고 들어서던, 그해 여름의 풍경에 대해서는 조금 말할 수 있겠군요.

내가 그곳에서 처음 만난 것은 거대한 거미줄이었어요. 신발장과 벽의 한쪽 모서리를 잇는 방사형 거미줄은, 제가 본 것 중 가장 큰 것이었어요. 아마 오랜 시간 사람 손이 닿지 않은 곳이었으니, 여유가 있었겠지요. 그러나 거미줄은, 버려진 것 같았어요. 거미줄에 걸린 것은 손이 닿으면 산산이 바스러질 것 같은 안개꽃 한 송이가 유일했으니까요. 이유는 알 수 없지만, 나는 그 메마른 꽃에서 눈을 뗄 수 없었습니다.

거미줄 가까이 다가가 유심히 들여다보았습니다. 불에 그슬린 듯 제 색을 잃은 잎을, 바싹 타들어간 죽은 꽃송이를, 오래오래 바라보았습니다.

정원에는 두 그루의 과실수가 있었습니다. 두 나무는 각기 생장이 달랐어요. 한 그루는 열매가 너무 익어 땅에 떨어진 것들이 제법이었고, 다른 나무는 이제 막 열매를 맺고 있었지요. 같은 나무일지라도, 나뭇잎들은 저마다 다른 시간 속을 사는 것 같았습니다. 크기가 같은 것이 없었어요. 표면에 솜털이 돋은 어린잎과 끝부터 말라가는, 죽어가는 잎이 한 가지에 있었습니다. 나는 메마른 꽃을 가르고 이제 막 얼굴을 드러낸 푸른 과실을, 젖은 열매 위 긴 더듬이를 드리운 검은 벌 한 마리를, 날개를 비추는 자글자글한 햇빛을, 또한 보았습니다.

Y는 실내화를 벗고 욕실 앞 발판 위로 올라섰다. 러그에 연방 발을 문질렀다. 욕실 손잡이에 허옇게 앉은 먼지를 입으로 후, 불었다. Y는 서둘러 옷을 벗기 시작했다. 땀에 젖은 옷이 몸에 달라붙어, 잘 벗겨지지 않았다. 시큼한 냄새가 진동했다. Y는 전신 거울 쪽으로 몸을 돌렸다. 빗장뼈와 갈비, 골반이 툭 불거져 있는 몸은 무성에 가까웠다. Y는 들고 있던 발뒤꿈치를 조심스레 내려놓았다. 발바닥 전면에 닿는 카펫의 까끌까끌한 감촉이 느껴졌다. 정수리까지 소름이 끼쳤

다. Y는 오른쪽 발을 뻗어 한 발 내디뎠다. 고개를 들어 거울을 바라보았다. 일그러진 이마와 튀어나온 눈썹 뼈를 가진 얼굴이 있었다.

Y는 욕조 안으로 들어가 샤워기를 벽에 고정하고 냉수 쪽으로 레버를 돌렸다. 위로 힘껏 젖혔다. 차가운 물이 Y의 정수리와 앞가슴으로 쏟아졌다. 뜨거웠던 몸이 급격히 식었다. 이내 몸이 바들바들 떨리기 시작했다. 귀가 먹먹했다.

샴푸를 손에 덜기 위해 허리를 숙였을 때, Y는 어떤 목소리를 들은 것 같았다. 다시 허리를 펴고 얼굴을 두 손으로 세게 비볐다. 높은 수압 탓에 물줄기 소리가 낯설게 들리는 것인지도 몰랐다. Y는 다시 허리를 숙여 샴푸를 손에 덜고 머리카락에 거품을 내었다. 그리고 그 목소리가 어린아이의 것임을 깨달았다. 뜻을 알 수 없는 속삭임이 이어졌다. 어린아이의 웃음소리를, Y는 생생히 들었다. Y는 샤워 레버를 내렸다. 커튼을 열고 욕조에서 뛰어내렸다. 문을 열자, 문턱을 경계로 수북이 쌓인 먼지가, 바람에 미세하게 일었다.

집은 비어 있었다. B는 옷을 갈아입은 뒤 제 발로 진료소를 찾아갔다. 욕실 바깥쪽 손잡이에 Y의 손자국이 희미하게 찍혀 있었다.

Y는 광주리에 모아둔 체리를 부엌으로 가져왔다. 가장 아래쪽에 자리 잡은 체리는 금세 물러지고, 뭉개져가고 있었다.

Y는 개수대에 체리를 부어, 상한 것들을 거두기 시작했다. 유리병을 깨끗이 씻어 전자레인지에 넣고 돌렸다. 비가 내리지 않은 지 20일이 넘었다. 비가 드물고 건조한 지역이었다. 하늘은 구름 한 점 없이 맑았으나, 집은 먼지 덕분에 안개에 잠긴 듯 운치가 있었다. Y는 바싹 마른 유리병에 체리를 가득 채운 후, 술을 부었다. 과일주를 만드는 것은 그다지 어려운 일은 아니었으나, Y는 여전히 맛을 가늠할 수 없었다. Y는 개수대의 짓무른 체리들을 두 손으로 모았다. 수챗구멍의 뚜껑을 여는 붉은 손이 조금 떨렸다.

Y는 2년 전 B와 함께 남해로 여행을 갔었다. B가 부두에서 바다낚시 배를 빌리기 위해 선주와 흥정을 벌이는 동안, Y는 방파제에 자리를 잡고 문고판 소설을 읽고 있었다. Y는 생경한 바다에 자꾸 시선을 빼앗겨, 좀처럼 책에 집중하지 못했다. 그때 갑자기 발등 위로 무언가가 빠르게 지나가는 것을 느꼈다. Y는 주변을 둘러보고는 소스라치게 놀랐다. 방파제와 먼 바위에 다닥다닥 달라붙어 있던 것들, 홍합이나 조개일 것이라 짐작했던 것들은 사실 모두 벌레였다. 벌레는 소금물도 사람도 두려워하지 않았다. 바다가 그들의 서식지였기 때문이었다. 벌레들은 바다에서부터 방파제로 무리지어 이동했다. 그들은 일사불란하게 움직였고, 거침이 없었다. Y는 돌바닥을 짚고 있던 자신의 손가락 옆으로 기어가는 바다 벌레

를, 무릎 사이로 지나가는 벌레 무리를 속수무책으로 바라보았다.

Y는 뒤를 돌아보고 싶었으나 몸을 움직일 수 없었다. 가능한 한 큰 목소리로 B를 불렀다. 이제껏 누군가를 그렇게 애타게 불러본 적은 없었다. Y는 울먹이며 B를 불렀으나, 인기척이 느껴지지 않았다. Y는 눈을 감았다. 돌처럼 굳은 듯 움직이지 않았다. 숨을 깊게 들이마시고는 바다 벌레의 움직임에 귀를 기울였다. Y는 자신의 주변에서 발생하는 모든 크고 작은 소리, 파도, 바람, 자신의 숨소리, 희미하게 들려오는 B와 선주 간의 대화를 분리하고 제외해나갔다. 이윽고 연필의 서걱거림 같은 벌레 소리만이 남았다가, 서서히 사라져갔다. 얼마간의 시간이 지나고, Y는 비로소 고요 한가운데에서 눈을 떴다. 한 손으로 바닥을 짚고 몸을 일으켜 세웠다. 먹먹했던 귓가에 다시금 바람 소리, 방파제를 향해 달려드는 파도 소리가 들려왔다. 다리가 덜덜 떨렸다. 책은 바닷물 위를 둥둥 떠다니다가 파도를 따라 일렁였다. Y는 등을 돌리고 섰다. 부둣가에서 계선주를 만지작거리며 대화에 열을 올리는 B와 점점 뭍에서 멀어져가는 자신의 책을 번갈아 바라보았다.

체리주는 유리병 다섯 개 분량이었다. Y는 밀봉한 유리병을 B의 작업장으로 가져갔다. 작업장 천장 바로 아래, B는 유리병 높이의 선반을 만들어두었었다. Y는 사다리를 타고 올라가 선반 위에 술을 올렸다. 잘 숙성된 체리를 먹기 위해서는 다음 해 겨울까지 기다려야 한다고, B는 말했었다.

 Y는 체리나무 앞에서 걸음을 멈췄다. 시멘트는 체리나무 그늘에 작은 봉분 모양으로 단단하게 굳어 있었다. 봉우리 부분이 피로 검게 물들었다. 바람이 불었다. 올여름 들어 가장 시원한 바람이었다. 완벽히 익은 체리는 제 무게를 이기지 못하고 쉼 없이 땅으로 떨어졌다. 떨어진 체리들이 나무 주위에 쌓여, 거대한 화관을 만들고 있었다. Y는 그 화관 안으로 발을 디뎠다. 검은빛에 가까운 진녹색의 잎사귀와 한여름의 햇빛을 받으며 뒤늦게 여물어가는 어린 열매가 보였다. Y는 힘껏 뛰어, 길게 늘어진 체리나무 가지를 꺾어 보였다.

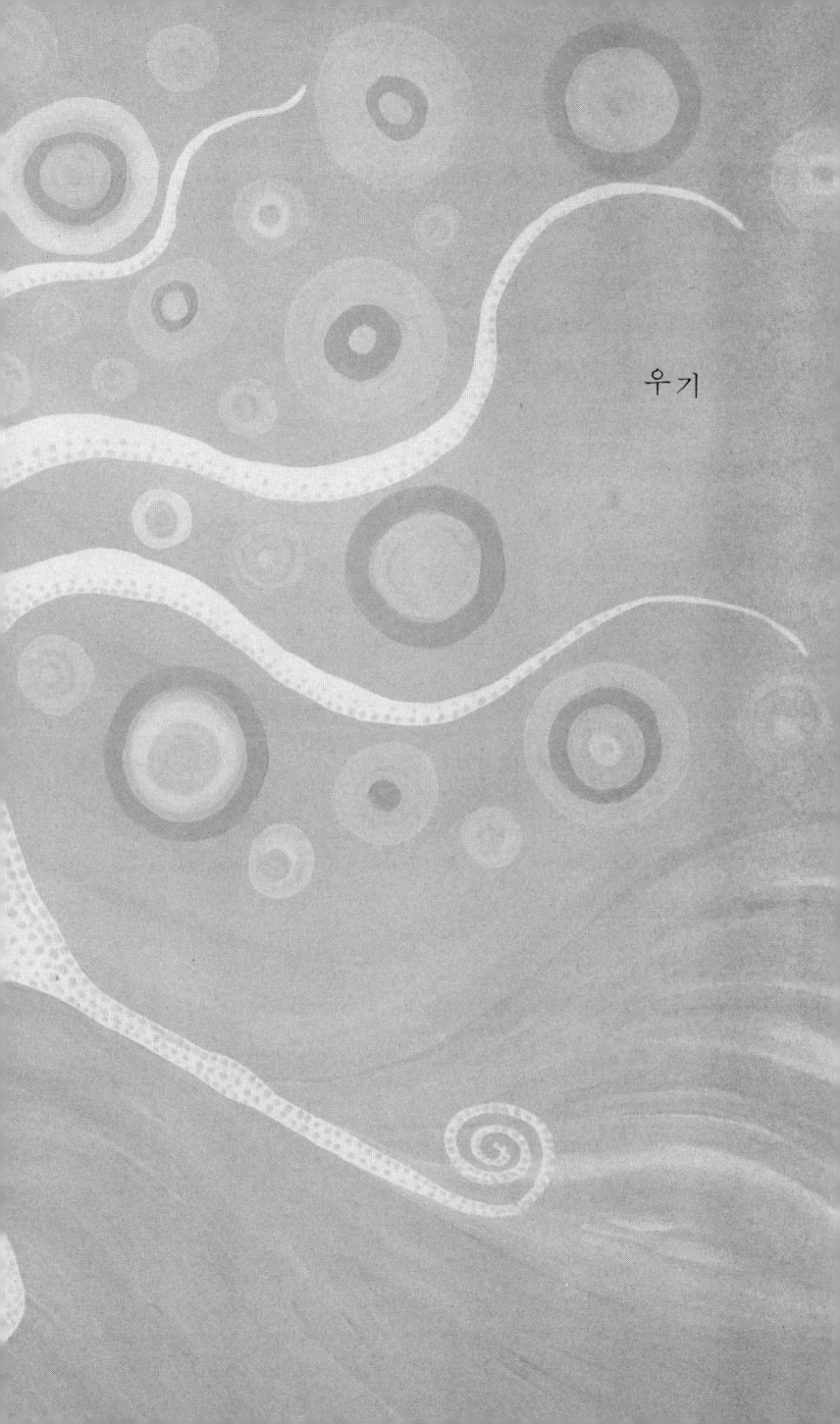

우기

나는 집에 가야 한다고 말했다.

그는 입국장 난간에 상체를 기대고는 엉덩이를 한껏 뒤로 뺀 채 서 있었다. 내 이름이 적힌 A4용지를 펄럭이며, 호객 행위를 하듯 입국장을 빠져나오는 여행객들의 주의를 끌었다. 나는 한 달 전 그에게 여권 사본을 팩스로 보냈었다. 여행용 비자를 받는 데 보름이 걸렸다. 그는 나의 국적과 성별, 이름을 알고 있었다. 탑승객 중 동양인은 내가 유일했으므로, 그는 쉽게 자신의 고객을 알아보았다. 우리는 통성명을 했다. 그의 이름은 내가 분별할 수 있는 모음과 자음의 미묘한 틈새에 끼어 있어, 희미한 잔상만을 남기고 이내 사라져버렸다.

대신, 나는 부드러운 다갈색 고수머리와 동그란 콧방울, 옅은 초록색 눈동자와 긴 속눈썹을 기억했다. 진녹색 줄무늬 피케 셔츠를 입은 그는, 키가 작고 뚱뚱했다. 피부색이 어둡고 불그죽죽했다. 양복바지 주머니에서 손수건을 꺼내 목덜미를 훔칠 때마다 양쪽 겨드랑이에 난 동그란 땀자국이 보였다. 그는 땀에 전 손수건을 다시 주머니에 넣었다. 가죽 벨트 위에 살짝 걸쳐진 아랫배와 옆구리의 살들이 적나라하게 드러나 보였다. 그가 손을 내밀었다. 나는 그의 손끝을 살짝 쥐었다 놓았다. 손이 몹시 부드러웠다.

그는 대우자동차에 대해 이야기했다.

공항 유리문이 열리자마자 텁텁한 공기가 훅 끼쳤다. 날이 찼다. 그는 내 손에 들린 캐리어 손잡이를 자연스레 자신의 손에 옮겨 쥐고는 공항 뒤편으로 빠르게 걸었다. 나는 외투로 코와 입을 감쌌다. 매연과 모래로 뒤범벅된 바람이 사방에서 불었다. 머리칼이 금세 뻣뻣해졌다. 입안이 까끌까끌했다. 공기는 매웠다. 그는 갓길에 세워둔 낡은 봉고차를 향해 다가갔다. 차 뒤꽁무니에 박힌 구형 대우 로고를 가리키며 환하게 웃어 보였다. 그는 이 나라의 많은 사람이 대우 차를 탄다고 말했다. 대우자동차는 이곳에서 무척 유명합니다. 차를 몰고 고속도로를 달리다가도, 대우 로고가 붙은 차를 보면 으레 나를 불러 보여주었다. 오래전 단종된 모델들이 대부분이었다.

나는 차창 밖으로 끝없이 이어지는 야자수와 메마른 땅, 포복한 곰처럼 버티고 선 모래 산을 바라보았다. 그는 몇 개의 명사와 형용사를 번갈아 끼워 맞추며 끊임없이 영어 문장을 만들었다. 그것은 좋다, 나쁘다, 유명하다, 맛있다, 싸다, 비싸다, 고 말했다. 어둠 속에서도 그의 치아와 눈동자는 빛을 발했다. 차는 북쪽으로 세 시간가량 이동했다. 육지의 중심부를 향해, 안개로 무장한 모래바람을 밀며 서서히 나아갔다.

K에겐 말하지 않았다. 말한다 해도 이해할 리 없었다. K는 이곳이 어디에 붙어 있는지조차 알지 못했다. K는 자신이 아는 만큼만 이해했다.

커튼을 젖혔다. 금사로 장식된 벨루어 직물 끝단에서부터 먼지가 올라왔다. 오랫동안 창문을 열지 않은 듯 문고리가 뻑뻑했다. 붉은 녹 위로 먼지가 내려앉아 단단히 굳어 있었다. 창턱에 낮게 깔린 모래 위를 뒹구는 죽은 벌레가 보였다. 덩치가 작은 풍뎅이 같았다. 유리창은 사물을 분간하기 어려울 정도로 더러웠다. 먼지 위 빗물 자국, 그 빗물 자국 위에 다시 먼지가 쌓이기를 반복하며 규칙적인 무늬를 만들어놓았다. 가뭄이 든 땅처럼 균일하게 갈라졌다. 문고리를 아래로 내리려 애썼다. 녹이 슬어 엉겨 붙은 문고리는 꿈쩍도 하지 않았다. 사위는 어두웠다. 나는 순한 양 같던 가이드의 얼굴을 떠올렸다. 어젯밤 호텔에 도착한 직후 그의 태도를 상기해보았다. 그는 타인의 비위를 맞추는 데 능숙했다. 자신을 최대한 낮추면서 원하는 것을 얻어냈다. 그는 무척 셈이 빠른 사람 같았지만, 끈덕진 그의 제안들을 거절하기가 쉽지 않았다. 나는 창문 여는 것을 포기했다. 검지와 엄지 안쪽이 붉게 부풀어 올랐다. 문고리는 꿈쩍도 하지 않았다. 커튼을 내렸다. 호텔 조식은 오전 8시부터 10시까지였다. 목이 까끌까끌해, 연방 마른침을 삼켰다.

어젯밤 나는 그에게 더 이상의 관광 가이드는 필요 없다고 말했었다. 그는 가볍게 고개를 끄덕이며, 트렁크에서 캐리어를 꺼내 호텔 안으로 들어갔다. 체크인과 짐 옮기는 것을 도와주겠다고 말했다. 자정이 가까워져 있었다. 나는 그의 뒤를 따랐다. 이 지역에서 가장 좋은 호텔이라고 재차 강조했다. 내일 해 뜨는 것을 보여줄게요. 그가 내 여권을 호텔에 맡기며 말했다. 괜찮아요. 혼자 갈게요. 나는 당황했다. 그는 관광 가이드가 필요 없다는 내 말을 대수롭지 않게 넘기는 듯했다. 게다가 그가 말하는 곳은 내 여정에 포함되어 있지 않았다. 나는 혼자 있고 싶었다. 그는 이해한다는 듯 고개를 끄덕이며 다시 입을 열었다. 하지만, 그곳은 혼자 갈 수 없어요. 차가 필요해요. 그곳은 정말 아름다워요. 일순 피로가 몰려왔다. 그는 호객 행위를 하고 있었다. 그가 가이드를 해줄 때마다 수수료가 붙을 것이었다. 그는 이미 공항 픽업만으로도 상당한 돈을 만지고 있었다. 아니에요. 다음에 갈게요. 나는 좀 더 목소리에 힘을 주었다. 여행 책자에 의하면 도시는 어느 곳이든 도보로 운신할 수 있을 정도로 규모가 작았다. 그는 나에게 객실 카드를 넘기고는 다시 트렁크를 챙겨 들었다. 엘리베이터 앞에서 호텔 매니저와 어깨를 부딪치며 인사를 나누었다. 그는 엘리베이터에 올라타며 구간 반복 중인 어학 테이프처럼 일관된 어조로 말했다. 그곳은 정말 아름다워요. 모든 여행자가 그곳에 가요. 엘리베이터에서 내린 그는 트렁크를 객실 앞에 가져다 놓았다. 내일 새벽에 호텔 앞에 와 있을게요. 아니요. 가고 싶지 않아요. 내 목소리에 난감함과 짜증이 섞여 들어갔다. 그가 일순 눈초리를 축 늘어뜨리며 눈을 동그랗게 떠 보였다. 미소 짓는 얼굴이 한없이 선량했다. 공짜예요. 돈 안 받아요. 내일 새벽 5시에 호텔 앞에서 기다릴게요. 피곤하면 나오지 않아도 돼요. 그가 내 눈을 바라보며 말했다. 그는 한껏 어깨를 낮추고는 내 표정을 살피고 있었다. 나는 간단히 거절할 명분을 찾지 못해 우물쭈물했다. 그는 틈을 놓치지 않았다. 내일 5시예요. 그는 다시 한 번 힘주어 말하고는 엘리베이터에 올랐다. 문이 닫혔다.

꿈속에서, 나는 팝콘처럼 튀어 오르며 만개하는 붉은 꽃들을 보았다. 나뭇가지에 달라붙은 수백 개의 붉은 꽃봉오리들이 차례로 부풀었다. 부풀어 오른 꽃봉오리는 거위의 앞가슴처럼 희고 풍만했다. 만개한 꽃들은 이내 불그죽죽한 모습으로 돌아와 바닥으로 떨어졌다. 꽃은 순식간에 피고 지고, 지고 폈다.

여행용 비자의 유효기간은 15일이었다.

그는 키가 자신보다 머리 하나는 더 큰 남자와 함께 있었다. 둘은 봉고차를 사이에 두고 담배를 태우고 있었다. 호텔을 나서는 나를 발견하자, 그는 짧은 순간 한쪽 입꼬리를 올리며 씩 웃어 보였다. 내 친구예요. 그는 베두인입니다. 사막에 살아요. 그가 말했다. 나는 그의 말을 잘 알아듣지 못했다. 그는 베두인이라는 단어만을 몇 번이나 반복했다. 나는 베두인이 무엇인지 몰랐다. 그의 친구는 덩치 때문인지 순하고 아둔해 보였다. 친구가 그를 대신해 운전대에 올랐다. 둘은 서로 모국어로 이야기를 주고받았다. 그는 친구와 이야기할 땐 전혀 웃지 않았다. 나는 그것이 그의 자연스러운 모습일 거라고 생각했다. 그가 음악을 틀었다. 일정한 박자를 가진, 같은 높이의 음이 끝없이 이어졌다. 음의 높낮이가 없었으므로, 노래는 영원히 계속될 것만 같았다. 노래는 그들의 언어와 비슷해, 시작과 끝을 짐작하기 어려웠다. 하늘이 푸르스름했다. 차는 모래 산 반대 방향으로 달렸다. 곧 꼭대기에 성벽이 남아 있는 돌산이 나타났다. 성은 함락된 지 오래였다. 텁텁하고 눅눅한 바람이 불었다. 공기는 모래에게서 한시도 자유롭지 못했다. 성벽에 이르기까지 30분가량이 걸렸다. 멀지 않은 곳, 민가와 사막의 경계를 이루는 모래언덕이 푸르스름한 빛 아래 드러나 보였다. 모래 산 중턱부터 드문드문 나타났다, 언덕 아래에 이르러 방사형으로 무리를 이루는 정사각형의 흙집 위로, 창백한 빛이 고르게 내리쬐었다. 그러나 뜨는 해는 보이지 않았다. 둘은 차 뒤편에 쭈그리고 앉아 연방 담배를 태웠다. 그들은 기다리는 것이 무척 익숙해 보였다. 새벽 찬바람에 몸서리가 쳐졌다. 안개가 자욱했다. 사위가 완벽히 밝아진 후에도 안개는 걷히지 않았다. 허탕이었다. 문득 K가 떠올랐다. K의 구겨진 미간과 짜증 날 때면 파르르 떨리던 얇고 긴 입술이 떠올랐다. 곧 관광 가이드가 쭈뼛쭈뼛 나타났다. 미안해요. 오늘은 해를 볼 수 없네요. 나는 어떤 반응을 보여야 할지 몰라 잠시 망설였다. 일출을 보지 못한 것이 실망스럽지는 않았다. 그러나 더는 그를 보고 싶지 않았다. 나는 고개를 끄덕였다. 잔뜩 물기를 머금은 동그란 눈망울이 눈앞에 있었다. 미안해요. 그 말은 진심인 것 같았다. 나는 봉고차에 올랐다. 그가 눈짓하자, 그의 친구가 엉거주춤 운전석으로 몸을 구겨 넣었다. 돌아가는 비행기는 6일 후에 있었다.

그는 나를 호텔 후문 입구에 내려주었다. 호텔 뒤편으로 대추야자 숲이 펼쳐져 있었다. 숲은 규모가 컸다. 나뭇잎과 줄기가 바싹 메말라 있어, 산 것인지 죽은 것인지 분간이 가질 않았다. 나무는 키가 족히 3미터는 넘을 듯했다. 나는 숲이 만든 서늘한 그늘로 천천히 발을 들였다. 대추야자의 다른 이름은 종려나무였다.

호텔의 숫자는 손가락으로 꼽을 수 있을 만큼 적었다. 그 호텔들 주변에 식당을 겸한 민박집들이 달라붙어 있어, 관광객들을 나누어 가졌다. 도로 곳곳에 차선 하나를 통째로 가로막은 관광버스들이 있었으나, 마을엔 거의 차가 없었으므로 문제가 되진 않는 듯 보였다. 호텔을 조금만 벗어나면 방치된 유적과 박물관이 나왔다. 사람들은 이곳을 신시가지라 불렀다. 이 지역 사람들은 신시가지로 출근해 관광객들의 뒤를 따라다니며 생계를 꾸렸다. 기념품이나 엽서, 주전부리를 팔았다. 혹은 그가 하듯 가이드를 하며 목돈을 챙기기도 했다. 여행객들은 이곳의 터무니없이 싼 물가에 금전 감각을 잃기 십상이었다. 그들은 관광객들에게 물건을 팔 때면 시세에서 열 배 정도 높게 불렀다. 하나에 50원이었던 꿀빵이 관광객들에게는 5백 원이 되었다. 해가 지면 언덕 아래 그들의 보금자리로 돌아갔다. 그곳을 구시가지라 불렀다.

여독이 채 풀리지 않았는지 피로가 몰려왔다. 나는 다시 침대에 몸을 뉘었다.

K는 여행 가방을 챙기는 내 뒤에 팔짱을 끼고 서 있었다. 나

는 속옷을 정리하며 힐끔힐끔 K의 표정을 살폈다. K는 왈칵 터져 나오려는 말들을 꾹꾹 눌러 담으며 가까스로 입을 닫고 있었다. 나는 K가 무슨 말을 하려는지 잘 알고 있었다. K는 눈을 잔뜩 접고 나를 노려보듯 바라보았다. 구겨진 입술에 짜증이 잔뜩 묻어 있었다. 나는 K가 퍼부을 비난이 두려웠으나 짐짓 아무렇지 않은 척했다.

룸서비스로 마른안주와 맥주를 시켰다.
커튼을 살짝 젖혔다. 이미 해가 진 후였다. 시계는 이제 막 5시를 가리키고 있었다. TV 리모컨의 전원 버튼을 눌렀다. CNN과 유로 스포츠, 영화 채널 몇 개가 번갈아가며 반복되었다. 목 뒤에서 빗장뼈 부근까지, 바깥바람에 노출되었던 부분이 끈적였다. 팔이 접히는 부분과 무릎 뒤쪽이 쩍쩍 달라붙었다. 나는 욕실로 발을 옮겼다. 욕조에 물을 받기 시작했다. 집의 욕조는 무용지물이었다. K는 욕조를 판자로 막고 그 위에 세탁기를 올려놓았다. 집이 좁아 선택의 여지가 없었다. 물은 다소 거친 편이었으나 불쾌할 정도는 아니었다. 벗은 청바지가 눅눅했다. 쇠비린내가 났다. 간단한 샤워를 마친 후 욕조 안에 발을 디뎠다. 허벅지에 욕조의 찬기가 닿자 순식간에 소름이 돋았다. 욕조에 몸을 누이고, 두 손을 앞가슴에 포갰다. 물은 목과 어깨의 경계에 이르러 찰랑거렸다. 관 속에 드러누운 기분이었다. 몸이 끝없이 바닥으로 가라앉는 것 같앉다. 바닥에 이를수록 수온은 낮아졌다. 욕조 바닥은 여전히 차가웠다. 앞가슴에 포개어두었던 두 손바닥을 엉덩이 밑으로 가져갔다. 신체에 짓눌려 옆으로 퍼진 엉덩이 살과 주변으로 몰려드는 따뜻한 물의 입자들, 욕조 바닥의 한기가 손등과 손바닥으로 집중되었다. 몸이 서서히 따뜻해지며, 잔뜩 긴장했던 근육이 부드럽게 풀리는 듯했다. 정수리와 코끝에 땀이 맺혔다. 자연스럽게 손이 사타구니에 머물렀다. 나는 손바닥으로 성기를 문질렀다. 손이 움직이는 속도에 맞춰 몸이 빠르게 데워진다는 사실이 무척 만족스러웠다. 그때, 갑자기 명치 부근이 턱 막히는 듯한 기분이 들었다. 숨이 잘 쉬어지지 않았다. 양손으로 욕조를 붙잡고 몸을 일으키려 했으나, 팔에 힘이 들어가지 않았다. 물속으로 머리를 처박았다. 숨이 가빠왔다. 심장이 빠르게 뛰었다. 너무 빨리 뛰어 멈춘 것처럼 느껴지기까지 했다. 간신히 바닥을 더듬어 욕조의 고무마개를 뽑았다. 몸이 자꾸만 욕조 바닥으로 미끄러졌다. 빗장뼈 근처에 이르렀던 수위가 서서히 낮아져 갔다. 물이 허리 근처에 이르러서야, 발작적으로 몸이 뒤틀리는 것이 멈췄다. 사타구니를 벌린 채 널브러진 몸 위로 형광등 불빛이 쏟아졌다. 물이 사라진 피부에 찬 공기가 급습했다. 몸이 덜덜 떨렸다. 식은땀이 등줄기를 타고 흘렀다. 숨이 차츰 제자리를 찾아가기 시작했을 무렵, 나는 추위를 견디지 못하고 가까스로 몸을 일으켰다. 다리가 후들거려 침대까지 기어갔다. 침대 위에 대자로 누워 천장을 바라보았다. 몸과 머리칼에 남아 있던 물기가 침대보를 적셨다. 서서히, 손끝과 발가락 끝에 힘이 돌았다. 싸구려 샹들리에가 아른거렸다.

노크 소리가 들렸다. 그제야 룸서비스를 시킨 것을 기억해냈다. 기척이 없자, 얼마 후 다시 노크해왔다. 나는 침대보를 두르고 문을 열었다. 유니폼을 차려입은 소년이 나타났다. 플라스틱 쟁반 위에 캔 맥주 하나와 말린 대추야자 열매가 든 접시가 보였다. 내가 자리를 내어주자, 소년은 TV 장식장 위에 쟁반을 올려두고 문 앞에 가만히 서 있었다. 나는 소년을 바라보았다. 볼과 이마에 머물렀던 열기가 채 사라지지 않아, 입에서 더운 숨이 나왔다. 소년은 바닥을 바라보고 있었다. 양 볼이 붉게 달아올랐다. 나는 그가 서 있는 것을 의아하게 여기다, 팁을 주지 않은 것을 깨달았다. 청바지 주머니를 뒤져 지폐 한 장을 꺼냈다. 소년에게 건네자, 재빨리 사라졌다. 나는 실소가 터져 나오는 것을 간신히 참았다.

관광 가이드는 끊임없이 미안하다고 말했다. 나는 괜찮다고 답했다. 그는 진심으로 미안해하는 기색이 역력했고, 나는 처음부터 일출에 큰 관심이 없었다. 그러나 그의 사과가 계속되자, 나는 그 저의가 의심스러워지기 시작했다. 아니나 다를까, 호텔에 도착할 무렵 그는 다른 제안을 해왔다. 근사한 저녁을 대접하고 싶다고 했다. 그는 함께 데려온 베두인 친구를 앞세웠다. 그는 사막에 살아요. 그의 집에서 함께 저녁을 먹어요. 사막 한가운데에 큰 텐트가 있어요. 음식도 아주 맛있어요. 양 떼들도 보여줄게요. 그는, 그러나 이것은 공짜는 아니라고 했다. 베두인 가족과 저녁을 먹는 대신, 나의 식사비와 가이드의 식사비 모두를 내가 계산해야 했다. 나는 도리어 그의 제안이 마음에 들었다. 문득, 그의 장단에 춤을 추는 것도 썩 나쁜 선택은 아닐 것이라는 생각이 들었다. 그의 제안은 여행 안내서에는 나와 있지 않은 것들로, 희소성이 있었다. 여행은 특별한 일정이 없어 제법 여유가 있었다. 나는 가격을 흥정하지 않은 채, 흔쾌히 수락했다. 내일 저녁에 데리러 올게요. 분명 좋아할 거예요. 그는 아이처럼 신이 나 있었다. 분명 좋아할 거예요. 그의 언어는 단순하고, 직선적이고, 용감했다.

나의 문제는, 문제를 말하지 않는 것, 이라고 K는 평했다.
하루를 느긋하게 시작했다. 호텔 앞에서 새벽부터 기다리는 가이드도 없었고, 바삐 소화해야 할 일정도 없었다. 일어나자마자 컴퓨터부터 켜는 K도, 지켜야 할 마감도 없었다. 그날 이후 욕조는 사용하지 않았다. 욕조를 볼 때면 다리를 벌린 채 널브러져 있던 벌거벗은 몸뚱이가 떠올랐다. 그 일은 가벼운 사고에 지나지 않았지만, 어쩐지 불길한 조짐으로 다가왔다. 수돗물로 코 안쪽을 닦아내었다. 몇 시간만 지나면 금세 새카맣게 변할 것이었다.

  조식은 빵과 샐러드, 신선한 과일과 닭고기, 말린 과일과 요구르트 정도가 준비되어 있었다. 전면이 유리로 되어 있어, 사방에서 빛이 들어왔다. 이곳에 온 이래로, 날이 가장 맑았다. 테이블에는 백인 관광객 몇이 자리를 잡고 있었다. 이 호텔에서 동양인은 내가 유일한 듯 보였다. 접시에 토마토를 담고 있을 때, 뷔페 매니저로 보이는 사내가 인사를 건넸다. 당신은 일본인입니까? 아뇨, 한국인입니다. 그는 크게 반기며 뷔페 구석에 딸린 사무실로 재빠르게 들어갔다 나왔다. 손에는 작은 문고판 소설 한 권이 들려 있었다. 보세요. 이 책은 일본인 관광객이 준 겁니다. 아, 그렇군요. 무척 비싼 책이에요. 그런가요? 그는 책 뒷면의 바코드 아래 붙은 가격표를 보여주었다. 나는 여러 나라의 책을 수집하고 있습니다. 당신도 책을 갖고 있다면, 나에게 한 권 주지 않을래요? 나는 쉽게 부탁의 말을 건네는 그가 무례하다고 생각했다. 우리는 초면이었다. 겨우 소설책 한 권을 가지고 나와 수집 중이라고 떠벌리는 것도 우습게 느껴졌다. 미안합니다. 난 책이 없어요. 책이 없는 것도 사실이었다. 가져온 것이라고는 여행 안내서가 전부였다. 그는 약간 실망한 눈치였지만, 빠르게 분위기를 전환했다. 그렇군요. 아무튼, 이 책은 정말 좋은 책이에요. 그래서 일본어를 배우고 있습니다. 책을 읽으려고요? 네. 아주 재미있는 책이라고 했어요. 정말 친절한 사람이었거든요.

나는 말린 과일 몇 개를 주워 담고 탁자로 돌아왔다. 겸연쩍은 기분이 들었다. 그는 아무렇지 않은 듯 보였지만, 나는 차갑게 거절한 것에 못내 마음이 쓰였다. 물론 나에게는 책을 주지 않을 권리가 있었다. 말린 살구가 잇새에 끼어 내내 신맛을 냈다. 목이 텁텁해, 음식이 쉽게 삼켜지지 않았다. 이곳에 온 이후로 제대로 된 식사를 하지 못하고 있었다. K는 나에게 말을 하라고 했다. 문제가 불거진 것은 지난여름부터였다. 말을 하지 않으면 누구도 네 기분을 알아채지 못할 것이라고 했다. 나는 말하고 싶지 않았다. 내 문제였다. 말하기 어려운 네 심정은 이해하지만. K는 말버릇처럼 그렇게 말했다. 그러나 K가 진심으로 나를 이해한다면, 그토록 다그치는 일도 없어야 했다. K는 거짓말을 하고 있었다. K의 문제는, 지나치게 많은 말들을 내뱉는 것이라고 나는 줄곧 생각해왔다.

정수리 위로 자글대는 태양이 있었다. 바싹 마른 땅 위로 아지랑이가 피어올랐다. 운동화 앞코에 허옇게 먼지가 앉았다. 청바지 밑단이 닳아 종종 발에 밟혔다. 잘라내고 싶었으나 호텔에는 가위가 없었다. 유적은 어디에나 있었다. 성터는 그들의 것이 아니라 오래전 침략자들의 것이었는데, 그들이 이미 물러간 지 오래이므로, 유적은 그들의 것이나 다름없었다. 형태가 온전한 것은 없었다. 주춧돌과 몇 개의 기둥들이 허공을 찌르며 버티고 있었다. 전체의 규모를 가늠케 하는 것을 제외하고는 공사장의 폐허와 같았다. 사람들은 그 오래된 유적을 함부로 밟거나 올라타고, 못으로 긁어 낙서했다. 그들이 아니더라도, 방치된 유물들은 서서히 풍화되어가고 있었다. 입구에 작은 컨테이너 박스를 세우고 입장료를 받았다. 입구를 막아둔 것이 아니었으므로, 입장료는 내도 그만 안 내도 그만이었다. 그것은 이곳 사람들의 전반적인 습성과도 닮아 있었다. 갈라진 땅, 틈에서 자라나는 민들레 잎사귀 위에, 호텔 방 창턱에서 보았던 작은 풍뎅이가 머물러 있었다. 그 풍경이 익숙해, 나는 한동안 자리를 뜨지 못했다.

과일 슬러시를 파는 손수레 주위로 한 무리의 아이들이 몰려들어 재잘거렸다. 그러나 사 먹는 아이는 없었다. 아이들은 이내 무너진 성터 사이를 몰려다니며 우우 소리를 질렀다. 낯선 동양인에게 달려들어, 자신의 이름을 말했다. 십수 명의 아이들이 내 주위를 둘러싸고는 자신의 이름을 외쳤다. 그리고 내 이름을 물었다. 당신의 이름은 무엇입니까. 아이들이 가장 먼저 배운 외국어는 이름을 묻고 답하는 것이었다. 더러는 사진을 찍어달라고 했다. 나는 카메라가 없었다. 더러는 돈을 달라고 했다. 나는 아이들을 떼어놓기 위해 동전을 쥐여주었다. 잠시 후 다른 길목에서 다른 아이들이 나타났다. 그들은 자신의 이름을 말하고, 나의 이름을 물었다. 그리고 더러는 사진을 찍어달라고 했으나 나는……

낙타 몰이꾼이 곁으로 다가왔다. 낙타에 타보겠느냐 물었으나 거절했다. 나는 이곳에서 평소의 몇 배에 달하는 거절의 말을 내뱉고 있었다. 거절하면 할수록, 태도와 말투도 단호해져갔다. 고개를 저을 때마다 느꼈던 이유를 알 수 없는 죄책감 역시 차츰 흐릿해졌다. 나는 제안을 거절할 권리가 있었다. 나는 낙타 몰이꾼에게서 떨어져, 이 지역의 풍광이 담긴 엽서를 파는 젊은 남자에게 다가갔다. 그가 가진 60여 장의 엽서 중 한 장을 신중히 골랐다. 첩첩이 둘러싼 모래 산과 한가운데 떠 있는 태양, 태양에 닿을 듯 크게 물결치는 아지랑이가 담긴 사진이었다. 나는 그 엽서를 K에게 보낼 것이었다.

머지않아 K는 나를 떠날 것이었다. 그것은 두렵고도 기대되는 일이었다.

두 남자는 길을 헤매고 있었다. 그것은 일견 당연했다. 사막엔 표지판도, 가로등도, 길을 구분할 만한 표식이나 나무도 없었다. 그들은 비슷해 보이는 길을 돌고 돌았으나, 나는 그것이 같은 길을 빙빙 도는 것인지, 다른 길을 가고 있는 것인지 판단할 능력이 없었다. 차는 헤드라이트 불빛에 의지해 천천히 앞으로 나아갔다. 종종 물 양동이를 든 다른 베두인들이 우리를 지나쳤다. 그들은 어슴푸레한 달빛에 의지해 용케 길을 걸고 있었다. 가이드의 친구가 어디론가 전화를 걸었다. 집을 옮겼답니다. 가이드가 나에게 대신 말을 전해주었다. 그들은 일주일에 한 번씩 새로운 목초지를 찾아 집을 옮겼다. 그는 신시가지에 적을 두고 있었으므로, 자신의 가족들이 어디쯤 머무르고 있는지 알지 못할 때가 잦았다. 내가 내는 저녁 식대에는 가이드에게 떨어지는 중개 수수료도 포함되어 있을 것이었다. 가이드의 친구는 몇 마디의 영어를 할 줄 알았지만, 나에게 말을 거는 일은 없었다. 수줍음을 많이 타는 듯했다.

나는 가이드 친구의 형과 형의 아내와 아이들, 그의 동생과 동생의 아내와 그의 아이들, 그의 노모 그리고 관계가 명확하지 않은 몇몇 남자들을 보았다. 그 남자들을 모두 친구라고 뭉뚱그려 대답했는데, 친구와 가족의 경계가 무척 모호해 보였다.

천막 주변을 손전등으로 비추자, 어둠 속에서 몸을 웅크리고 있는 30여 마리의 양 떼와 양 떼를 지키는 두 마리의 개가 나타났다 사라졌다. 천막은 상당히 컸다. 내부를 반으로 나누어, 남자들과 손님이 머무는 사랑방과 여자와 아이들의 방 겸 부엌으로 이용했다. 램프는 사랑방에만 있었다. 양탄자를 깔고 목침을 두었다. 남자들은 비스듬히 드러누워 저녁을 기다리며 박하 잎을 씹었다. 가이드와 가이드의 친구가 그들 사이에 자리를 잡자, 마치 퍼즐을 끼워 맞춘 듯 자연스레 무리에 동화되었다. 여자와 아이 들은 반대편 방에서 희미하게 들이치는 불빛에 의지해 음식을 만들었다. 맨발의 아이들이 물 양동이를 들고 분주히 뛰어다녔다. 아이들의 발은 개의 것처럼 단단할 것이었다. 종아리가 한 뼘밖에 안 되는 아이가 무릎을 꿇고 앉아 설탕을 듬뿍 넣은 홍차를 끓였다. 아이들은 건너편 방에서 비치는 희미한 램프 불빛 아래서도 용케 사물을 분간하고 있었다. 그곳에서 눈이 먼 사람은 나 하나뿐이었다. 화덕에 구운 닭고기와 찐 쌀, 풍성한 박하 잎과 레몬, 피타가 널찍한 그릇에 담겨 나왔다. 남자아이 하나가 내 옆에 붙어 앉아 홍차 시중을 들었다. 나는 바가지 머리를 한 아이의 동그란 정수리를 쓰다듬어주었다. 그러자 말이 없던 아이가 환하게 웃어 보이며 대뜸 바닥에 두었던 핸드폰을 손가락으로 가리켰다. 내가 아이에게 핸드폰을 건네자, 말없이 시중을 들던 아이들이 순식간에 몰려들어, 서로의 손에 주고받으며 이리저리 버튼을 누르고 귀에 대보며 만지작거렸다. 천막 너머, 간헐적으로 개가 울었다. 때때로, 좀더 멀리서, 개의 것보다 크고 강하게 퍼져나가는 짐승의 울음소리가 들려왔다. 그곳에 완전한 어둠이 있었다.

 온종일 비가 내렸다. 나는 호텔에 남아 K에게 엽서를 썼다. 이곳의 변덕스러운 기후에 대해 썼다. 이곳의 지리와 풍경, 도통 설명할 길 없는 텁텁한 공기와 하루가 다르게 헐어가는 잇몸에 대해 썼다. K의 안부를 짧게 물었다. 말없이 온 것에 대해 사과했다. 곧 돌아갈 것이라 약속했다. 돌아가면 잘할 게,라고 쓰려다, 허황된 공약이 될까 두려워 적지 못했다. 적지 못한 말들이 대부분이었다. 나의 말은 언제나 핵심을 피해 간다던 K의 지적은 옳았다. 활자화된 말들은 커튼에 수 놓인 규칙적인 무늬처럼 의미 없는 것들이라는 것을 나도 잘 알고 있었다.

식당에 전화를 걸어 옥수수 수프를 주문했다. 잇몸이 내려앉을 것 같았다. 앞니가 금방이라도 우수수 떨어져 내릴 듯해, 겁이 났다. 육안으로 확인 가능할 정도로 붉게 염증이 잡혔다. 아무것도 씹을 수 없게 되자, 의욕도 함께 저하되었다. 베두인 천막에서 먹은 저녁이 이곳에서의 마지막 만찬이 되었다. 나는 잇몸병의 원인을 다디단 홍차 탓으로 돌렸다. 엽서는 마지막 서명을 남겨두고 다시 관광 안내책 속으로 돌아갔다.

방문을 두드린 사람은 일전의 소년이 아니었다. 이 사내는 좀더 나이 들어 보였다. 방 안 깊숙이 들어와, 침대 옆 탁자 위에 수프 볼과 접시, 숟가락을 가지런히 놓았다. 볼의 수프를 한 국자 떠, 능숙하게 접시에 담았다. 그는 팁을 요구하지 않고 곧장 방을 빠져나갔다.

나는 위협하는 꽃의 꿈을 꾸었다. 꽃은 전과 비교할 수 없을 만큼 크고 붉었다. 불을 뿜어내듯, 한껏 몸을 말았던 꽃봉오리가 순식간에 잎을 펼쳤다. 꽃잎은 튕겨져 나갈 듯 강하게 제 몸을 밀었다가 뒤로 잡아당겨 자리를 잡았다. 만개한 꽃잎은 소의 혀처럼 넙데데했다. 끊임없이 위협하듯 넘실거렸다. 떨어진 꽃들은 여전히 붉어, 죽어도 죽은 것 같지 않았다.

나는 K에게 병에 걸린 것 같다고 말했다. 그러자 K는 병에 걸린 것은 자신이라며 가슴팍이 온통 붉어질 때까지 주먹으로 내리쳤다. K는 전염병에 걸린 붉은 소나무처럼 온몸이 온통 붉게 달아올라 있었다. 우리는 경쟁하듯 병을 앓았다.

가이드의 베두인 친구를 우연히 만난 곳은 박물관 앞에서였다. 그는 천막에서 보았던 몇몇 사내들과 오토바이를 사이에 두고 이야기를 나누고 있었다. 나는 날이 갠 틈을 타, 호텔에서 가까운 박물관으로 산책을 나선 참이었다. 내내 비가 내렸다 그치기를 반복했다. 공기 중의 모래 먼지를 떠안고 내리는 비는 구정물이나 다름없었다. 그가 나를 발견하고는 반갑게 두 팔을 뻗으며 걸어왔다. 관광 가이드와 함께 있을 때와는 달리 살갑게 말을 붙였다. 공식적으로 그는 박물관 행정실에서 근무했다. 가죽점퍼의 어깨와 팔에 빗물이 맺혀 있었다. 나는 비에 대해 이야기했다. 사막에 이렇게 비가 많이 온다는 사실을 처음 알았다고 했다. 여행의 고충에 대해 늘어놓자, 그가 대답했다. 이제 우기니까요. 우기. 나는 이 지역의

우기에 대해 처음 들어보았다. 가을에서 겨울에 이르기까지가 이 지역의 우기라고 말했다. 50일간 비가 내린 적도 있다고 했다. 나는 그것이 다소 과장된 표현이라고 생각했다. 우기, 라는 단어를 여러 번 반복해 발음해보았다.

   그는 관광 가이드가 그러했듯, 앞장서서 박물관 안으로 들어갔다. 그는 박물관에 표시된 이동 방향에 따라 차례로 움직였다. 박물관은 규모가 무척 작았다. 이 지역에서 출토된 토기와 유리로 만든 장신구들, 무너진 신전에서 떼어다 가져온 기둥 장식들, 미라 몇 점과 1900년대 이후 근대 미술가들의 작품들이 네 개의 관에 걸쳐 전시되었다. 그의 설명은 전시물 아래 붙여놓은 팻말과 별반 다를 바 없어, 다소 지루했다. 마지막 4관의 관람을 거의 끝낼 무렵, 그가 나를 위해 특별한 것을 보여주겠다고 했다. 그는 4관의 막다른 통로의 철문을 열었다. 그러자 또 다른 전시실이 모습을 드러냈다. 그는 전시실의 조명을 일제히 켰다. 베두인 족의 장신구와 의복의 변천사를 연도별로 정리하던 중인 듯했다. 나는 그의 호의가 다소 부담스러웠다. 유물들을 눈으로 훑은 후, 전시실을 빠져나가려 했을 때, 그가 가장 안쪽에 걸어놓은 의복 앞에서 나에게 손짓했다. 나는 마지못해 그에게 다가갔다. 그는 전시된 두건을 마음대로 꺼내 보여주었다. 그는 직접 두건을 둘러보겠느냐 물었다. 아주 예쁩니다. 나는 웃으며 됐다고 말했으나, 그는 내 등 뒤로 가 두건을 정수리에 씌웠다. 그는 나보다 반 뼘 정도 컸다. 두건의 길이가 짧아지자, 자연스레 서로의 몸이 가까워졌다. 더운 숨이 귓가를 간질였다. 그의 팔과 어깨, 그리고 아랫도리가 가볍게 스쳤다.

나는 그의 양팔 사이에서 빠져나왔다. 반쯤 씌우다 만 두건을 풀어 그에게 건넸다. 나는 단호히 고개를 저었다. 그가 내 눈을 뚫어지게 바라보다, 울먹이듯 말을 내뱉었다. 나는 무척 외롭습니다. 나는 붉어진 그의 안색과 그렁그렁한 눈동자가 우스꽝스러웠다. 두건을 건네기 위해 그에게 한 발자국 가까이 다가갔다. 나는 무척 외롭습니다. 그는 뒷걸음질치며 다시 한 번 읊조렸다. 나는 사막 한가운데 천막에서 보았던 그의 형과 형의 아내와 아이들, 동생과 동생의 아내와 아이들, 그리고 그의 노모를 차례로 떠올렸다. 그는 두건을 빼앗아 아무렇게나 처박아두고 박물관을 도망치듯 빠져나갔다. 그가 나에게 씌워준 두건은 여성용 혼례복의 일부분이었다. 오토바이의 요란한 굉음이 박물관 4관 전시실까지 울렸다. 빗소리가 먼 곳에서부터 점차 가까워지고 있었다.

폭우는 계속되었다. 유리창의 진흙은 빗물에 씻겨 내려갔다. 창밖으로 종려나무 숲이 펼쳐졌다. 물은 땅 밑으로 한없이 빨려 들어가다, 이내 고이기 시작했다. 물은 미세하게 높은 지대에서 낮은 지대로, 여러 갈래의 줄기로 나뉘어 이동했다. 젖은 나무줄기를 바라보았다. 지난여름, 어머니의 관에 물이 찬 것을 뒤늦게 발견했다. 유골은 수면 아래 가라앉아 있었다. 산발한 머리칼만이 물 위로 떠올라 시신을 뒤덮었다. 나는 어머니의 한쪽 발목을 감싼 아카시아의 잔뿌리를 직접 잘라내었다. 장마가 끝난 후 이장했다. 한동안 어머니의 얼굴이 제대로 떠오르지 않았다. 생각나지 않는 그 얼굴 때문에, 먹지도 마시지도 못했다. 지우개로 눈코입을 지운 듯한 맨질맨질한 얼굴이 무서웠다. 나는 불길한 예감에 사로잡혔다. 안절부절못하는 나를 바라보던 K는, 나에게 유난스럽다고 핀잔을 줬다.

나는 집에 가야 한다고 말했다. 관광 가이드는 폭우 탓을 했다. 나는 추가 요금을 내겠다고 말했다. 그는 돈이 문제가 아니라고 했다.

3일 후 관광 가이드는 호텔 앞에 나타났다. 대단한 비였지요? 그는 축구 경기나 영화를 보고 난 후의 감흥을 전하듯 약간 들뜬 목소리로 말했다. 봉고차 안에는 두 명의 남녀가 이미 자리를 잡고 있었다. 여자는 프랑스인이었고 남자는 예멘에서 왔다고 했다. 나는 아무래도 상관없었다. 돈이 문제가 아니었다.

둘은 연인이었다. 공항으로 가는 길목에 중세 시대 유럽인들이 침략해 세웠다고 알려진 고성이 있다고 했다. 둘의 목적지는 그곳이었다. 차는 젖은 도로를 달렸다. 가이드는 시내를 벗어나기 전, 식당에 들러 꿀을 바른 빵과 닭고기 넣은 밀전병이 든 봉지를 들고 나타났다. 우리는 그것으로 끼니를 때웠다. 어떻습니까? 네? 고성에 함께 가지 않겠습니까? 아니요, 전 싫습니다. 둘러보는 데 긴 시간이 걸리지 않아요. 성 하나일 뿐이니까요. 아뇨, 전 됐습니다. 성은 무척 아름다워요. 후회하지 않을 거예요. 저는 고성에 가길 원하지 않아요.

커플은 고성을 둘러본 후 공항으로 출발한다고 했다. 그는 손쉽게 일을 처리하고 싶은 눈치였다. 내가 공항행을 고집할 경우, 그는 고성에 들러 커플을 내려준 후, 나를 태우고 공항으로 가야 했다. 그러고는 고성으로 돌아가 커플을 픽업해 다시 공항으로 향하는 번거로운 과정을 거칠 것이었다. 성은 정말 아름다워요. 완전히 유럽식이에요. 무척 좋아할 겁니다. 나는 그들 방식으로, 그의 눈을 똑바로 바라보았다. 나는 고성에 가길 원하지 않아요. 나는 집으로 돌아가야 해요. 공항으로 가고 싶습니다. 그는 나에게 고성에 대해 더 이야기하지 않았다.

차는 한 시간 반가량을 달렸다. 성은 푸른 목초지 한가운데에 있었다. 젖은 풀들이 한 방향으로 누웠다. 프랑스인과 예멘인 커플은 고성의 입구에서 하차했다. 관광 가이드가 따라 내려 매표소로 안내했다. 그는 고성의 입구에서 커플과 한참 동안 이야기를 나누었다. 흥정을 하는 듯했다. 나의 공항행이 그에게는 예상 밖의 변수였을 것이었다. 나는 차에 버티고 앉아 차창 밖 풍경을 바라보았다. 비와 안개에 젖은 고성은 아름다웠다. 그의 말이 옳았다. 이곳은 무척 아름다웠다. 그가 대화 도중 나를 힐끔힐끔 쳐다보는 것이 느껴졌다. 나는 집으로 돌아가야 했다. 다시, 빗방울이 떨어질 듯 하늘이 어둡게 가라앉기 시작했다. 구름이 차체에 닿을 듯 낮게 출렁였다. 우기였다.

눈은 춤춘다

* 드뷔시, 「The snow is dancing」에서.

눈이든, 비든, 중요하지 않았다. 무엇이든 내린다는 것이 중요했다. 내린다. 떨어진다. 우리는 낙하하는 많은 것들을 좋아했다. 눈, 비, 안개, 나뭇잎, 햇빛, 깃털, 이를테면 구름 혹은 우리 자신.

 우리는 궁전갈비 옆 2층짜리 양옥 옥상에서 만났다. 나는 다섯번째 주자였다. 옥상의 한쪽 면은 담벼락에 바싹 붙어 있어 뛰어내리기 좋았다. 뛰어내리기만 한다면, 대문을 거치지 않고도 골목으로 나갈 수 있었다. 그곳엔 감나무도, 민들레나 쥐며느리가 얽혀 있는 흙무더기도 없었다. 균일하게 발린 시멘트 바닥만이 우리를 기다리고 있었다. 그 남매는 첫번째와 여섯번째 순서로 나누어 줄을 섰다. 나는 용맹하게 튀어 오르는 첫째의 실밥이 터진 운동화와 아식스 양말을 보았다. 그는 누구보다도 높이 뛰어 빠르게 추락했다. 하나도 다치지 않았다. 완벽한 착지에, 대기자들 사이에서 절로 박수가 터져 나왔다. 나는 다이빙 선수처럼 양팔을 하늘 높이 치켜들며 뛰어내렸다. 공중제비를 하고 싶었으나 엉덩방아를 찧었다. 엉치뼈가 부서질 것 같았지만 아프지 않은 듯 굴었다. 그때, 대기하던 여섯번째 주자가 훌쩍이기 시작했다. 첫째가 재빨리 뛰어 올라가 여동생의 정수리를 쥐어박았다. 마디에 까맣게 때가 낀 손으로 우는 입을 억지로 틀어막았다. 콧물이 첫째의 손가락 사이에서 방울져 떨어졌다. 아이의 하얀 얼굴에 박힌 주근깨들이 타오를 듯 붉었다. 그리고 나는 서서히 아픔이 사라지는 것을 느꼈다.

그 집 대문은 아주 어두운 푸른빛이었다. 크고 무거웠다. 양쪽 모두 열 수 있었지만 오른쪽은 언제나 고정되어 있었다. 문턱이 매우 높았다. 걸쇠는 문의 가장 위쪽에 있어 손이 닿지 않았다. 현관 입구까지는 20여 미터에 이르는 좁은 오솔길이 나 있었다. 붉은 벽돌 타일이 땋은 머리채 같았다. 울창한 정원수들이 길을 잡아먹을 듯 둘러싸고 있어, 낮에도 어두웠다. 날벌레들이 먼지처럼 풀풀 날렸다. 포도 넝쿨이 말라붙은 철제 아치는 거미가 집을 짓기에 알맞았다. 그 둘의 방은 2층 계단을 사이에 두고 마주 보고 있었다. 그러나 둘이 따로 자는 일은 없었다. 두 살 터울의 남매였다. 둘 다 눈이 찢어지고 턱이 길었다. 귀가 컸다. 남매는 대문턱에 걸터앉아 개미를 손톱으로 눌러 죽이거나 지나가는 여자에게 침을 뱉고 도망치며 시간을 때웠다. 둘은 화장실도 함께 갔다. 나는 그들을 만나기 전까지 혼자 받아쓰기 놀이를 하며 하루를 보냈다. 머릿속을 떠다니는 문자들을 낚아 종이에 옮겨 적었다. 간혹 발음하는 것이 불가능한 글자들을 만들었다. 누구도 채점해주지 않았으므로, 놀이는 언제나 미완이었으며 끝나지 않았다. 허기가 들면 잡히는 대로 입에 집어넣었다. 아무것도 먹지 않은 채 사흘을 보내기도 했다. 방에 드러누워 연탄보일러의 물 끓는 소리에 귀를 기울였다. 꾸르륵꾸르륵. 내장이 꿈틀대는 소리와 닮았다. 열두 자짜리 장롱에 양각된 용의 눈알을 매일 조금씩 파냈다. 상상의 친구들이 있었다. 오랫동안 학교에 가지 않았다.

계절은 언제나 모호했다. 어느 날은 귀뚜라미가 울었다. 다음 날엔 매미가 울었다. 푸른 나팔꽃 위로 눈발이 날렸다. 눈에 젖은 나팔꽃에서 지린내가 진동했다. 나는 한 손으로 코를 틀어막으며, 다른 손으로는 뻐근한 엉덩이를 주물렀다. 그날, 옥상 난간 위에 섰을 땐 정수리가 구름에 닿을 것만 같았다. 구름은 고래 지느러미처럼 일렁였다. 나는 있는 힘껏 뛰어보아야겠다고 생각했다. 두렵지 않았다. 옥상의 높이가 구름과 땅의 간극만큼이나 아득하게 느껴졌다. 이미 착륙한 아이들이 골목 주위를 서성이고 있는 것이 보였다. 당구알 같은 머리통들이 이리저리 굴러다녔다. 그는 나를 보고 있었다. 나는 공중에서 얼마간 정지 상태로 있을 수 있었다. 허공에서 몇 번 발을 구른 후, 추락했다. 우스꽝스럽게 팔을 퍼덕거렸다. 엉덩이뼈가 부서질 듯 아팠지만, 부서지지는 않았다. 다섯 명의 주자들 중 나를 아는 사람은 없었다. 나는 일렬로 서서 그 집 대문 안으로 사라지던 아이들의 뒤를 무심결에 따라 들어갔을 뿐이었다. 차고 습한 바람이 볼을 찔렀다. 섬뜩한 느낌이, 눈이었다. 내일은 겨울일까, 여름일까, 아니면 봄일까. 알 수 없었다. 울어서 벌겋게 달아오른 얼굴로 그녀가 나에게 말했다. 미안해. 나는 알아듣지 못했다. 울어서 미안해. 그녀는 돌아다니면서 다섯 명의 아이들에게 고개 숙여 사과했다. 저만치 떨어져서 운동화 뒤꿈치로 쓰레기봉투를 짓이기는 그녀의 오빠를 보았다. 미간에 잔뜩 주름이 간 이마가 노인의 것 같았다. 회색 면 반바지 끝에 핏자국이 있었다. 내가 그 골목을 빠져나올 때까지 아무도 내게 이름을 묻지 않았다. 돌아오는 길, 머리 위로 매미들이 우수수 떨어졌다. 나는 그가 했던 것처럼, 수북이 쌓인 죽은 매미들을 발뒤꿈치로 짓이겨 보았다. 미처 숨이 끊어지지 않았던 것들이 비명을 지르며 날개를 파르르 떨었다. 나는 두려움을 느꼈다. 눈은 이미 그쳐 있었다. 그 후 나는 매일 그 집에 갔다.

그녀는 습관적으로 '미안해'라고 말했지만, 그녀의 사과는 단순한 말버릇으로 치부하기엔 언제나 진심이 담겨 있었다. 나는 그 말이 그녀가 세상을 대하는 기본적인 태도라고 생각했다. 그녀는 항상 존재 자체가 미안한 일인 듯 굴었다. 어깨가 살짝 부딪혀도, 웃음소리가 조금만 커져도 금방 미안해, 라는 말이 튀어나왔다. 나는 처음 그녀가 무엇을, 왜 미안해하는지 알 수 없었다. 그리고 조금 기분이 나빴다. 그 말이 위선적으로 들렸기 때문이었다. 동기가 부족한 사과는 일종의 처세술 같았다. 그녀는 자신의 잘못(아닌 잘못)뿐만 아니라 타인의 잘못에도 대신 사과했다. 발을 밟은 것은 난데, 그녀는 거의 반사적으로 미안하다고 말했다. 그녀가 구하는 용서는 품이 넓고 경계와 차별이 없었다. 그래서 아무도 그녀를 욕하지 않았다. 나는 화를 내고 욕을 하는 그녀의 모습을 보고 싶었지만 끝내 볼 수 없었다. 화내고 욕하는 것은 그녀의 오빠가 대신 해주었기 때문이었다. 그러나 나는 그녀가 착하다고 여기지는 않았다. 그리고 그녀의 오빠가 나쁘다고 생각지도 않았다. 단지 그들은 감정을 분배하고 공유하는 것이 익숙한 관계일 뿐이었다. 그들을 만나기 전에는 그런 것이 가능한 관계가 존재한다는 사실을 몰랐다. 나는 형제가 없었다.

나는 곧 그 말을 배웠다. 그 말이 아름답게 느껴졌기 때문이었다. 우리는 인사처럼 서로에게 미안해, 라고 말했다. 누가 더 미안한가 경쟁이라도 하듯 허리를 굽혔다. 그때 우리의 미안해, 는 서로를 향해 메아리쳤다. 그러나 나의 사과는 다른 사람들에게는 받아들여지지 않았다. 아무도 사랑스럽다고 생각해주지도 않았다. 나의 미안해, 에는 순수함이 결여되어 있고, 저열한 의도가 다분하다고, 그녀의 오빠는 평가했다. 나는 곧 그 말을 버렸다. 나는 순수하지 않은 내면까지 사과하고 싶은 생각은 추호도 없었다. 사실은 처음부터 아무것도 미안하지 않았다.

그 집엔 많은 것들이 있었다. 아무도 돌보지 않는 정원엔 나무와 잡초 들이 한계를 모르고 자라났다. 울창한 정원수들 사이사이를 클로버와 민들레, 쑥갓 들이 촘촘히 메우고 있었다. 때문에 거실엔 볕이 들지 않았다. 바람이 불 때마다, 낡은 비로드 커튼에서 퀴퀴한 곰팡이 냄새가 올라왔다. 벽면을 빈틈없이 채운 진열장들은 모두 잠겨 있었다. 진열장 안에는 현란한 꽃무늬 다기들과 수십 점의 초상화들이 있었다. 그림은 다기들과 한 세트인 양 그 색이 조악하고 유치했다. 수십 개의 크고 작은 액자 속의 얼굴들은 각기 주인이 달랐으나, 인상은 비슷했다. 대체로 얼굴이 길고 귀가 컸다. 나는 남매에게 그림의 주인공들이 가족이냐고 물었다. 그들은 모르는 사람들이라고 대답했다. 진열장 바닥에서부터 썩은 내가 올라왔다. 커튼 사이로 햇빛이 희미하게 들이칠 때마다, 집 안을 가득 메운 것은 다름 아닌 먼지라는 사실을 깨달았다. 부엌엔 두 개의 커다란 원형 식탁이 있었고, 하나의 식탁에 네 개의 의자가 놓여 있었다. 식탁 유리 아래엔 군복을 입은 노란 곰돌이와 자줏빛 앞치마를 두른 호랑이 무늬 퀼트가 각각 깔려 있었다. 웃고 있는 입이 찢어질 듯했다. 새빨갰다. 가구들은 아무렇게나 배치되어 있었는데, 쓰임이 없는 것들이 대부분인 것 같았다. 가구는 거의 쑤셔 박혀 있는 것이나 다름없었다. 남매는 거실에 눈길도 두지 않은 채, 곧장 2층 계단으로 뛰어 올라갔다. 쿵쿵거리는 발소리가 퍼졌다. 집은 천장이 아주 높았다.

그녀가 자신의 방으로 들어가 콘솔 게임기와 각종 팩들을 안고 나왔다. 우리는 게임팩을 나누어 들고 그의 방으로 들어갔다. 목재 침대 주위로 사무라이나 우주 괴물이 표지에 그려진 만화책들이 널려 있었다. 책상 한가운데에 놓인 14인치 텔레비전과 VTR 양옆으로 비디오테이프들이 쌓여 있었다. 콘센트 주변에 얽힌 전선들이 실뱀 같았다. 나는 그렇게 많은 책과 비디오테이프 들을 본 적이 없었다. 그들을 만나기 전, 나의 모든 놀이는 가내수공업에 가까웠다. 그들의 관점에서 보자면 나는 완전한 비문명인이었다. 우리는 누가 먼저랄 것도 없이 침대 위로 올라가 스프링이 찌그러질 듯 뛰어댔다.

나는 처음으로 침대 스프링의 균등한 탄력을 맛보았다. 우리는 소리를 질렀다. 그녀의 얼굴이 새빨개졌다. 그가 그녀의 손에서 덜렁대고 있는 게임기를 빼앗아 텔레비전과 연결하기 시작했다. 나는 만화책을 펼쳤다. 절단된 신체들, 밖으로 튀어나온 내장, 고통으로 일그러진 얼굴들이 있었다. 거대해진 위장이 주인공의 배를 뚫고 나와 촉수 괴물로 변신했다. 본래의 모습을 가늠할 수 없을 정도로 기형화된 육체가 건물과 도로를 부쉈다. 자신의 육체를 제어할 수 없어 눈물을 흘리는 주인공의 얼굴과 촉수에 몸을 난자당한 사람들의 널브러진 팔다리를 유심히 살펴보았다. 돌기가 달린 촉수의 머리 부분을 손가락으로 만지작거리자, 갱지에 금세 보풀이 일었다. 그림은 정교했다. 깨진 유리창, 일그러진 철조망, 불에 탄 나뭇잎 들이 폭 4센티미터짜리 직사각형 안에 빼곡히 들어차 있었다. 나는 그런 그림들을 처음 보았다. 목구멍이 참을 수 없이 간질거렸지만, 오래오래 눈 속에 담았다. 피가 온통 검었다. 그때 그가 내 손에서 만화책을 빼앗아 침대 밑으로 던졌다. 빈손에 게임기 리모컨을 대신 쥐여주었다. 텔레비전 화면에선 이등신의 캐릭터들이 절벽에서 미끄러져 불구덩이나 바다 밑으로 떨어졌다. 그러나 계속해서 되살아났다. 우리가 원하면 언제든 처음으로 되돌아갈 수 있었다. 나는 왠지 안심이 되었다.

어둠이 찾아오면, 우리는 밖으로 나가 맨홀 뚜껑을 밟으며 동네를 뛰어다녔다. 뚜껑의 종류에 따라 값어치를 매겼다. 상하수도는 각각 50원, 시(市)의 마크가 새겨진 수도 계량기는 백 원, 크기가 가장 크고 유일하게 네모난 전기통신용 맨홀 뚜껑은 5백 원이었다. 우리는 각자 맨홀 뚜껑을 더 많이 차지하기 위해, 숨이 턱까지 차오르도록 뛰었다. 좁은 골목길을 누볐다. 빈 골목에 우리의 발소리만이 가득했다. 맨홀을 발견하면 흥분해서 소리를 질렀다. 뛰면서, 유리가 박힌 낮은 담장에 돌을 던졌다. 어김없이 개들이 짖어댔다. 개 짖는 소리가 우리의 엉덩이를 걷어차는 것만 같았다. 우리는 좀더 빠르게 달렸다. 골목의 끝에 다다르면, 그는 초인종을 누르거나 우유 주머니를 밟고 도망쳤다. 간혹 우유가 터지기도 했다. 우유 비린내가 독가스처럼 골목을 잠식했다. 우리는 언제나 영문을 모른 채 쫓겨 다니거나, 불필요한 대상을 쫓아다녔다. 그 순간만큼 우리의 존재가 확실한 순간은 없었다. 큰길로 나아갔다. 형형색색의 빛들이 한데 뭉쳐 있었다. 어디선가 음악이 흘러나왔다. 여러 군데에서 흘러나온 음악이 서로 뒤섞여 소음이 되었다. 우리는 맨홀을 발견할 때마다, 소음에 지지 않기 위해 더욱 크게 소리를 질렀다.

 그가 맨홀을 향해 돌진하다 아귀탕집 입간판에 부딪혔다. 세 번이나 뒤구르기를 하며 가게 문턱으로 나가떨어지자, 입간판이 서서히 쓰러지기 시작했다. 굉음과 함께 바닥에 곤두박질치며 전기 콘센트가 뽑혀나갔다. 나와 그녀는 우두커니 서서 그가 일어나기만을 기다렸다. 그녀가 미안, 이라고 사라지듯 말했다. 곧장 가게에서 누군가가 뛰어나왔다. 식당 주인 같았다. 나와 그녀는 손을 잡았다. 쿵쿵대는 서로의 심장이 느껴졌다. 식당 주인은 넘어진 그와 우리를 번갈아 쳐다보며 물었다. 너희들은 누구지? 너희 엄마 아빠는 어디 있는 거야? 우리는 어느 질문에도 명쾌히 대답해줄 수 없었다. 식당 주인이 간판을 세우는 동안, 바닥에 주저앉아 있던 그가 벌떡 일어나, 지금껏 본 적 없는 속도로 달리기 시작했다. 그녀와 나는 손을 잡고 뛰었다. 차도를 가로질렀다. 8차선 도로 한가운데 중앙선에서 멈춰 섰다. 달리는 차들이 우리를 가로막았기 때문이었다. 아직 죽고 싶지는 않았다. 차들은 우리가 달린 것과는 비교가 되지 않는 빠르기로 지나갔다. 차 꽁무니를 따라 긴 빛이 허공에 실금을 그었다. 우리는 노랗고 붉은 빛을 응시하며 머릿속으로 각자 밟은 맨홀 뚜껑의 가격을 셈해보았다. 우리가 벌어들인 상상의 돈들로 무엇을 할까 생각했다.

나는 하늘을 향해 고개를 치켜들었다. 그곳엔 별도, 달도, 비행기나 인공위성도 없었다. 아무것도 없었다.

집은 늘 비어 있었다. 나는 방 면적의 3분의 1을 차지하고 있는 흉물스러운 장롱과 먼지가 앉아 날개가 회색이 된 선풍기, 장롱 옆에 아무렇게나 둘둘 말려 있는 요와 이불, 레이스가 찢어진 채 널브러진 베개를 보았다. 갱지에 구멍을 뚫어 실로 꿰맨 공책이 방 안으로 들이친 비에 젖어 불에 탄 듯 변색되어 있었다. 나는 뛰어들어가 창문을 닫았다. 언제 비가 왔을까. 창문을 닫자, 창틀에 고였던 빗물이 방 안으로 우수수 떨어져 들어왔다. 벽지 여기저기 눌러붙은 모기와 핏자국이 무늬 같았다. 나는 말려 있던 요를 펼쳤다. 요를 젖은 방바닥에 깔았다. 겨울잠을 자는 설치류처럼 이불 속으로 깊게 몸을 들이밀었다. 크게 숨을 내쉬자, 이불솜 깊은 곳에서부터 오래된 오줌 냄새가 올라왔다. 나는 그 냄새를 맡고 또 맡았다. 익숙한 지린내를 맡으면, 마음이 편안해졌다. 손바닥을 이용해 구겨진 공책을 열심히 폈다. 정적이 흘렀다. 소리 내어 아, 라고 말해보았다. 아무도 따라 하지 않았다. 나는 상상의 친구들을 잃었다. 눈이나 팔이 하나뿐인 불구의 여자들을 그렸다.

그는 나를 교육하기 시작했다. 강아지에게 배변 훈련을 시키듯, 끊임없는 반복과 가벼운 체벌을 통해 나를 변화시키려고 했다. 그는 비디오 게임의 룰과 공략 방법, 빨리 달리기 위한 훈련 방법과 낙하 시 안정된 착지 요령에 대해서도 가르쳤다. 그 교육에는 내일의 계절을 가늠하는 방법, 반복되는 추위와 더위 속에서 건강을 유지하는 비법도 포함되어 있었다. 무엇보다 배우기 어려웠던 것은 글자 익히기였다. 왜냐하면 나는 이미 글자를 알고 있었기 때문이었다. 문제는 내가 알고 있는 문자가 상상 속의 문자일 뿐이며, 모두 잘못 배운 것이라는 점이었다. 잘못된 버릇만큼 고치기 어려운 것은 없었다. 그는 끊임없는 설득을 통해, 어째서 정형화된 문자를 익히지 않으면 안 되는가를 설명했다. 나는 내가 만들어낸 문자들을 버리고 싶지 않았다. 그것이 훨씬 더 아름다웠다. 나는 어째서 이응을 쌍시옷처럼 연달아 쓸 수 없는지 이해할 수 없었다. 이미 만들어진 문자의 규칙은 그야말로 불규칙하고 비논리적이었다. 나는 그에게 종아리를 얻어맞으면서도 내가 만들어낸 문자들을 포기하지 않았다. 결국 우리는 각자의 문자를 받아들이기로 합의했다. 그는 더 이상 내 상상의 문자 세계를 침범하거나 그르다고 욕하지 않았고, 나는 그가 가르치는 문자들을 광범위한 문자 세계의 한 영역으로 이해하기 시작했다. 내가 받아쓰기를 할 때마다, 그녀는 오빠 몰래 내 등에 손가락으로 글씨를 그려주었다. 그러면 그는 그녀의 팔을 잡아끌어 자기 옆에 앉혔다. 그리고 그녀의 비죽이 튀어나온 젖꼭지를 만지작거렸다. 나는 간지러운 듯 자지러지게 웃는 그녀를 힐끔거렸다.

    그들은 배고픔을 느끼지 않았다. 나는 자주 허기가 졌지만 말할 수 없었다. 우리는 무언가를 먹지 않아도 조금씩 자라나고 있었다.

나는 그들을 집으로 초대한 적이 있었다. 그날은 여우비가 내렸다. 이내 맑게 개었다. 햇빛이 젖은 땅을 말리려는 듯 강하게 내리쬐었다. 세계는 다시 태어난 것처럼 모든 색의 경계가 뚜렷했다. 미풍도 없었다. 그러나 더 이상 매미나 개구리 울음소리는 들을 수 없었다. 우리는 조금 더워졌고, 나는 급하게 선풍기를 틀었다. 프로펠러가 서서히 돌아가기 시작했다. 부엌 찬장에서 언제부터 있었는지 모를 국수 다발을 꺼냈다. 양은 냄비에 물을 올렸다. 열기가 확 끼쳤다. 콧등에 맺힌 땀을 연신 훔쳐내어 옷자락에 닦았다. 언제 옷을 갈아입었는지 기억나지 않았다. 소매 끝이 더 이상 손목을 가려주지 못했다. 앙상한 손목뼈가 툭 불거져 나왔다. 그러나 이상할 것은 없었다. 우리는 모두 앙상한 팔과 다리를 갖고 있었기 때문이었다. 끓는 물에 국수를 삶아 건져내었다. 냄비에 물을 받아 씻고 또 씻었다. 물기를 뺄 만한 것이 없었으므로, 손으로 있는 힘껏 짜냈다. 면발이 조금 뭉개졌다. 선풍기에 얼굴을 들이밀며 주위를 두리번대는 그들을 보자 조바심이 일었다. 냄비에 다시 물을 받아 설탕 세 숟갈을 넣었다. 그리고 면을 설탕물 속에 넣었다. 국물은 어두운 갈색을 띠었다. 냄비를 들고 방 안으로 들어갔다. 우리는 물고기를 낚듯 포크로 국수를 건져내었다. 나는 그들의 표정을 유심히 살폈으나, 읽을 수 없었다. 그가 짧은 반바지 속으로 손을 넣어 사타구니를 긁으며 말했다.

넌 오늘이 무슨 요일인지 알아? 아니 모르겠는데. 일요일이야. 그게 뭔데? 모든 사람들이 노는 날이야. 사람들은 어른이나 아이나 매일 일을 한다고. 하지만 그날은 아무도 일하지 않지. 가게는 문을 닫고, 아이들은 학교에 가지 않고 신나게 노는 날이야. 아아, 그래? 그런데 왜 우리는 매일 놀지?

그들은 두세 번 국수를 휘젓더니 더 이상 입에 대지 않았다. 말간 설탕 국물 아래 가라앉은 불어터진 면발들을 보았다. 나는 까닭 없이 부끄러움을 느꼈다.

그 후 나는 집을 버리고 그들과 함께 지내기 시작했다. 그 집은 나의 집이 아니었으므로, 결코 익숙해지지 않는 냄새가 있었다. 그러나 함께 있는 것만으로도 만족스러웠다. 우리는 함께 있을 때, 배도 고프지 않았다. 학교에도 다니지 않았다.

우리는 좁은 침대에서 함께 잠을 잤다. 나는 자주 잠에서 깨어나, 어둠 속에 우두커니 앉아 있다 바닥에 몸을 누이곤 했다. 누군가의 살냄새를 맡으며 잠자는 것은 시간이 지나도 익숙해지지 않았다. 새벽이 오면, 가장 먼저 그녀가 일어났다. 그녀는 바닥에 웅크리고 잠든 나를 깨워, 침대로 올려주었다. 나는 찬기에 몸을 부르르 떨다, 잠들어 있는 그에게 본능적으로 바싹 달라붙어 온기를 나눴다. 그는 아주 오래 잠을 잤고, 한번 잠이 들면 중간에 깨어나는 법이 거의 없었다. 그들과 함께 지내며, 나는 더 이상 그림을 그리지 않아도 되었다. 잃어버린 상상의 친구들에 대한 서운함도 사라졌다. 우리는 이불을 뒤집어쓰고 함께 영화를 보았다. 영화 보기는 그녀가 가장 좋아하는 것이었다. 그녀는 위기에 처한 세상이 단 한 명의 주인공에 의해 구원되는 이야기를 좋아했다. 그래서 우리는 자주 재난 영화나 공포 영화를 보았다. 세계는 홍수나 불, 지진이 아니더라도 쉽게 위기에 빠졌다. 손가락 절반 정도 크기의 거머리들만으로도 혼돈에 빠지기 충분했다. 공포는 걷잡을 수 없이 퍼져나갔다. 사람들은 죽음과 사는 것 이외에는 아무것도 생각지 않았다. 구원은, 기적처럼 이루어졌다. 언제나 단순한 우연으로 시작되었으며, 적절한 타이밍에 빛을 발했다. 그녀는 그의 다리 사이에 앉아 피가 낭자한 광경을 지켜보며 몸을 덜덜 떨었다. 나는 그녀가 잔인하다고 생각했다. 어째서 세상에 위기가 닥쳐야 하는지, 수백 명이 죽어나간 이후에야 구원이 찾아오는지 이해할 수 없었다. 나는 그녀가 인간을 믿지 않기 때문이라고 생각했다. 그녀는 신을 믿었다. 나는 오직 한몸처럼 달라붙어 함께 공포에 떠는 그 시간이 좋았을 뿐이었다. 그때만큼 우리가 하나일지도 모른다는, 아니 하나라는 사실을 일깨워주는 순간은 없었다. 그것은 내가 이 집에서 배운 수많은 것들 중 가장 놀라운 감정이었다. 나는 소름이 돋은 그의 팔에 나의 팔을 가만히 갖다 대었다. 팔의 표면은 차가웠지만, 잠시 후 몸 깊은 곳에서부터 온기가 올라오는 것을 느꼈다.

 우리는 폭우가 쏟아지면 마당으로 뛰쳐나가 목욕을 했다. 정수리를 달구는 태양, 골목길에서 올려다본 좁은 하늘, 전신주 위를 떠가는 코끼리 모양의 구름, 옥상에서 바라보는 마을의 전경과 추락 후 훈장처럼 남은 발목의 푸른 멍들도 함께했다. 나는 때때로 영화에서 보았던 여자의 나신을 따라 그려보았다. 갈고리에 찍히거나 깊은 골짜기에 유기된 여자의 가슴과 엉덩이는 동그랗고 비대했다. 그는 내 그림을 발견하는 즉시 찢어버렸다. 나는 곧 그림 그리는 것을 완전히 그만두었다.

 그는 우리보다 앞서 자라고 있었다. 우리는 그것을 느낄 수 있었다. 그는 때때로 침대에 누워서 아무것도 하지 않은 채 하루를 보냈다. 깨워도 일어나지 않았다. 일어날 수 없다고 했다. 그는 자신의 육체가 의지와 상관없이 자라고 있다고 말했다. 그래서 몸 여기저기가 아프다고 했다. 그는 한없이 무기력했다. 옥상에서 뛰어내리는 것도 그만두었다. 반바지는 짧아질 대로 짧아져, 길고 흰 허벅지가 훤히 드러나 보였다. 실타래처럼 엉켜 있는 푸른 핏줄 아래 앙상한 뼈가 툭 불거졌다. 그녀와 나는 잠든 그의 침대 옆에 앉아 서로의 머리를 잘라주었다. 윤기 없고 퍼석한 머리카락이 후드득 떨어졌다. 몸이 가벼워졌어. 그녀가 활짝 웃으며 말했다. 볼우물이 깊게 파였다. 짧게 잘린 머리카락이 귓가에 살랑댔다. 면적이 넓어진 주근깨가 반짝거렸다. 머리를 자르자 갸름한 볼과 목선이 드러났다. 그녀의 목은 너무나 가늘어 머리를 지탱하는 것이 힘겨워 보일 정도였다. 그 모습은 조금 아프고 힘없어 보였다. 그들이 남매이기 때문에 함께 아픔을 공유하는 것인지도 몰랐다. 그녀는 자리를 털고 일어나 그의 옆에 누웠다. 모로 누워 있는 그의 뒤에 바싹 몸을 붙이고 두 팔 가득 허리를 껴안았다. 곧 잠이 들었다. 나는 머리카락을 한데 모으고, 침대 위 한몸처럼 달라붙은 둘을 바라보았다. 둘의 낮고 더운 숨소리가 번갈아가며 들려왔다. 나는 그때 느꼈던 감정이 어떤 것인지 정의 내릴 수 없었다. 내가 알고 있는 단어로는 설명이 불가능했다. 단지, 그 콧소리가 아름답다고 느꼈으나, 내 것은 아니라고 생각했다. 가슴이 뻐근했다. 해는 이미 먼 바닷속으로 사라진 후였다. 이것은 그가 알려준 것이었다. 나는 그가 가르쳐준 지식들 중 상당 부분이 꾸며낸 이야기라는 사실을 알고 있었다. 그러나 내색하지 않았다. 해의 자취가 풍경을 온통 붉게 물들였다. 오늘은 무슨 요일일까. 일요일일까, 월요일일까. 나는 오래전 두고 온 나의 집을 떠올렸다. 버려진 집은 지금 어떤 얼굴을 하고 있을지 상상했다. 단단하며, 낡고, 쓸쓸한 모습의 오래된 묘비를 떠올렸다. 나는 외톨이라는 단어를 배웠다.

나는 황혼을 이불 삼아 쌓아놓은 머리카락을 베고 누웠다. 익숙한 것과 오랫동안 맡아왔으나 익숙해지는 법이 없는 살 냄새가 동시에 풍겼다.

그와 나는 고속도로의 갓길을 걸었다. 목적지도 없이 길을 따라 걷기만 했다. 우리의 옷은 커진 몸을 감당하지 못해 당장이라도 찢어질 듯 팽팽했다. 우리는 나란히 서로의 손을 잡고 걸었다. 핏자국이 선명한 반바지 아래, 무릎이 푸르렀다. 그 위로 눈이 떨어졌다. 눈송이는 크고 차가웠다. 우리는 빨간 경비행기가 작게 수놓아진 하늘색 벙어리장갑 한 쌍을 맞잡은 손에 하나씩 나눠 꼈다. 구름은 우리의 머리 바로 위에 있었다. 미지근한 아스팔트가 우리의 발바닥을 어루만져주었다. 하나도 춥지 않았다. 고속도로는 텅 비어, 단 한 대의 차도 지나가지 않았다. 다리가 아프면 갓길 옆 야산, 바위에 올라가 쉬었다. 들꽃으로 화관이나 팔찌, 반지를 만들어보았다. 배가 고프면 입속에 넣고 녹여 먹었다. 무엇을 먹어도 아프지 않았다. 우리는 마른 줄기가 뱀처럼 휘감긴 포도밭과 무너진 비닐하우스를 지났다. 새도, 다람쥐도 없었다. 만개한 고사리로 둘러싸인 붉은 노송에 불을 질렀다. 나는 그 불길 속에 지금껏 그린 그림들을 던져 넣었다. 불구의 육체들이 분신했다. 눈송이는 불 근처에 이르자 스스로 녹아 사라졌다. 그와 나는 아주 오랫동안 노래를 부르며 걸었다. 밤도 낮도 오지 않았다. 푸른 멍이 든 발목들이 나란히, 나란히, 앞으로 나아갔다. 도로는 경사도 없었고, 끝도 없었다. 우리는 누구도 마주치지 않았다. 그와 나를 제외하고는 아무도 없다는 사실이, 눈물이 날 정도로 기뻤다.

손은 크고 부드러웠다. 단단한 손끝이 두서없이 잘린 머리카락을 매만지고 있었다. 손길은 머리카락 끝까지 집요하게 이어져, 볼을 타고 내려왔다. 귓불로 옮겨갔다. 나는 척박하고도 벅차올랐던 풍경에서 현실로 천천히 돌아오고 있었다. 그 손길이 나를 현실로 서서히 이끌었다. 노을은 내 오른쪽 볼 언저리에 머물러 있었다. 따뜻했다. 그 따뜻함이 손길 때문인지도 모른다고 생각했다. 아무래도 상관없었다. 잠에서 깨어난 이후에도 눈을 뜨지 않았다. 어둠 속에 빛들이 희미하게 꿈틀댔다. 눈꺼풀 안의 세상이 있었다. 빛은 분열하는 식물의 체세포처럼 빠르게 나뉘고, 자라나고, 다시 나뉘었다. 나는 그 움직임을 따라, 눈동자를 이리저리 굴렸다. 손이 갑자기 발목으로 옮겨갔다. 손가락이 발목을 꾹 누를 때마다 아픔이 느껴졌다. 우리는 더 이상 옥상에서 뛰어내릴 수 없을 만큼 뼈가 단단해졌지만, 나와 그녀는 포기하지 않았다. 그래서 우리의 발목은 언제나 푸르렀다. 절룩거렸다. 나는 가능한 한 오랫동안 잠이 든 척하고 싶었다. 자세를 바꿀 수 없었다. 손은 정강이와 무릎 뼈를 지나 허벅지로 이어졌다. 그리고 반바지 버클에 손을 댔다. 손이 좀더 쉽게 바지를 벗길 수 있도록 허리에 힘을 주어, 살짝 들었다. 나는 손이 하는 일을 암묵적으로 동의하고 있었지만, 손이 무엇을 할 것인지는 알지 못했다. 그러나 그런 것은 중요하지 않았다. 이곳에서의 모든 일들은 나의 예상을 넘어선 것이었기 때문이었다. 많은 것들을 처음부터 다시 배웠다. 나는 손길에 몸을 맡겼다. 처음으로 두려움을 느꼈다. 손은 속옷과 바지를 한꺼번에 벗겼다. 그 반동으로 눈꺼풀이 파르르 떨렸다. 아랫도리가 발가벗겨졌다는 것이 부끄러운 것이 아니라, 내가 거짓으로 잠들어 있다는 사실을 누군가가 알게 되는 것이 신경 쓰였다. 오랫동안 갈아입지 않은 속옷에서 지린내가 훅 하고 밀려왔다. 손이 모로 누워 있는 내 골반을 잡고 돌려, 엎드리게 했다. 처음의 부드러운 태도와는 달랐다. 나는 왼쪽 볼이 찌그러지는 것을 느꼈다. 팔이 배 아래쪽에 짓눌려 있어 매우 불편했지만, 자연스럽게 뺄 수 있는 기회를 찾지 못했다. 공기가 차디찼다. 손은 오랫동안 양쪽 골반에 머물러 있었다. 나는 본능적으로 엉덩이를 조금 들어 올렸다. 그 시간은 아주 길었다. 그동안 어둠 속에서 분열하고 증식하는 빛의 무리들을 셈하였다. 규칙적이고 연속적인 세계는 언제나 안정감을 주었기 때문이었다. 기다리는 동안, 두려움은 모종의 기대감으로 바뀌어 있었다. 그리고 천천히, 무언가가 항문으로 들어오는 것을 느꼈다. 손가락 같았다. 나는 주먹을 쥐고 등을 꼿꼿이 폈다. 그것이 고통인지, 단순한 이물감인지, 아니면 다른 무엇인지 구별할 수 없었다. 나는 얼굴을 구기지 않기 위해 노력했다. 미동도 하지 않으려 애썼다. 그때 갑자기 침대 쪽에서 울음이 터져 나왔다. 크고 서럽게 울었다. 그녀였다.

손은 사라졌다. 그러자 완전한 어둠이 찾아왔다. 나는 오랫동안 아랫도리가 발가벗겨진 채로 차가운 방바닥에 누워 있었다. 오한이 서렸다. 발끝에 감각이 느껴지지 않았다. 머리카락들 때문에 볼이 따끔거렸다. 그러나 방 안의 모든 인기척이 사라질 때까지 참고 기다렸다. 어떤 얼굴을 해야 하는지 알 수 없었기 때문이었다.

그 일이 내 내면을 어떻게 바꾸어놓았는지는 설명하기 쉽지 않다. 그러나 날씨와 풍경의 변화에 대해서는 자세히 말할 수 있다. 우선, 더 이상 여름은 오지 않았다. 날씨가 한결같아졌기 때문에 변덕스러운 기후 변화에 당황할 필요는 없어졌지만, 항상 춥다는 것이 문제라면 문제였다. 지속적인 겨울은, 꿈속에서 보았던 것처럼 장갑 한 짝만으로도 온기를 느낄 수 있는 계절이 아니었다. 우리는 함께 껴안고 있어도 추위를 탔다. 반바지를 입고 더 이상 밖에 나갈 수 없었다. 자주 눈이 내렸다. 꿈속에서처럼, 아스팔트의 온기가 발을 녹여주는 일 따위도 없었다. 우리는 간혹 옥상에 올라갔지만, 아무도 뛰어내리지 않았다. 종종 하늘과 땅의 구분이 사라졌다.

고래 모양의 구름도 더 이상 볼 수 없었다. 기실, 우리 중 누구도 더 이상 구름 따위에 신경 쓰지 않았다. 간혹 햇빛이 비추면, 눈은 순식간에 녹아내렸다. 골목 여기저기에 진물이 흘렀다. 아픈 사람 같았다. 세계는 동일한 색을 얻었다. 그것을 색을 잃었다, 고 표현해도 의미가 다르지 않으리라. 내 집의 낡은 선풍기는 영원히 쓸모를 잃어버린 것인지도 몰랐다. 종종 버려둔 집의 세간들을 그려보지만, 떠오르는 것은 먼지 낀 선풍기뿐이었다. 그것이 그 집에서 쓸모 있었던 유일한 물건이었기 때문이다.

나는 한동안 방 안에 틀어박혀 있었다. 그때의 일은 더 이상 생각하지 않기로 했다. 나는 나태하고 게을러졌다. 뒤늦게 자라고 있는 것 같았다. 하루 종일 침대에 누워 있었다. 상상의 친구들이 다시 내 곁으로 찾아왔다. 나는 오랫동안 보지 못한 벗들의 얼굴을 매만졌다. 우리는 껴안고 반가워하며 미래를 약속했다. 서로가 없었던 시간들을 연민하고 위로해주었다. 그림을 그리고 싶었지만, 종이가 없었다. 상상 속에서 그림을 그렸다. 침대의 한쪽은 남매가 번갈아가며 자리를 차지했다. 나는 한동안 그와 말을 하지 않았다. 낮과 밤이 한결같은 날들이 이어졌다. 그녀는 간혹 내 볼이나 머리칼을 쓰다듬어주기도 했고, 옆에 앉아 손톱을 깎아주기도 했다. 무릎이 걷기 어려울 정도로 아팠다. 발목은 더 이상 푸르지 않았다. 나는 계절이 변하는 것을 보고 싶었다. 그것이 내 삶의 가장 큰 변화일 것만 같았다. 얼마나 기다려야 겨울이 지나갈까. 다른 계절은 사라진 것일까. 무작정 기다려보기로 했다. 달리 할 일도, 하고 싶은 일도 없었다.

눈이 내렸다.
그것이 일과의 전부인 날들이 지나갔다.

그날 우리가 본 영화는 지금껏 본 것 중 가장 그악스러운 공포물이었다. 그것은 피가 낭자하지도, 내장이 튀어나오거나 한꺼번에 수백 명이 살해당하지도 않았지만, 나는 어느 때보다도 무서웠다. 그것은 좀더 미묘한 감정에 관한 영화였고, 감정에 의해 발생되는 병에 관한 영화였다. 발병의 원인이나 치료법은 제각각이었으며, 누군가는 영원히 해결하지 못한 채 죽어갔다. 위기는 각기 다른 얼굴을 하고 있었고, 내가 보기엔, 그 결과물도 다소 불공평했다. 누군가는 자신이 병에 걸렸다는 사실조차 모른 채 고통 속에서 오랫동안 살아남았다. 주인공들은 살인자 없이도 어느 때보다도 두려움에 떨었고, 눈물을 흘렸다. 구원 가능한 명확한 기준도, 세계를 구원할 영웅도 없었다. 그들은 서로가 서로에게 적이자 동지였다. 그 불균등성과 불규칙성이 나에게는 어느 영화보다 더 공포로 다가왔다. 영화 속의 여자는 그것을 사랑이라고 말했다.

어둠이 찾아왔다. 우리는 아주 오래간만에 문밖으로 나섰다. 눈은 없었다. 우리는 현관에서 대문에 이르는 좁은 오솔길을 달리기로 했다. 가로등은 이미 불이 나가 있어, 한 치 앞도 분간할 수 없었다. 사철나무는 눈이 내려도 잎이 지는 법이 없었다. 우리의 정원은 언제나 울창했다. 그가 맨 앞으로 달려나가기 시작했다. 현관 입구의 백열전등의 불빛 너머로 사라져가는 그의 등을 보았다. 눈에 띄게 자란 키와 바라진 어깨가 보였다. 그 등이 물고기의 등뼈를 닮았다. 그는 언제나 나보다 앞서 나아갔다. 그 뒤를 그녀가 소리를 지르며 쫓았다. 비명을 지르는 그녀의 모습이 귀신 같았다. 그들이 어둠 속으로 사라지는 것을 나는 하염없이 지켜보았다. 무릎이 아팠기 때문이었다. 나는 다리를 절며 오솔길을 지났다. 그들이 대문의 문턱을 넘어섰다. 나는 좀더 보폭을 넓혀 걸었다. 그때, 쿵 하고 문이 닫히는 소리가 들렸다. 불길했다. 필사적으로 뛰어 문고리를 잡아당겼다. 문은 열리지 않았다. 거대한 대문 너머로 키득거리는 그의 웃음소리가 들렸다. 나는 문고리를 더욱 세게 잡아당겼다. 문고리가 덜컹거렸지만, 열리진 않았다. 그가 문고리를 필사적으로 붙잡고 있는 것 같았다. 나는 두 주먹으로 문을 두드렸다. 문을 열어달라고 말했다. 등 뒤 어둠 속에서 무언가 알 수 없는 것이 한 발짝씩 다가오고 있는 것 같았다. 대문 너머로, 그녀의 비명 소리가 들렸다. 그녀는 그에게 문을 열어달라고 애원했다. 툭, 툭, 둔

탁한 소리가 들려왔다. 그녀의 긴 울음소리는 영화에서나 나올 법한 늑대 울음소리 같았다. 나는 하늘을 보았다. 초승달이 어둠 속에서 벌벌 떨고 있었다. 문을 열어줘. 그는 말하지 않고 웃기만 했다. 문을 열어줘 제발. 더욱 거세게 문을 두드렸다. 열어줘, 무서워. 뭐가 무서운데? 모르겠어. 열어줘, 아무튼. 싫어. 덜컹거리던 문고리가 더욱 단단해졌다. 그녀의 울음소리는 점점 잦아들었다. 미안해. 미안해. 그녀가 울먹이며 말했다. 나는 아직도 그녀가 왜, 무엇이 그렇게 미안한지 알지 못했다. 등 뒤의 무언가가 점점 더 다가오는 것을 느꼈다. 열어줘, 뭔가가 다가와, 무서워. 그게 뭔데? 모르겠어. 아무튼 열어줘. 그가 웃으며 말했다. 그러면 약속해. 뭘? 나를 믿는다고 약속해. 나는 그의 무엇을 믿어야 하는 것인지 알지 못했지만 대답했다. 알았어. 믿을게. 웃음기가 가신 목소리가 말했다. 더 크게! 나는 그것이 바로 내 등 뒤에 다가왔음을 알았다. 나는 울먹이며 소리 질렀다. 알았어, 믿을게! 신에게 맹세해!

문이 열렸다. 나는 서서히 열리는 문틈으로 찰나의 빛을 본 것 같았다. 그러나 문밖에서 기다리는 것은, 안과 동일한 어둠이었다. 완전히 같은 어둠이 있었다.

나는 숨을 가쁘게 몰아쉬며 눈물을 뚝, 뚝, 떨어뜨렸다. 소리 내어 울고 싶지는 않았다. 이를 악물었다. 그는 마치 구원

자처럼 내 앞에 서 있었다. 그의 신체는 신의 것처럼 강해 보였다. 나는 매달리듯 그의 목을 끌어안았다. 그가 등을 구부려주었다. 등 뒤로 허리를 감싸 안는 그녀가 느껴졌다. 우리는 처음 만났을 때처럼, 서로를 끌어안고 떨어지지 않았다. 나는 오한이 서린 사람처럼 한동안 몸을 부르르 떨었다. 이가 딱딱 부딪혔다. 나지막이, 그가 웃었다. 목울대의 진동이 귓가에 쟁쟁 울렸다. 그 순간 등 뒤를 쫓던 공포의 실체가 내장 깊숙이 들어오는 것을 느꼈다. 그것은 곧 하나의 정지된 이미지로 마음속에 각인되었다. 그의 목덜미는 뜨거웠다. 등 전체로 그녀의 심장 뛰는 소리와 함께 부드럽고 작은 유방이 느껴졌다. 나는 그 안온함 너머로 끝없이 펼쳐진 불모지를 보았다. 그 한가운데에 서 있는 미래의 나를 보았다. 모래가 눈발처럼 흐드러지고, 잡초처럼 피어난 서로 다른 크기의 바위 사이, 고목처럼 서 있는 늙은 내가 있었다. 나는 비로소 나의 얼굴을 들여다볼 수 있게 된 것이었다. 나는 오랫동안 그와 눈을 맞추었다. 무섭고, 무서웠다.

그 풍경은 그가 내게 한 교육의 마지막 결과물이 되었다.

눈은 그치지 않는다.
그것이 일과의 전부인 나날들이 있다.

우리는 나란히 서서 창밖을 바라보고 있다. 누구도 밖으로 나가려 하지 않는다.
 창밖에서, 눈은 춤춘다.

 그와 그녀는 서로 손을 잡고 있다. 나는 주먹을 쥐고 있다.
 나는 혼자다.

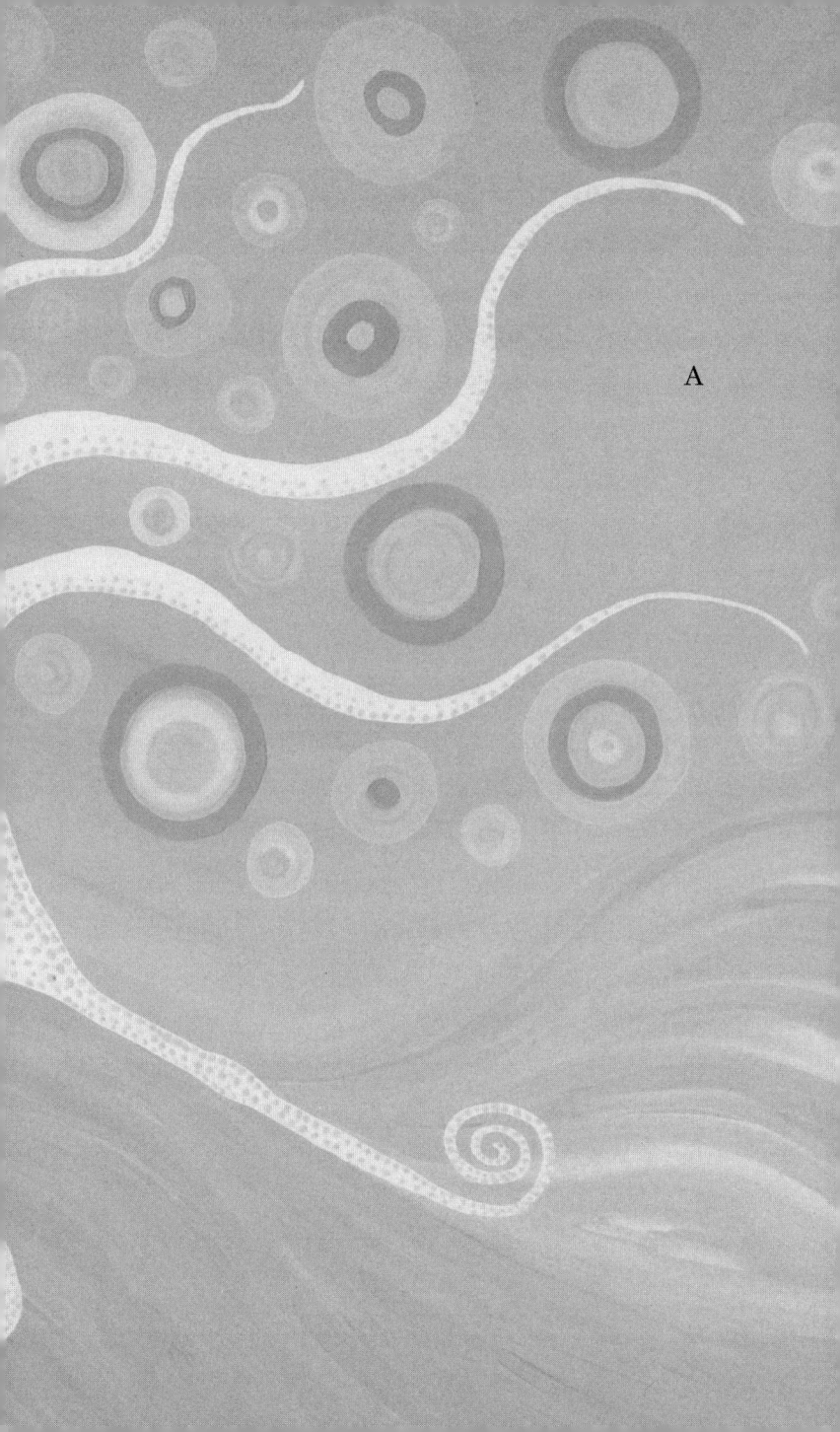

A에게는 체취가 없었다. A는 인기척을 내는 법이 없었고, 고함을 친 적도 없었다. A는 휘파람을 불지 못했고, 한숨을 쉬지도, 눈물을 흘리지도 않았다. 만약 이런 A를 잃어버린다면 다시는 그를 찾지 못할 것이라고, 나는 늘 생각해왔다. 그러나 A를 잃을까 두려워해본 적은 없다. A는 어디에나 있기 때문이다.

나는 몇 시간 동안 A의 뒤통수를 바라보며 걷고 있었다. A의 짧은 머리칼은 양털을 닮았다. 사방으로 뻗친 머리칼은 A가 스쳐 지나가는 나무의 나뭇잎, 곤충들의 더듬이와도 비슷했다. A가 남긴 발자국은 거의 일자에 가까웠다. 길은 좁고 습했다. 1미터에 한 번씩, 작은 물웅덩이와 바위를 만났다. 나는 A에게 여러 차례 목이 마르다고 말했지만, A는 대답하지 않았다. A는 자신이 해결해줄 수 없는 문제에 대해서는 대체로 침묵하는 편이었다. 나는 얇은 나뭇가지를 손에 잡히는 대로 꺾어, 작게 분질러 바닥에 떨어뜨렸다. 그 소리가 귀에 거슬렸는지, A는 뒤를 돌아 나를, 내 왼손에 들린 나뭇가지와 나뭇가지를 꺾으려 잔뜩 힘을 준 오른 손가락을 차례로 바라보았다. A는, 곧 비가 올 것 같아,라고 조금 전 나의 불평에 답했다. 나는 나뭇가지로 표식 남기는 일을 그만두었다.

어둠은 이 숲의 기생식물인 듯, 한 차례도 물러서는 법이 없었다. 해를 본 것이 언제인지 기억나지 않았다. 잎과 잎 사이, 가지와 가지 사이를 비집고 들어오는 미세한 양의 빛이 있어, 사물을 분간할 수 있게 했다. 수만 그루에 달하는 전나무와 가문비나무는 제각기 다른 굵기와 높이를 갖고 있었다. 가지의 숫자, 휘어짐의 정도, 수피의 형태에 따라, 나무는 모양새가 조금씩 달랐다. A는 그중 크고 널쩍한 바위 옆 나무 아래 자리를 잡았다. 나는 가지를 타고 내려온 빗물을 0.5리터짜리 생수병에 받았다. 플라스틱 병을 둘러싸고 있던 비닐 재질의 상표는 물에 젖어 떨어진 지 오래였다. A는 땅콩과 아몬드, 건포도를 캐러멜로 버무린 초코바 하나를 배낭에서 꺼냈다. 기온이 낮아 단단해진 초코바는 툭, 소리를 내며 반으로 잘렸다. 나는 A의 음영 진 옆얼굴을 바라보았다. 어둠은 A의 얼굴을 몇 개의 선과 면으로 단순화시키고 있었다. 표정은 지워지고 없었다. 나는 색이 없는 A의 얼굴이 낯설었다. A는 나에게 절반의 초코바를 주었다. 나는 A에게 가득 채운 물병을 넘겼다. 비는 오래가지 않았다.

 기온이 서서히 떨어지는 것으로 우리는 점점 더 밤에 다가가고 있다는 사실을 알았다. A의 걸음이 차츰 빨라졌다. A에게도 숲의 밤은 녹록지는 않을 것이라 생각했다. 숲은 지대가 원만해 시야를 확보할 수가 없었다. 나무는 어디에든 있었다. 가지와 가지가 부딪힐 만큼 가까운 거리에, 서로의 어깨에 손을 얹고 둥글게 모여 기합을 넣는 럭비 선수들처럼, 나무들은 끝을 가늠할 수 없는 거대한 군락을 이루고 있었다. A는 나무 기둥 사이로 사라졌다, 다시 나타났다. A의 배낭은 어린아이의 것처럼 작았다. 어깨 끈을 최대한 줄여 등에 바싹 달라붙게 했다. 가죽 가방의 입구는 동일한 재질의 가죽끈으로 단단히 묶여 있었다. 조금 전 초코바를 꺼낸 후, A는 다시는 열지 않을 것처럼 오랜 시간 공을 들여 가방끈의 매듭을 지었다. 매듭 마감의 실밥이 너덜거렸다. 단 한 번도 본 적이 없던 물건이었다. 가죽이 닳아 표면이 반질반질한 가방은 힘없이 축 늘어졌다. 구멍들, 여기저기 긁힌 상처들이 그 내력을 말해주었다. 나는 잠시 내가 없는 곳에서 그 가방을 메고 돌아다녔을 A를 떠올렸다. 고르지 않은 흙길을 걸을 때마다 가방이 그의 등 위아래로 덜렁거렸다. 나는 어린 A를 보는 것 같아 설핏 웃음이 나왔다.

A의 넓은 보폭을 보았다. 나는 그를 따라잡기 위해 걸음에 속도를 냈다. A는 전나무 기둥 사이로 이리저리 옮겨 다니고 있었다. 나는 팔을 뻗어 A의 배낭에 길게 늘어진 어깨끈을 살짝 쥐었다. 가죽은 미끈하고 차가워 일순 소름이 돋았다. 배낭에 무엇이 들어 있는지 궁금하지 않았다. 가방에서 희미하게 곰팡이 냄새가 났다.

A는 우리 학교 학생이 아닐 수도 있었다. A는 열 살이 아닐 수도 있었다. 기실, A는 일곱 살쯤 되어 보였다. 그러나 증명할 만한 것이 없었다. 그것은 나 역시 마찬가지였으므로 우리는 서로를 믿었다.

수련회장은 식당이 딸린 강당과 운동장, 기념품점과 매점, 조교의 숙소와 본부가 있는 작은 별관, 그리고 학생들을 위한 30여 채의 펜션들로 이루어졌다. 여덟 개 동으로 나뉜 숙소는 강당 뒤쪽으로 산재해 있었다. 강당은 5백 명가량의 아이들을 수용하기에는 규모가 턱없이 작았다. 우리는 수재민들처럼 포개어 앉아 노래를 부르고, 촛불을 켜고, 누군가에게 편지를 썼다. 앞사람의 등이 가슴에 닿을 정도로 가까워, 아이들은 서로의 몸이 자기 것인 양 대했다. 무언가에 홀린 듯이 사랑한다고 말했다. 볼을 쓰다듬고 눈물을 흘리며 서로의 목에 얼굴을 묻었다.

A는 그곳에 있었다. 내가 누구에게 편지를 써야 할지 몰라 망설이고 있을 때, A는 내 어깨를 툭 치며 서로에게 편지를 쓰자고 말했다. 나는 A가 누군지도 모른 채 그에게 편지를 썼다. 안부를 묻고, 수련회장으로 오기까지의 긴 여정과 이곳의 산세에 대해 적었다. 그리고 그가 내 눈앞에 있는데도 네가 그립다고 마무리했다. 그것이 편지의 정해진 서식이었다. A는 나에게 이름을 묻지 않았다.

우리는 강당을 빠져나와 숙소로 이어진 기나긴 언덕길을 함께 걸었다. 손을 잡고 걸었다. A는 나보다 반 뼘 정도 작았다. 우리는 왼발을 먼저 떼었다. 박자를 맞추어 걸으며 강당에서 배운 노래를 불렀다. 기차 타고 신나게 달려가보자 푸른 산을 지날 땐 산새를 찾고 넓은 바다 지날 땐 물새와 놀고 새로운 세상이 자꾸자꾸 보인다. 우리는 음정도 박자도 무시했다. 노래는 구호만이 남았다. 힘껏 웃어보았다. 서로의 목소리 외에는 아무것도 들리지 않았다. 언덕 옆으로 넓게 펼쳐진 잔디밭과 각 동 입구의 이정표, 울타리 대신 심어놓은 사철나무와 장미나무, 똑같은 모양의 펜션들을 지났다. 날짐승의 오줌 냄새, 시들어가는 잡풀의 비린내를 기꺼이 들이마셨다. 추석 냄새 난다,고 A는 웃으며 말했다. 맞잡은 손을 높이 치켜들고 앞뒤로 흔들었다. 어둠이 우리 어깨 위에 내려앉았으나, 나는 그것이 더없이 따뜻하다고 느꼈다. 발에 차이는 것은 무엇이든 걷어찼다. 숙소 뒤에 웅크린 산도, 멀리서 들리는 짐승의 울음소리도, 10시 점호 시간이 지났다는 사실도 두렵지 않았다. 맞잡은 손이 따뜻했는지는 기억나지 않는다.

A의 배낭끈을 잡고 걸으며, 나는 열 살의 A를 떠올렸다. 문득 그때의 A는 지금의 A가 아닐지도 모른다는 생각이 머리를 스쳤으나 이내 지워버렸다. 나는 내 신체에서 나는 모든 소리를 들을 수 있었다. 심장이 뛰는 소리, 마른 입술을 침으로 축이는 소리, 귀밑머리 아래로 땀이 흐르는 소리, 입김이 새어 나오는 소리, 한숨 소리. 우리는 아무 말도 하지 않았다. 손을 잡지도 않았다.

지는 해, 미풍을 타고 흔들리는 구름, 노을이 없었다. 침엽수로 뒤덮인 하늘이 있었다.

담임 선생님은 언제나 겁에 질린 표정을 하고 있었다. 그녀는 산수를 가르칠 때에도, 풍금을 연주하며 그날 배울 동요를 선창하면서도 언제나 같은 표정을 지었다. 눈썹 뼈보다 돌출된 안구, 앞으로 휘어진 기다란 목, 처진 어깨가 그 표정을 만드는 데 일조했다. 그녀는 겁에 질린 얼굴로, 처음 보는 악보의 박자를 정확히 읽어내는 나에게 박수를 보내며 칭찬해주었다. 그녀는 겁에 질린 얼굴로, 수업 시간에 갑자기 울음을 터뜨린 어린 제자를 황망히 바라보았다. 그녀는 어째서 내가 교과서를 바라보며 통곡을 하는지 알지 못했다.

수련회에서 돌아온 후 내가 글을 읽지 못하게 되었다는 사실을 아는 사람은 아무도 없었다. 나는 글과 그림을 완벽히 구분할 수 있었지만, 어쩐 일인지 문자를 읽어내지는 못했다. 나는 내 이름을 쓰지 못했다. 기억 깊숙한 곳에 어렴풋이 떠오르는 낱말들은, 그러나 수면 위로 떠오르지 못하고 무력하게 가라앉았다. 그날 울음을 터뜨린 것을 계기로 나는 입을 닫았다. 몹쓸 병에 걸렸다고 믿었다. 그것을 누구에게도 들키고 싶지 않았다.

나는 공간을 가진 자음들, 이를테면 ㅇ, ㅎ, ㅂ, ㅁ, ㅍ 같은 자음들이 가진 빈 곳을 채우며 시간을 보냈다. 색색의 사인펜으로 일일이 점을 찍어 메웠다. 하나의 자음도 놓치지 않으려는 듯, 심혈을 기울였다. 교과서는 두꺼운 색칠 공부장이 되어 있었다. 하루 동안 끝마쳐야 할 분량을 전날 미리 정해놓았다. 점을 찍어나가며, 나는 종종 A를 떠올렸다. 교과서에 찍힌 색색의 점들은 언뜻 규칙을 가진 듯 보였다. 크기가 일정한 점들은 높낮이와 간격이 조금씩 달랐다. 나는 점으로 이루어진 문자를 상상했다. 수련회 숙소 뒤편, 철망 개구멍을 지나 등산로의 입구에서 마지막으로 보았던 A의 얼굴을 떠올렸다. 그 모습을 점으로 구성하고 해체하기를 반복했다. 지름 2밀리미터 남짓의 자음이 가진 공간이 내 세계의 전부였다.

전나무와 가문비나무는 이 숲에서 영원한 치세를 누릴 수 있을 것이었다. 그들은 압도적인 영토를 갖고 있었고, 빛을 독점했다. 그 치세 아래서, 때죽나무는 가느다랗게 가지를 뻗었고 개상사화는 흰 꽃을 피웠다. 우산이끼, 독버섯 들이 풍부한 습기와 양분을 먹고 무럭무럭 자라났다. 나는 A에게 아무것도 묻지 않았다. 숲에 대해, 여행의 목적에 대해 의문을 가지지 않았다. 그것이 A에 대한 나의 신뢰를 보여주는 증거가 될 것이라 믿었다. 숲의 입구에서 A는, 만약 길을 잃게 된다면 두려워하지 말고 서쪽을 향해 걷기만 하면 된다고 누차 말했다. 나는 그 말을 귀담아듣지 않았다. A를 잃어버릴 일은 없을 것이라 확신했기 때문이었다. 그럼에도 손에 땀이 배도록 A의 어깨끈을 붙잡고 걸었다. A는 그 때문에 여러 차례 걸음을 지체하게 되었지만 불평하지는 않았다.

나는 갑자기 장난기가 일었다. 잡고 있던 어깨끈을 놓고, 손을 가방의 입구로 가져갔다. 단단히 묶인 가죽끈을 살짝 잡아당기는 순간, A는 소스라치게 놀라며 뒤를 돌아보았다. A의 표정은 그늘에 가려 알 수 없었으나 양팔이 부들부들 떨리는 것이 보였다. 꼭 쥔 주먹이 무척 화가 난 것 같았다. 나는 그의 격렬한 반응에 당황해 얼어붙은 듯 서 있었다. A 역시 미동도 하지 않았다. 그는 화를 가라앉힐 시간을 벌고 있었다.

A는 오늘밤은 비바크를 해야 할 것 같다고, 이내 평온을 되찾은 목소리로 말했다. 뒤돌아 빠르게 걷기 시작하는 A의 그림자를 보며, 그제야 나는 무언가 잘못되어가고 있다는 것을 깨달았다.

그날 교무실에서 선생님은 울음이 멈추지 않는 나를 안아주었다. 그녀는 튀어나온 눈을 더욱 크게 뜨고, 주름진 목을 길게 뺀 채, 내 얼굴을 유심히 살폈다. 눈물을 닦아주었지만, 곧 새로운 눈물이 뺨을 적셨다. 그녀는 볼을 쓰다듬던 손을 거뒀다. 그리고 어째서 울음을 그치지 않는지 재차 물었다. 그녀는 내 어깨를 양손으로 감싸고 무엇이든 도와주겠다고 말했다. 나는 전에 없이 다정한 선생님의 목소리에서 이전엔 느낄 수 없었던 두려움을 읽을 수 있었다. 항상 겁먹은 듯한 그 표정은 그녀의 이목구비 탓만이 아니었다. 선생님은 언제나 나를 두려워했고 난감해하고 있었다는 것을, 그때 깨달았다. 나는 바닥에 주저앉아 교무실이 떠나갈 정도로 울어대기 시작했다. 교사들이 주변에 모여들수록 발광했다. 모두가 질려 고개를 절레절레 흔들 때까지, 아무도 기다려주지 않는 집으로 나를 보내줄 때까지, 발광했다.

나는 그녀가 나를 두려워하는 이유를 알 수 있을 것 같았다. 그것은 내가 발작처럼 눈물을 터뜨려서도 아니고, 그 이유에 대해 함구하고 있어서도 아닐 것이었다. 내가 한 치의 오차도 없는 박자 감각을 갖고 있어서는 더더욱 아니었다. 나에게는 아이다움이 없었다. 아이들이 가지는 섬약함, 불완전함, 미움받을지 모른다는 두려움, 두려움이 만들어내는 불안, 그 불안이 고취시키는 의욕과 동기부여가 없었다. 그녀는 내가 보호자가 없다는 사실을 늘 거북스러워했다. 나는 그녀가 교감 선생님에게 나를 시설에 보내야 한다고 건의한 사실을 알고 있었다. 사소한 핑계를 들어 가정방문을 차일피일 미루고 있다는 것도 이미 알고 있었다. 나는 매일 도시락 싸는 것을 잊지 않았다. 내 도시락 통은 언제나 김치나 무장아찌, 계란말이나 소시지부침으로 적절한 구색을 갖추고 있었다. 실내화와 체육복은 한결같이 깨끗했다. 체육복 상의 밑단과 바지 허리춤에 반 번호와 이름을 옷의 색과 보색이 되는 색실로 새겨 넣었다. 나는 통장을 스스로 관리했고, 공과금을 밀리지 않았다. 매달 구청에서 파견되는 자원봉사자들만으로도 필요한 것을 얻어내는 데에 부족함이 없었다. 누구도 나를 가엾다 여기지 않았다. 나는 혼자 밥을 먹어도 곤란하지 않았다. 선생님은 내가 감정이 없는 아이라고 믿고 있는 것 같았다.

그녀에게 나의 눈물은 이해 불가능한 것이고, 통제할 수 없는 것이었다. 사람들은 종종 자신이 이해할 수 없는 것들에 대하여 두려움과 적의를 품는다는 것을, 나는 알았다.

 다음 날, 나는 평소와 다름없는 모습으로 등교했다. 실내화 가방을 책상 옆 고리에 걸고, 책가방은 의자 뒤에 걸쳤다. 가방에서 교과서를 꺼내 책상 서랍에 차곡차곡 쌓아 넣었다. 열두 가지 색의 사인펜을 책상 구석에 늘어놓았다. 그리고 그날부터 하루에 서른 장씩 교과서에 점을 찍기 시작했다. 스스로 병을 치유해야 한다고 믿었다. 미래에 대해 생각해본 적은 없었다.
 A에게 썼던 편지를 떠올렸다. 그 글은 내가 글자를 잊기 전 마지막으로 썼던 것이었다. 나는 그 내용을 똑똑히 기억하고 있었다. 편지 말미에 그리운 A에게,라고 썼었다. 그 말은 지금, 예언이 되어 나를 사로잡고 있었다. A가 그리웠다. 마음 안에, 내가 채우는 점의 크기만 한 구멍이 생긴 것 같았다.

 A는 불을 피울 준비를 하기 시작했다. 해가 떨어지자 기온이 급격히 낮아졌다. 나는 A를 향해 손전등을 고정했다. 불빛은 어둠 속에서 단단하고 마른 땅을 찾는 A를 비추고 있었다. 젖은 낙엽들을 멀리 치워내고, 끝이 뾰족한 돌로 땅을 팠다. A의 머리칼은 땀에 젖자 더욱 고불거렸다. 깊지 않은 구덩이가 완성되었다. 그는 주변에 동그랗게 돌을 쌓기 시작했다. 그는 손전등의 불빛이 없는 듯 행동했다. 그 불빛이 없다

면 단 한 발자국도 움직일 수 없으면서도, 상관없다는 듯 굴었다. 그는 어둠 속으로 걸어 들어가 돌을 가져다 날랐다. 나는 허겁지겁 그의 움직임을 따라 손전등을 놀렸다.

불에 탈 수 있는 것들이 사방에 널려 있었으므로 A는 신중하게 행동했다. 잔가지와 마른 잎들을 깔고 적절한 굵기의 나뭇가지들을 우물 정 자 모양으로 쌓기 시작했다. A는 반딧불이처럼 꽁무니에 빛을 달고 다녔다. 날벌레들이 그의 주위로 몰려들었다. 불쏘시개에 성냥불을 붙일 때까지, A는 한 마디도 하지 않았다. 나는 시위를 하듯 A를 향한 손전등을 거두지 않았다. 어둠 속에서, 무표정한 A의 얼굴만이 형형히 빛났다. A는 마른 나뭇잎을 모아 잠자리를 만들었다. 바닥에 겉옷을 깐 후 배낭을 베고 누웠다. 불을 등지고 몸을 둥글게 말았다. 그의 뒤통수가 환하게 빛났다.

나는 책을 펼치듯 기억 속 A의 모습을 하나하나 꺼내보았다. 웃고 있는 A, 미간을 찌푸리고 이마를 중지로 툭 치고 있는 A, 나와 눈을 맞추고 진지하게 이야기를 하는 A, 부드럽게 머리를 쓰다듬어주는 A, 난감한 표정을 지으며 고개를 돌려버리는 A를 떠올렸다. 그리고 지금의 A를 그중 하나에 끼워 맞추려 노력했다. 나는 A의 태도에 인과관계를 찾고 싶었다. 그가 베고 누운 배낭을 비추어보았다. 내내 잡고 걸었던 늘어진 어깨끈을 보았다. 아직도 온기가 남아 있는 것만 같았다.

산비둘기, 휘파람새의 울음소리가 멀리서 들려왔다. 알 수 없는 기척들이 어둠 속에서 느껴졌다. 나는 손전등으로 하늘을 비추어보았다. 어둠은 빛이 닿자 산개하며 몸을 감췄다. 날벌레들이 모닥불 불빛을 향해 뛰어들어, 속속 타들어갔다. 그 소리들 때문에 쉽게 잠을 이룰 수 없었다.

나는 여전히 글을 읽지 못했으므로 중학교에 입학하지 못했다. 특수학교에도 가지 않았다. 온전히 나의 집에 남을 수 있게 되었다는 사실이 무척 기뻤다.

나는 점을 찍는 일을 게을리하지 않았다. 졸업할 때 즈음엔 점이 찍히지 않은 책이 없었다. 매년 새로 받은 10여 종의 교과서들, 매해 사들인 전과들, 60권짜리 과학도감, 어린이 위인전기, 세계 견문록, 디즈니 명작동화 시리즈, 우리전래동화 70선까지 하나도 빠뜨리지 않았다. 새로 얻은 책들은 그림을 통하여 내용을 상상하였다. 시간이 지나자 어떤 단어들은 읽을 수도 있을 것 같았다. 그러나 읽고 싶지 않았다. 나는 책의 내용이 내 상상의 범주보다 넓을 것이라 믿지 않았다.

구청에 책을 신청했다. 학교에 다니지 않았으므로, 더 많은 책들이 필요했다. 나는 한 달에 한 번씩 헌책들을 선물받았다. 각종 잡지에서 대하소설에 이르기까지, 모든 장르가 망라되어 있었다. 5년이 지나자 책은 방의 사면을 가득 채웠다.

원래 있던 책장에는 바늘 하나 들어가기 어려울 정도로 빽빽이 책을 꽂아놓았다. 비키니 옷장과 이불장은 부엌 냉장고 옆으로 밀려났다. 방 한가운데에 작은 상을 놓았다. TV도 라디오도 없었다. 나는 언제나 해가 뜨기 직전에 일어났다. 펜과 책을 상 위에 준비해두고 쌀을 씻었다. 나는 새벽의 눅눅함과 고요함을 아꼈다. 밥 짓는 냄새로 안온함을 느꼈다. 집엔 꽃도 나무도 없었으므로, 계절을 증명할 만한 것이 없었다. 모든 것이 어제와 같았다. 변화하는 것은 늘어가는 책과 내 신체뿐이었다.

매달 책 박스를 등에 지고 찾아오는 자원봉사자들은 항상 그 이상의 것들을 나누어주려 했다. 그들은 나에게 세상이 얼마나 넓은지, 얼마나 빠르게 변화하고 있는지 알려주고 싶어 했다. 전자사전이나 DVD 플레이어, TV, 컴퓨터 따위를 들고 왔다. 나는 그 모든 호의를 거절했다. 나는 부족한 것이 없었다. 자원봉사자들은 길게는 몇 년씩, 짧게는 몇 달간 집을 찾았다. 그들 가운데 A가 있었다.

내 이름을 부르는 A의 목소리에 잠에서 깨어났다. 공기는 눅눅하고 서늘했다. 익숙한 냄새였다. 웅크리고 앉은 채 잠이 들어 허리가 뻐근했다. 새벽이었다. 모닥불은 재만 남아 축축이 젖어 있었다. A는 재를 뒤적거려 남은 불씨가 없는지 여러 차례 확인했다. 까치집을 지은 A의 머리칼을 보며, 잠결에 내가 들었던 그의 목소리가 꿈인지 현실인지를 구분하려 애썼다. 그 목소리는 여전히 부드럽고 다정했다. A의 팔, 가느다란 잔털 위로 이슬이 내려앉았다. A는 웃옷을 걸치고 배낭을 들었다. 앞서 걸어가는 A의 뒷모습을 보자, 갑자기 왈칵 울음이 쏟아질 것 같았다. 어째서 눈물이 나려 하는지는 알 수 없었다. 나는 지금의 A가 책을 등에 지고 내 집 문을 두드렸던 그 A가 맞는지 확신할 수 없었다. 나는 입을 굳게 닫았다. 달려가 A의 어깨끈을 꼭 쥐었다. 이슬을 맞은 가죽끈은 여전히 차갑고 축축했다. 숲은 고요했다. 모든 곤충들, 모든 짐승들, 모든 나무와 꽃 들은 아직 깨어나지 않았다.

나는 처음 문자를 깨우쳤던 순간을 기억하고 있었다. 나는, 나무로 만들어진 소년이 수차례 아버지를 속이고, 타인에게 배신당하고, 신체가 훼손되고, 다양한 방식으로 변형되는 과정을 그린 3백 쪽짜리 동화책을 읽으며 글을 익혔다. 책의 첫 장을 읽는 데에는 한 시간가량이 걸렸다. 소년은 여러 차례 살해의 위협에서 질기게 살아남았다. 소년은 비도덕적이고 머리가 나빴다. 아무리 읽어도 이해할 수 없는 문장들은 건너뛰었다. 소년이 요정을 만나 죄를 고백하는 장면은 다소 모호했다. 그러나 마지막 부분에 이르러 그가 인간의 몸을 갖게 되었을 때, 나는 나도 모르는 사이 모든 문장을 자연스럽게 받아들이고 있다는 사실을 깨달았다. 꼭 한 달이 걸렸다. 글자를 깨우쳤다는 것은 놀랍고 기쁜 일이었으나 책은 뒷맛이 찝찝했다. 어째서 소년이 인간이 되고 싶어 하는지 이해할 수 없었다. 나무는 불멸할 수도 있었다.

그는 등에 구청 자원봉사단 마크가 크게 인쇄된 녹색 조끼를 입고 있었다. 같은 마크가 중앙에 박힌 녹색 모자 아래 짧게 깎은 머리가 새벽녘 하늘처럼 푸르렀다. 책이 든 상자를 방으로 나르기 전, 방 안을 둘러보던 그는 책장이 필요하겠다,고 말했다. 그는 냉장고를 열어 달걀이나 반찬 따위가 충분히 있는지를 살폈다. 쌀독을 용케 찾아 열어보았다. 그는 자신의 세간을 살피듯 집 구석구석을 확인했다. 나는 그의 누렇게 변색된 면양말을 보았다. 그는 책상에 앉아, 읽지 못해 쌓아두었던 공문서를 정리해주었다. 중요한 것은 붉은 색연필로 표시해 분류했다. 해가 지고 있었으나, 둘 다 어둠이 오고 있다는 것을 알아채지 못했다. 나는 그 옆에 무릎을 꿇고 앉아, 점차 어둠에 뒤섞여 경계가 사라져가는 그의 옆얼굴을 바라보았다. 그는 이내 고개를 돌려 나를 향해 미소 지었다. 미소는 고요하고 소리가 없었다. 나는 기억 저편으로 밀어두고 있었던 작은 얼굴 하나를 어렵지 않게 떠올릴 수 있었다.

나는 그가 A라고 믿었다. 그가 A라는 것을 증명할 만한 것은 아무것도 없었다. 기실, 그는 A가 아닐지도 몰랐다. 그러나 나는 그가 A라 믿었다.

 잃어버린 말을 되찾아야 했다. 나는 문장을 구성하는 법을 잊었고, 주어와 술어의 호응이 전혀 맞지 않는 말을 아무렇지 않게 내뱉었다. 부박하기 이를 데 없는 몇몇 명사들이, 나의 작고 초라한 세계였다. 모든 사물에는 그에 걸맞은 이름이 있다는 것을 몰랐다.
 그에게 무언가에 대해서 말해야 할 때, 이것, 저것, 혹은 그때 그것, 이라고 말했다. 그는 문맥으로 '그것'이 지칭하는 바를 알아채기도 했고, 그러지 못할 때에는 대신 그림을 그렸다. 그는 수천 권의 책들에 찍혀 있는 작은 점들을 오랫동안 바라보았다. 그것이 지난 5년 동안 내가 한 일의 전부였으나, 부끄럽지는 않았다. 그는 재활용 센터에서 4단 책장 네 개와 2단 책장 두 개를 용달차에 실어 왔다.

 우리는 방의 삼면에 아슬아슬하게 쌓아올려진 책들을 정리하기로 했다. A와 나는 그 장벽을 한꺼번에 무너뜨렸다. 책들은 엄청난 먼지를 일으키며 허물어졌다. 공중으로 떠오른 먼지들은 이내 머리와 어깨, 코끝으로 떨어졌다. 그는 책이 무너진 자리에 책장을 세웠다. 내가 책의 겉면을 젖은 수건으로 닦아 분류하면, 그가 꽂아 넣었다. 손은 까매지고 숨은 턱턱 막혔으나, 5년 전 그날로 되돌아간 듯 신이 났다. 저절로 노래가 흘러나왔다. 우리가 밤길을 걸으며 함께 불렀던 노래를 잊지 않고 있었다. 내 입에서 노래가 흘러나오는 동안, 그는 침묵했다. 나는 그에게 보리차에 미숫가루를 타주었다.

  우리는 반나절 동안 완만한 능선을 타고 올랐다. 심한 갈증이 일었다. 빈 물병을 열어 입에 털어 넣어보기도 했다. 그러는 사이, A에게서 조금씩 뒤처졌다. 그는 속도를 줄이지 않았다. A는 목표가 확실한 사람처럼, 발을 내딛는 데 일말의 망설임이 없었다. 나는 손에 잡히는 나뭇가지들에 의지해 한발 한발 내디뎠다. 그러자 곧 믿기 힘든 광경이 펼쳐졌다. 빛이었다. 숲이 그 양상을 달리하고 있었다. 단풍나무 같은 키 작은 활엽수들이 나타나기 시작했다. 작고 부드러운 잎 사이로 햇빛은 쏟아졌다. 희고 큰 얼굴을 가진 함박꽃나무를 보았다. 이미 꽃이 진 정향나무는 그 향만이 어렴풋이 남아 빈자리를 맴돌았다. 수해를 입은 듯 뿌리째 뽑힌 가문비나무 몇 그루를 보았다. 치부를 드러낸 나무뿌리 위로 고사리들이 자라나고 있었다. 어린 활엽수들은 빈자리에 뿌리를 내렸다. 우리는 야생화와 잡초가 무리 지어 자라난 들판에 섰다. 나는 A를 바라보았다. A의 정수리 위로 새털구름이 끝을 모르고 펼쳐져 있었다. A의 얼굴은 피로로 거칠어져 있었으나, 헝클어진 고수머리에선 윤기가 흘렀다. 다가가 A의 손을 조심스럽게 잡아보았다. A가 내 쪽으로 고개를 돌렸다. 나는 A를 향해 내가 할 수 있는 가장 밝은 웃음을 지어 보였다. 그것이 내 내면에 조금씩 싹트기 시작한 두려움을 상쇄시켜주길 바랐다. A는 설핏 웃음을 흘렸다. 나는 크게 웃었다. 들판이, 바람 소리가 아니라 내 웃음소리로 가득 차길 바랐다. 웃음소리가 A에 대한 나의 의구심을 떨쳐내주길 바랐다.

A는 말수가 적었고 엄격했다.

A는 앞면에는 알파벳이, 뒷면에는 각각의 알파벳으로 시작하는 이름을 가진 동물들이 그려진 카드를 한 장씩 상 위에 내려놓았다. H의 뒤에는 말이, G의 뒤에는 고릴라가 있었다. 그가 발음하면, 나는 그것을 따라 했다. 다섯 번이나 반복했지만, 나는 글자를 외우지 못했다. 그는 다시 다섯 번을 반복했다. 글자를 보여주고, 발음하고, 나는 그것을 따라 했다. 그러나 A가 알파벳 카드를 보여주었을 때 여전히 대답하지 못했다. 문자는 섬세한 유리 세공품과 같아, 머릿속에 떨어지는 즉시 산산이 부서졌다. 나는 잘못을 저지른 아이처럼 눈물을 글썽거렸다. A는 인내심이 대단히 깊었다. 그는 처음부터 다시 시작했다. 우리는 돌림노래를 부르듯 마주 보고 앉아 서로 음을 주고받았다. 방 쪽창으로 들이치는 지는 해의 여운이 A를 감쌌다. A의 표정은 붉고, 따뜻했다. 우리는 끝물의 참외를 반으로 갈라 나누어 먹었다.

나는 A의 목소리를 음악처럼 받아들였다. A가 발음하는 각각의 문자가 갖는 독특한 억양, 음 길이의 차이, 강세 따위를 분류했다. 그것을 온전히 기억하는 데 한 달에 가까운 시간이 걸렸다.

알파벳을 완벽하게 읽을 수 있게 되었을 때, A는 나를 꼭 껴안아주었다. A의 땀 냄새가 몸에 밴 듯 잠자리에 누워서도 사라지지 않았다. 외국어를 배워나가는 동안 비로소 모국어에 대한 미련을 버릴 수 있었다. 나는 읽을 수 없게 된 자신을 자책했고, 때때로 나를 버린 모국어에 분노했다. 죄가 없으면서 죄책감을 느꼈고, 고향에 있으면서도 향수병을 앓았다. 그러나 이제 더 이상 책에 코를 박을 듯 얼굴을 들이밀고 자음에 점을 찍지 않아도 되었다. 언제나 상상해왔던 새로운 언어를 가질 수 있게 되었기 때문이었다. 그것은 완전히 다른 방식, 다른 발음, 다른 억양, 내 예상 너머의 언어였다. 역설적이게도, 병이 낫기 시작한 것은 그때부터였다.

나는 A에게 무엇이든 해주고 싶었다. 나는 A의 성기를 입에 넣었다.

우리는 산열매를 따 입에 넣었다. 검푸른 열매는 떫고 씨가 무척 컸다. 양손 가득 쥐고 먹어도 쉽게 배가 차지 않았다. 종자를 알 수 없는 나무 아래 앉아, 쉴 새 없이 그 열매를 입에 넣고 씨앗을 툭툭 뱉었다. 주변은 씨앗들로 작은 봉분이 만들어졌다. 나는 그 봉분 위에 마지막 열매의 씨앗을 뱉었다. 속이 아렸다. A의 입술이 새까맸다. 나는 소매 끝을 늘려 A의 입술에 가져가 닦았다. A는 다행히 손을 밀쳐내지 않았다. 소매 끝에 검푸른 물이 들었다. 그의 볼, 얇은 피부에 실핏줄이 드러나 보였다. 나는 더러워진 소매로 내 입술을 문질렀다. 바람이 쾌청했다.

A는 가정하는 것을 좋아했다. 만약, 만일, 혹시라는 단어를 즐겨 사용했다. A는 나에게 가정법을 가르치며 수많은 예문을 만들게 했다. 실현 가능성의 유무에 따라 서로 다른 규칙이 적용되었다. 나는 어째서 그 부박한 가능성에 기대어 세분화된 문법을 적용하는 노력을 기울여야 하는지 이해할 수 없었다. 나는 과거를 후회해본 적도, 현재를 개탄한 적도, 미래를 점쳐본 적도 없었다. 이런 것은 말장난에 불과한 것이 아닌가. A는 불길한 문장들을 만들고, 그것으로 나를 시험하면서, 고단한 표정을 지었다. 나는 그런 A를 이해할 수 없었고, 이해하고 싶지도 않았다. 가정법은 그가 나에게 가장 가르쳐주고 싶어 한 것이면서, 내가 끝끝내 익히지 못한 것이기도 했다.

A는 집에 가지 않는 날이 늘었다. 나는 자연스럽게 두 명을 위한 밥을 짓고 이불을 깔았다. A는 생선을 먹지 못했고, 밤에는 손톱을 깎지 않았다. A는 두부를 좋아했고, 종종 내

머리를 감겨주었다.

A는 매일 일기를 썼다. 그날의 기후가 어땠는지, 아침에 일어났을 때 기분이 좋았는지 나빴는지, 지난밤 무슨 꿈을 꿨는지, 무슨 책을 읽고 무엇을 점심으로 먹었는지, 빠짐없이 기록했다. 나는 어제와 같은 오늘을 기록하는 것이 무슨 의미가 있는지 알지 못했다. 그는 글을 윤색하는 법이 없었다. 그의 일기는 대체로 사실의 기술로만 이루어졌다. 그는 내가 자신의 눈썹에 길게 자란 새치를 뽑아준 것을 기록하고 있었다. 점점 줄어드는 독서 시간과 떨어지는 시력에 대해서도 적었다. 그는 굵어진 내 머리카락에 대해서, 종종 비웃듯 올라가는 오른쪽 입꼬리에 대해서도 자세히 묘사하고 있었다. 나는 더 이상 자라고 싶지 않았으나 끝없이 자라고 있었다. 그는 내가 자라는 속도보다 빠르게 늙어갔다. 나는 신체 변형이 비단 동화책에서만 일어나는 일이 아님을 깨달았다.

만일 네가 혼자 남겨지게 되면, 이 계곡을 따라 서쪽으로 걸어가는 거야.

A는 얕은 계곡을 건너며 나에게 재차 말했다. 너를 잃어버리는 일은 없을 것,이라고 대답했다. 능선 반대편은 바위가 많아 내려오는 데 많은 시간을 허비해야 했다. 해는 길어지고 물색은 더욱 진해졌다. A는 일찌감치 계곡 옆에 자리를 잡았

다. 어제처럼 어둠 속에서 혼자 땔감을 찾아야 하는 수고를 다시는 하고 싶지 않은 듯했다. 우리는 계곡 위로 올라가 마른 나뭇잎과 가지들을 모았다. 계곡에서 멀어질수록 메마른 잎들을 쉽게 구할 수 있었다. 누군가가 버리고 간 신문, 아이스 바의 막대기 따위도 주웠다. 낙엽을 가득 안고 덤불 속에서 막 빠져나왔을 때, 물가에 몸을 웅크리고 앉아 있는 A의 뒷모습이 눈에 들어왔다.

A는 목을 축이는 어린 고라니 한 마리를 보고 있었다. 고라니는 계곡물에 입을 대고 있으면서도 언제든 도망칠 수 있도록 뒷다리에 바짝 힘을 주고 있었다. 고라니의 뒷다리는 가느다랗고 약했으나, 단호함이 있었다. 태어난 지 얼마 안 된 듯 털은 새털처럼 가벼워 보였다. 물을 마시는 내내 쉼 없이 귀가 쫑긋댔다. 고라니가 젖은 입을 들어, A를 바라보았다. 까만 눈동자가 A에게 가닿자, A는 힘없이 미소 지었다. 고라니는 미련 없이 계곡을 떠났다.

등에 멘 A의 배낭이 땅에 끌렸다. 빛 아래에서 본 배낭은 더욱 낡고 초라했다. A의 어깨는 힘없이 처져 있었다. 나는 알고 있었다. A의 가정법은 현재의 무력함과 그 무력함이 만들어내는 미래에 대한 두려움에서 비롯된다는 것을. A는 늘 자신이 너무 늙었다고 말했다. 나는 A를 잘 알고 있으면서, 또한 잘 알지 못했다.

나는 지금처럼 달빛 아래 서 있는 A를 본 적이 있었다.

열 살의 A는 등산로의 입구에서 달빛을 받으며 서 있었다. 펜션의 끝을 알리는 철조망의 작은 개구멍을, A는 설치류처럼 쉽게 통과했다. 나도 철조망을 넘으려 했으나 A가 원하지 않았다. A가 여태껏 맨발이었다는 사실을, 나는 그제야 알았다. 맨발의 A는 한없이 밝게 웃으며 크게 손을 흔들었다. 나는 눈물이 날 것 같았지만 참았다. 달빛 아래 A가 지나치게 밝게 웃고 있었기 때문이었다. 나는 두 손을 들어 힘껏 흔들었다. A는 빛 한 점 없는 등산로의 입구로 빨려 들어갈 듯 사라져갔다. 나는 A가 남겨놓은 동그란 자리를 오랫동안 바라보았다.

A는 수면에 일렁이는 달그림자를 바라보며 서 있었다. 고수머리가 달빛을 받아 반짝반짝 빛났다. A는 소년의 모습을 하고 있었다.

나는 A의 충고대로 서쪽을 향해 걸었다. 돌이켜보건대, 내가 계곡 달빛 아래 서 있는 A를 본 것이 꿈이었는지 실재였는지 확신할 수 없다. 내가 열 살의 A와 구청 마크가 인쇄된 모자를 쓰고 나타난 A, 숲 속의 A를 동일인으로 확신할 수 없는 것처럼 말이다. 나는 또한 한밤중 잠든 내 머리칼을 쓰다듬던 A의 손길을, 새벽녘 깨어나 A의 빈자리를 깨닫고 계곡으로 뛰어갔을 때 보았던, 얕은 개울물에 잠긴 A의 푸르른 시체를 확신할 수 없다. 그러나 나는 세상의 많은 일들이 모호한 채로 잊힌다는 사실을 잘 알고 있었다.

나는 A가 했던 것처럼 꺼진 장작불의 잿더미를 이리저리 뒤적여 살아 있는 불씨가 없는지를 확인했다. 그리고 A가 미처 챙기지 못한 가죽 가방을 등에 멨다. A에게는 우스꽝스럽게 느껴졌던 짧은 어깨끈이 나에게는 꼭 맞았다. 나는 서쪽으로, 서쪽으로 걸었다. 계곡은 곧 강이 되어 흘렀다. 배가 고프지도 목이 마르지도 않았다. 채 한 시간이 지나지 않아, 빽빽한 관목 울타리가 보였다. 그 뒤로 곧게 뻗어 있는 아스팔트 도로가 나타났다. 나는 홀로, 도로를 걷기 시작했다.

물보라

나는 그곳의 주소를 알고 있었다. 한 달 내내 비가 내렸다. 이런 여름은 처음인 것 같아. 내가 우산을 접고 차에 오르자, L이 입을 열었다. 비에 젖은 어깨와 팔뚝 위로 에어컨의 냉기가 바늘로 찌르는 듯 파고들었다. 물기는 빠른 속도로 증발했다. 이런 여름은 처음이 아니었다. 4년 전엔 60일 동안 비가 내렸다. 그러나 그해의 긴 장마를 기억하는 사람은 없었다. L도 예외는 아니었다. 나는 그 기억을 누구와도 공유할 수 없었으므로, 때때로 꿈을 꾼 것이 아닐까 하는 의심이 들곤 했다. 가죽 냄새와 딸기 시럽 향 방향제 냄새가 슬며시 올라왔다. 그는 나이 든 남자처럼 철제 사탕 통에 동전을 모아두고 있었다. L은 담배를 피우지 않았다. 나는 우산을 헐겁게 여민 후

발밑으로 밀어 넣으며 캔버스 가방에서 포켓용 수첩을 꺼냈다. L은 수첩 한쪽 구석에 적힌 쌀알 크기의 글자들이 알아보기 어렵다는 듯, 눈을 가늘게 치뜨는 시늉을 했다. 그것은 학창 시절 안경잡이였던 나의 오래된 습관이었다. 그는 시력이 무척 좋았다. 손톱으로 수첩에 붙어 있던 과자 부스러기를 긁어냈다. L은 주소를 소리 내어 읽으며 내비게이션에 능숙하게 입력했다. 젖은 우산이 발등에 닿아 축축했다. 나는 우산을 지그시 밟았다. 우산에 난 발자국은, 펼치는 순간 이내 빗물에 쓸려 내려갈 것이었다. 폭이 제각각인 물줄기들이 차창을 가로질렀다. 차창 밖의 습기도, 빠른 속도로 물기를 앗아가는 내부의 냉기도 좀처럼 익숙해지지 않았다. 나는 양쪽 팔을 감싸 안으며 조금 춥다는 듯 굴었다. L은 21도를 가리키던 에어컨 온도를 23도로 올렸다.

그곳은 직접 밭을 일구어 장아찌를 담그는 것으로 유명한 한정식집이었다. 산야초나 수세미로 만든 효소를 인터넷을 통해 팔기도 했다. 정식 메뉴는 구색을 갖추기 위한 두어 가지의 콩고기 요리를 제외하고는 모두 나물과 장아찌, 버섯류로 이루어져 있었다. 나는 홈페이지에서 식당의 전경을 보았다. 들풀과 들꽃과 표면이 거친 돌과 나무, 기와로 이루어진 낡은 한옥이 숲 한가운데에 있었다. 호젓했다. 나는 그곳의 주소와 전화번호를 수첩에 적었다. L과 나는 채식주의자는 아니었다. 나는 짠 음식을 좋아하지 않았지만, L은 좋아할지도 모른다고 생각했다. L을 알고 지낸 지 퍽 오래되었지만, 그의 식성은 알지 못했다. L은 대체로 아무거나, 아무렇게나 먹었기 때문이었다. 식당은 10시에 문을 닫았다.

차는 서서히 골목을 빠져나왔다. 장대비가 앞길을 막았다. 시야가 뿌옇게 흐려지는 것 같아, 눈을 비볐다. 각막이 하드 렌즈에 쓸려 따끔거렸다. 나는 스무 살이 되어서야 비로소 안경잡이에서 벗어날 수 있었다. 최근엔 알레르기성 결막염에 시달렸다. 의사는 기후 탓이라고 했다. 만성질환이었다. 더위와 습기, 비에 순응하듯, 염증을 받아들여야 한다고 했다. 나는 하루에 두 번, 두 종류의 서로 다른 안약을 시차를 두고 점안했다. 창밖으로 자동차 바퀴가 빠르게 회전하며 고인 물을 튕겨내는 것이 보였다. 호기롭게 바위로 돌진한 파도가 산산이 부서지듯, 차가 지나는 곳마다 물보라가 일었다. L이 카오디오를 켰다. 댄스곡이 급작스레 튀어나오자, 그는 재빨리 소리를 줄였다. 겸연쩍은 듯 입꼬리만 올려 웃어 보이는 L의 표정이 사무원 같았다. L은 실제로 사무원이었다. 버튼을 여러 번 눌러 음악을 바꿨다. 나는 그 댄스곡을 들은 적이 있었다. 핸드폰 가게를 지나면서, 점포 정리 중인 등산복 판매장에서, 개업 전단을 돌리는 아르바이트생들과 그 뒤로 흐느적거리는 행사용 풍선 인형이 있는 노래방 앞에서, 노래는 끝없이 흘러나왔다. L은 나이 어린 여성 그룹의 노래를 듣는다는 사실을 들킨 것이 부끄러웠던 모양이었다. L이 바꾼 음악은 1990년대 초반의 발라드 음반이었다. 조금 전의 댄스곡과 발라드곡이 무슨 차이가 있을까 생각했다. 나는 평소 음악을 거의 듣지 않았으므로, L이 무엇을 틀건 개의치 않았다.

내가 L에게 한정식집으로 데려가겠노라 했을 때, L은 코웃음을 치며 말했다. 돈도 없는 게. 나는 월급을 받았다고 말하고 싶었지만, 어수룩해 보일 것 같아 그만두었다. 첫 월급이었다. 나는 신입치고 나이가 많았다. 나이에 비해 이력도 짧았다. 전국의 3백여 개에 달하는 도서관 목록을 관리하는 것이 내 일이었다. 그곳에 분기별로 선정된 책들을 보냈다. 책 선정에 관한 것은 내 관할이 아니었다. 되돌아오는 책으로 도서관의 폐관 소식을 알았다. 폐관한 도서관을 목록에서 지우고, 개관하거나 이전한 도서관을 추가, 수정했다. 도서관의 규모는 제각각이었다. 하나의 도서관이 사라지면, 곧 다른 것이 생겼다. 도서관은 그 규모에 상관없이 항상 일정한 수를 유지하고 있었다. 목록에 있는 도서관 중 이름이 낯익은 것은 집 근처의 구립 도서관뿐이었다. 책은 군내 병영 문고, 교도소, 대여점 규모의 마을문고로도 보내졌다. 소규모일수록, 이름은 그에 걸맞게 알려지지 않은 꽃이나 나무, 이미 사라진 옛 지명을 딴 경우가 많았다. 나는 엑셀을 다룰 줄 몰랐다.

항목을 추가하거나 가나다순으로 정렬하는 법, 혹은 항목을 제하고 번호를 매기는 것을 어렵사리 익혔다. 할 일이 그다지 많지 않았으므로, 월급도 그에 준했다. 오전 9시에 출근하고 오후 6시에 퇴근했다. 나는 4대 보험이 무엇인지 월급을 받은 후에야 알았다. 책 기증에 대해 문의 전화를 거는 사람 중에는 촌의 이장이나 갓 스무 살을 넘긴 군인들도 있었다. 때때로 나를 '선생님'이라고 불렀다.

톨게이트를 지나자 차량의 수가 급격히 줄었다. L은 속도를 올렸다. L의 차는 텅 빈 도로를 달렸다. 비는 사그라졌다 쏟아지기를 반복했다. 아파트 단지와 공장 지대를 지나자 야트막한 산이 끝없이 이어졌다. 야산의 끝자락은 어둠에 젖어 들어 경계가 모호했다. 해파리를 닮은 구름이 밀려오고 있었다. 해를 보지 못한 지 오래되었다. 몇 개의 주유소를 지났으나 문을 연 곳은 없었다.

텅 빈 도로를 달리면 무섭지 않아?
나는 아무 말이나 뱉었다.
자유로 귀신 같은 거 말하는 거야?
L은 슬쩍 백미러를 보며 대답했다.
꼭 그런 게 아니더라도, 혼자잖아.
난 혼자인 게 편한데. 앞을 가로막는 것들이 없잖아.

L은 '가로막는 것들'에 힘을 실어 말했다. 나는 그것이 L이 구사하는 말법의 한 방식이라고 생각했다. L은 당황했을 때, 무언가 피하고 싶을 때, 적의를 은근히 드러내고 싶을 때, 자랑하고 싶은 것이 생겼을 때, 진심을 들키지 않도록, 혹은 들키길 은근히 바라듯 단순한 농담으로 대체했다. L은 과묵한 타입은 아니었다. 말장난을 좋아하고 조소하거나 비꼬는 것을 즐겼다. 그래서 그와 함께 있으면 때때로 놀림받고 있다는 느낌이 들었다. L은 체구가 작고 선이 부드러워 유순한 인상을 주었다. 그래서 사람들은 그의 농담을 경계심 없이 받아들였다. L은 자신의 외양만큼이나 언사가 가벼웠다. 내비게이션 하단의 시계가 8시 40분을 가리키고 있었다. 시간이 촉박했다. L의 눈이 자주 시계 쪽으로 향했다.

꼭 그곳에 가야 하는 건 아니야.
L이 초조해하는 것 같았다.
늦게 도착하면 근처에서 적당히 먹자.
나는 L을 달래듯 말을 이었다.
아냐, 갈 수 있어.
L이 짐짓 단호한 어투로 대답했다. 나는 꾹 다문 얇은 입술을 바라보았다.

으악! 갑자기 L이 고함을 질렀다. 나는 순간적으로 실없는 장난으로 생각했다가, 그의 크게 뜨인 눈을 보고는 정면으로 고개를 돌렸다. 산새였다. 날개를 활짝 펼친 새가 차 유리로 뛰어들었다. 헤드라이트 불빛에 새의 흰 배가 환하게 드러났다. 새는 차를 아슬아슬하게 비켜 내려가 바닥으로 곤두박질치듯 하강했다가, 다시 공중으로 솟구쳐 올랐다. L은 무척 놀란 듯 손바닥을 쥐었다 펼쳤다. 한숨을 쉬었다. 운전대를 잡고 있었던 그는 나보다 몇 배는 더 놀란 눈치였다. 입술을 작게 오물거리다 말았는데, 나는 그가 나와 함께 있지 않았더라면 욕설을 내뱉었을 것이라 짐작했다. 나는 욕을 하는 L을 본 적이 없었다. 새는 안개가 흩어지듯 공중에서 사라졌다. L은 목덜미를 쓸어 식은땀을 닦으면서도 속도를 늦추지 않았다. 나는 L의 어깨에 잠시 손을 얹었다 내렸다.

꼭 그 식당에 가야 하는 것은 아니었다. 우리는 채식주의자도 아니었고, 나는 장아찌를 좋아하지 않았다. L은 미식에 취미가 없었다. 이미 밤이 깊어, 숲의 정취를 느낄 수 있을 리도 만무했다. 매 같았어, 그렇지? L이 애써 흥분을 가라앉히며 말했다. 나는 잘 모르겠다고 대답했다. 사실 새는 매만큼 크지는 않았다. 시계가 8시 50분을 가리켰을 때, 차는 김포시로 들어섰다.

L은 취직한 후 어느 정도 여윳돈이 생기자, 가장 먼저 차를

샀다. 그는 자신의 나이와 능력보다 크고 비싼 차를 골랐다. 지하철 타는 게 너무 지겨워서. L의 말은 무리해서 큰 차를 산 것에 대한 구실로 충분해 보이지는 않았지만, 사람들이 크고 좋은 차를 사는 이유와 다를 것 같지 않았다. L은 차를 출퇴근 용도 이외에는 거의 사용하지 않았다. 우리가 함께 지낼 때, L은 밖에 나가는 것을 좋아하지 않았다. 그것은 나도 마찬가지였다. 퇴근한 L은 거실 한쪽 벽면에 설치한 어항 주변을 맴돌곤 했다. 어항 위에 설치된 조명의 조도를 맞추고, 이산화탄소의 양을 조절했다. 주말이면, 대청소를 하는 주부처럼 분주해졌다. 물 위에 뜬 죽은 풀들을 걷어내고, 이따금 수초항 전체의 물을 갈거나 새로운 풀을 심었다. 풀들이 웃자라면 어린아이의 귀밑머리를 다듬듯 세심하게 잘라냈다. 물속에서 피는 꽃들을 구해다 심었다. 촛불을 닮은 꽃은 붉고 아름다웠다. 물속에서 썩지도 자라지도 않는 나무 조각과 돌들을 가져왔다. 바람을 만들어 물결이 일게 하고, 물바람을 따라 좌우로 흔들리는 푸른 잔디를 닮은 수초를, 해가 뜨고 지는 것과 상관없이 바라보았다. 그러다 자신이 만든 풍경이 질리면, 언제 그랬냐는 듯 전부 갈아엎었다.

L의 어항에는 물고기가 살지 않았다. L은 그것을 수초항이라 부른다고 했다. 수초항을 기르는 L과 과장되게 큰 차를 산 그는 서로 다른 사람 같았다. 그즈음 L은 월급쟁이인 자신의 처지를 비꼬는 농담들을 내뱉고 다녔다. 갑이니 을이니, 새경

이니 머슴이니 하는 단어들을 유행어인 듯 입에 달고 지냈다. 함께 지내는 동안, 우리는 딱 한 번 교외로 드라이브를 간 적이 있었다.

산새에 놀란 L은 예민해져 있었다. 차가 시내로 들어서자, 택시를 잡으려 도로 한가운데까지 나온 사람들이나 신호가 떨어지기 직전 급하게 달려나오는 사람들과 수시로 맞닥뜨렸다. L은 그때마다 얼굴이 붉게 달아올라 짜증을 냈다. 나는 어느새 L의 눈치를 살피는 데 급급해 있었다. 시간은 이미 9시에 가까워지고 있었지만, 길을 돌리자는 말이 입에서 떨어지지 않았다. L은 오락기 앞에 앉은 어린아이처럼, 장애물과 적만이 존재하는 세계에 빠진 것 같았다. 적들을 부수고 다음 판으로 나아가는 것이 유일한 목적인 세계에, L은 있었다. L은 전면에서 시선을 떼지 않았다. 무단 횡단을 하는 노인을 향해 사납게 경적을 울렸다. 내가 아는 L은 그렇게 선병질적인 사람은 아니었다. L은 내비게이션의 음성 안내가 귀에 거슬렸는지 소리를 낮췄다. 문득, 산새를 마주친 이후 서로 한마디도 하지 않았다는 사실을 깨달았다. 나는 아무 말이나 내뱉으려다 이내 포기했다. 내 목소리가 그의 귀에 들릴 것 같지 않았다. 갑자기 피로가 몰려왔다.

김포는 처음이었다. 굳이 그 식당이 아니어도 상관없다는 말은 진심이었다. 김포가 아니어도 괜찮았다. 조악하게 만든 일일드라마 세트장처럼 듬성듬성 박혀 있는 4층짜리 주상복합건물들을 연달아 지났다. 돼지갈비를 파는 식당과 과메기집이 번갈아 나타났다. 내비게이션이 말하는 예상 도착 시간은 9시 10분이었다. 식당은 이곳에서 멀지 않았다. 무사히 도착해, 밥을 먹고 속을 데우고 싶었다. 그러면 L의 기분도 자연스레 풀릴 것으로 생각했다.

나에게 기금사업회를 소개해준 이는, 지난해 함께 아르바이트하던 사무실 동료 P였다. 그곳에서 우리는 3천6백 가지의 경우의 수로 나뉜 올해의 운세에 말을 덧붙이는 일을 했다. 물론 토정비결이니 사주니 하는 것들에 대한 지식은 없었다. 각각의 운세에는 토정비결을 기반으로 한 정보가 몇 가지 주어졌다. 좋음, 나쁨, 보통, 손재수, 재물 운, 결혼 운, 파혼 운, 이별 운, 자식 운 같은 것들이었는데, 운세가 극단적일수록 말 만들기가 편했다. 배우자와의 이별, 자식의 죽음 같은 경우가 그러했다. 그 파편적인 단어들을 뼈대로 A4용지 한 장 분량의 살을 입혔다. 각각의 운세 풀이는 반복되거나 겹치는 것이 있어서는 안 되었다. 언어는 은유적이고 모호할수록, 어떤 사실은 과장되거나 축소될수록 좋다는 점에서, 그 작업은 문학적이라 할 만했다. 가장 까다로운 경우는 운세가 그저 그런 경우였다. 특별한 일이 생길 가능성도, 횡재수나 새로운 인연이 나타날 가능성도 없는 삶, 새로운 일을 찾아도 성과를 내기 어려운 해, 지난해와 별다를 것 없이 시시한 한 해가 될 사람들의 운세였다. 나는 아마도 그것이 나의 운세일 것이라 짐작했다. 우리는 다섯 평 정도의 작은 방에서 매일 주어진 스무 개 남짓의 작업 분량을 채우고 퇴근했다. 작업량을 매일 소화하기란 쉽지 않았다. 일을 시작한 지 얼마 지나지 않아, 허리와 손목에 무리가 왔다. 사무실에는 창문이 없어, 늘 공기가 탁했다. 컴퓨터의 열기가 고스란히 몸으로 흡수되는 것 같았다. 나는 그만두고 싶을 때마다, L의 표정을 떠올렸다.

봄, 대지에서 새싹이 돋듯, 따뜻한 흙 위를 걷듯, 오래된 나무에서 꽃이 피듯, 한 쌍의 청둥오리가 물 위를 유영하듯, 분에 넘치도록 크고 아름다운 칼을 가진 듯, 아침의 부드러운 햇빛이 쏟아지듯.

나는 무책임하게 많은 말들을 생산했다. 함께 일하던 P는 3개월을 채운 후 그만두었다. 3개월을 채우지 못하면 마지막 달의 월급은 50퍼센트밖에 가져가지 못했다. 너는 너무 둔해. 그는 일을 그만두며 나에게 말했다. 나는 그 말이 옳다는 것을 증명이라도 하듯, 3천6백 개의 자명한 낱말로 이루어진 운세가 모호하고 통속적인 은유와 과장으로 완성되어가는 순간을 지켰다. P가 일을 그만두었으므로, 작업은 석 달가량이 더 걸렸다. 그는 이제 아르바이트 동료가 아닌 회사 선배가 되었다.

시내를 지나자 금세 비닐하우스와 논밭이 나타났다. 논두렁 뒤로 보이는 유명 브랜드의 고층 아파트 단지가 구름 위에 뜬 듯 비현실적으로 느껴졌다. 우리는 폭우에 쓸려 내려간 논을 따라 샛길로 들어섰다. 그곳에 숲이 있었다.

무른 흙 때문에 헛바퀴가 돌았다. 가로등이 없어 헤드라이트에 온전히 의지했다. 온 숲에 불을 가진 이가 우리뿐인 듯, 날벌레들이 달라붙었다. 달은 어디 있을까. 나는 그제야 비가 완전히 그쳤다는 사실을 깨달았다. 비는 산새가 차창으로 날아들었을 때에도 이미 그쳤을 것이었다. 불현듯 잠에서 깨어난 것처럼 정신이 맑아졌다. 키가 작은 나뭇가지들이 차창에 제 볼을 문질렀다. 자갈들이 툭툭 튀어 올라 차체에 부딪히는 소리가 들렸다. 길이 무척 좁았다. L의 목덜미가 땀으로 흥건했다. 이 근처인데. L은 내비게이션의 음성 안내처럼 그 말을 수차례 반복했다. 내비게이션이 방향을 재탐색하기 시작했다. 차가 후진해 길을 되돌리는 것은 불가능했다. L은 길을 잃은 것 같았다.

너는 하고 싶은 일 없어?
언젠가, 퇴근한 L이 나에게 물었다.
아직은.
나는 거실 벽에 등을 대고 앉아, 새로 산 브래지어 안쪽의

라벨을 쪽가위로 잘라내며 대답했다.

나는 네가 뭔가 일을 해야 한다고 생각해.

왜?

왜라니, 당연하잖아.

L은 내 정수리를 내려다보고 있었다. 곧 한숨 소리가 들렸다. 잔뜩 보풀이 일어난 L의 쥐색 양말이 눈앞에 있었다.

우리 그만 돌아갈까. 내가 조심스럽게 물었다. 다 왔는걸, 이 근방인데. 여기 화면 봐. 이제 눈으로도 간판을 찾을 수 있는 거리야. L이 호들갑을 떨었다. 나는 고개를 꺾어 주변을 둘러보았으나 어둠뿐이었다. 날벌레의 꽁무니에서 새어 나올 법한 크기의 불빛조차 없었다. 길을 잃은 차는 한동안 계속 후진하다, 간신히 방향을 틀었다. 바퀴에 깔린 마른 나뭇가지가 비명을 질렀다. L은 같은 자리를 두어 번 더 돈 후에야 내 비게이션의 동선을 정확히 따랐다. 붉은 점이 목적지에 점차 가까워졌다. 여기다! L의 목소리가 갑자기 활기를 띠었다.

내리자. 나는 L의 목소리에 고개를 들고 차창 밖을 두리번거렸다. 야시장이었다. 열대야를 피해 산책을 나온 사람들이 골목을 메우고 있었다. 닭꼬치나 떡볶이, 얼음 위에 편으로 썬 멜론을 파는 노점상들이 즐비했다. 붉은 대야에 담긴 산낙지들이 있었다. 우리는 야시장 바로 옆 도로를 따라 서서히 움직였다. 허공에 장식용 꼬마전구들이 거미줄처럼 얽혀 있었다. 별인 듯, 별이 아닌 듯 점멸했다. 어린 연인들과 아이를 데리고 나온 가족들, 근처 공장 직원들이 무리 지어 다녔다. 몇몇은 길거리에서 나누어준 홍보용 플라스틱 부채로 쉴 새 없이 부채질했다. 차 안은 에어컨 때문에 한기가 서릴 정도였다. 팔뚝에 오소소 소름이 돋았다. 야시장 너머로 관람차가 보였다. 관람차는 주변의 어떤 건물들보다도 컸다. 붉고 푸른 천막 위로 껑충하게 솟아오른 관람차는 구부정하게 선 초식 공룡 같았다.

L이 관람차 너머의 어둠을 가리켰다.

보여? 저기 선착장이다.

나는 L의 손가락이 가리키는 곳을 바라보았다. 어둠 이외에는 아무것도 보이지 않았다.

아, 그런가?

나는 말끝을 흐렸다. L은 다시 한 번 채근했다.

진짜 안 내릴 거야? 네가 바다 보고 싶다고 했잖아.

사람이 너무 많아. 너무 더울 것 같아. 저길 걸어갈 자신이 없어.

입에선 부정적인 의미의 문장만 튀어나왔다. 나는 L과 소란하고 빛나는 길을 함께 걷고 싶지 않았다.

L은 야시장 골목 끝에 차를 세웠다. 가볍게 달려나가는 뒷모습이 고등학생 시절 보아왔던 모습과 똑같았다. L은 얇게 썰어 회오리 모양으로 튀긴 감자 꼬치를 사서 돌아왔다. 감자 꼬치는 지나치게 짰다. L은 입에 감자를 과장되게 쑤셔 넣으며 주변을 두리번거렸다. 입가에 소금이 잔뜩 묻었다. 나는 집으로 돌아갈 때까지 감자 꼬치를 손에 들고 있었다.

우리가 도착한 곳은 숲 한가운데 자리 잡은 공터였다. 철근 몇 개와 폐타이어가 한쪽 구석에 쌓여 있었다. 공터 안쪽의 컨테이너는 기자재를 보관할 용도로 지어진 것 같았다. 헤드라이트 불빛이 공터 바닥을 비췄다. 빛의 경계 너머로, 바닥에 깔린 모래 자갈과 그 틈을 비집고 웃자란 들풀과 들꽃이 어스름히 드러났다. 내비게이션의 현재 위치는 정확히 내가 적어온 주소를 가리키고 있었다.

우리는 결국 놀이공원에서 조금 떨어진 도로 갓길에 차를 댔다. 문을 열자, 습기가 훅 끼쳐왔다. 삽시간에 목덜미가 끈적거렸다. 물 위를 걷는 듯, 혹은 구름 위를 걷는 듯, 현실감이 없었다. 습기가 내 몸을 살짝 들어 올려 앞으로 밀거나 뒤로 잡아당기는 것 같았다. 갓길을 따라 둘러쳐진 안전망 너머, 바다가 있었다. 안전망에 바싹 달라붙은 L이 손짓했다. 이리 와. 나는 옆으로 다가갔다.

눈앞에 보이는 것은 바다라기보단, 적나라하게 드러난 바다의 바닥이었다. 물고기 지느러미처럼 일정한 간격의 물결무늬를 가진 바다의 내장이 희미하게 드러났다. 무서운 광경이었다. 나는 속이 메스꺼워 뒷걸음질 쳤다. L이 손을 들어 어둠 저편을 가리켰다. 저쪽이 바다다. 그의 손가락이 가리키는 방향으로 고개를 돌렸으나 아무것도 보이지 않았다. 그는 밤눈이 밝았다. 기다려봐. L의 말이 끝나기가 무섭게, 반대쪽을 비추던 등대 불빛이 우리를 지나쳐갔다. 그제야 바다가 눈에 들어왔다. 빛에 바스러지는 물결이 보였다.

나는 돌아가자고 말했다. L은 끝까지 식당을 포기하지 않으려는 것 같았다. L은 조금 화가 나 있었다. 나는 내비게이션의 하단을 가리켜 보였다. 9시 50분이었다. 시간이 맞기는 하는 건지. L은 내비게이션의 성능을 비아냥거리면서 쉽게 자리를 뜨지 못했다. 시시하다. 나는 시시하다고 소리 내어 말했다. 누가, 무엇이 시시한지는 말을 내뱉은 나조차도 확신할 수 없었다. 우리는 침묵한 채, 헤드라이트가 만들어내는 환한 빛을 바라보았다.

마을문고의 관리자 중에는 편지를 보내는 사람들이 더러 있었다. 벽지의 노인들이거나, 주부들이 대부분이었다. 손 글씨로 쓴 엽서와 함께 사진을 몇 장 동봉했다. 사진엔 배포된

책 상자, 몇몇이 상자를 열고 책을 꺼내는 모습, 책이 책장에 꽂힌 모습, 소박한 도서관의 외관 같은 것들이 찍혀 있었다. 엽서는 감사의 마음과 함께 지속적인 관심을 부탁하는 내용이 주를 이뤘다. 사진은 빛으로 가득 차, 폭발할 것만 같았다. 돌담의 모난 부분마다 빛이 스며들어 있었다. 아스팔트와 돌담 사이의 좁은 공간을 비집고 진달래가 꽃대를 들이밀었다. 노인들의 얼굴에는 기름이 돌았다. 광대가 반짝거렸다. 내가 한동안 사진을 바라보고 있자, P가 어깨너머에서 속삭였다. 그래도 이 일은 보람이 있지? 나는 그 말의 맥을 되짚느라 쉽사리 대답하지 못했다. 그는 대답을 기다리지 않고 사무실을 빠져나갔다. 대답을 들을 필요도 없는, 자명한 문답이라는 태도였다.

이 일은, 이 일도, 이 일이야말로. 나는 그 문맥에 숨겨진 다른 일에 대해 생각했다. 운세 입력 아르바이트를 끝으로 L의 집을 나왔다. L에 의해 떠밀리듯 한 일이었기 때문이었다. 그것은 내가 하고 싶었던 일이 아니었다. L은 나에게, 마음은 돈을 버는 데 그다지 중요한 사항이 아니라고, 어른스러운 표정으로 말했었다. L의 말은 옳았다.

공터를 빠져나온 차는 다시 시내로 진입했다. L은 24시간 부대찌개집 앞에 주차했다. 그는 나의 의중을 묻지 않은 채 차에서 내렸다. L을 따라 차 문을 열자, 습기와 열기가 몸을 툭, 쳤다. 이마 위로 차가운 물이 떨어졌다. 비였다. 다시 비가 내리기 시작했다.

 수초항은 이를테면, 부피를 가진 풍경화와 같았다. 캔버스에 색을 채우듯, L은 가로와 세로, 높이가 각각 30센티미터인 유리 큐브에 구색을 갖추었다. 비료가 섞인 흙을 깔고, 모내기하듯 일정한 간격으로 모종을 심었다. 은모래로 색을 입혔다. 수초는 잔디를 닮은 것, 물냉이를 닮은 것, 꽃대를 세우는 것 등 제각기 모양이 달랐다. 수초는 서서히 세를 넓혀나갈 것이었다. 언젠가 보았던, 혹은 보고자 원하는 숲의 정경을 큐브 안에 재현했다. 울창한 밀림을, 바람이 이는 푸른 언덕을, 일본식 정원을, 은사가 반짝이는 바위섬을, 기암절벽을 만들었다. 자라난 수초들이 물속에서 광합성을 할 때면, 잎에 맺힌 공기 방울들이 일제히 수면으로 솟아올랐다. 그것은 기이하고 아름다운 광경이었다. 풍경을 물 안에 가두는 것으로, 세계가 물에 잠길지도 모른다는 유서 깊은 두려움을 실현했다. L은 여러 조건을 변화시키며 풍경을 만들고, 제어했다. 수초항에서만큼은, 그는 조물주와 다름없었다.

 나는 L의 집을 떠나기 직전, 그 수초항 곁에 있었다. 미세하게 흔들리는 푸르고 붉은 풀들을, 물보라가 일지 않는 만들어진 물의 풍경을 바라보았다.

나는 돌아가자고 말했다. L은 내 말을 무시한 채, 휴게소로 들어섰다. 좀 쉬었다가 가자. 휴게소는 문을 닫은 상태였다. 주변의 모든 조명들이 꺼져 있었다. 커피 자판기 불빛만이 희미하게 빛났다. 빗줄기가 차를 부술 듯 내리꽂혔다. 귀가 아팠다. L은 차종이 같은 두 대의 차가 나란히 주차된 주차장 안쪽을 호기심 어린 눈으로 바라보고 있었다. 주차장에는 그 승용차 두 대와 우리가 전부였다. 차는 선팅이 되어 내부가 보이지 않았다. 비 때문에 시야가 가려져 안개에 휩싸인 것처럼 보였다. L은 반대쪽에 차를 대고 시동을 껐다. 뭐하는 차들일까, 이 시간에. L의 목소리는 조금 과장된 것 같았다. 그는 이내 자정이 지난 휴게소 주차장에 주차된 채 미동도 없는 두 대의 차량에 대한 가설을 풀어놓기 시작했다. L의 행동은 부자연스러웠다. 내가 시시하다고 말한 것에 기분이 상한 것 같았다. 혹은 기분이 상한 것을 드러내고 싶지 않아 일부러 유쾌한 척 구는 것일 수도 있었다. 아니면 일부러 유쾌한 척 구는 것을 눈치채주기를 바라는 것일지도 몰랐다. 이유가 무엇이건 L의 궁금증은 불필요하고 유치한 것이었다. 나는 그의 호기심에 맞장구쳐주지 않았다. 커피 마실래? 차창을 향해 있는 그의 뒤통수에 대고 물었다. L의 뒤통수가 위아래로 움직였다. 발치에 구겨져 있던 우산을 집어 들었을 때, 그가 속삭이듯 말했다. 잠깐. 나는 L을 바라보았다. 그의 뒤통수 너머로 차창이 보였다. 차창 너머 어둠 속에서 희미하게 움직이는 무언가가 있었다. 두 대의 승용차 중 바깥쪽 차 문이 열리더니 사람 하나가 내렸다. 어두워 인상착의가 잘 구별되지 않았다. 형체는 어둠 속에서 휘적휘적 움직이며, 우리를 향해 똑바로 걸어왔다. 남자였다. 검은 우비를 입고 있었다. L이 갑자기 손을 더듬어 시동을 걸었다. 남자 손에 뭐가 있는 것 같아. L이 다소 격앙된 목소리로 말했다. 나는 눈을 가늘게 떠보았다. 말린 신문 같기도 했고, 가늘고 긴 파이프처럼 보이기도 했다. L은 헤드라이트와 안개등을 동시에 켰다. 차를 후진했다. 빠르게 주차장을 벗어났다. 나는 뒤를 돌아보았다. 남자는 그 자리에 서서 휴게소를 빠져나가는 차를 가만히 바라보고 있었다.

문득, 어제가 떠올랐다. 어제, 광화문 한복판에서 P와 우연히 마주쳤다. 동대문에서 커튼을 주문하고 집으로 돌아가던 길이었다. 집을 옮긴 이후, 월급을 받을 때까지 내내 벼르던 일 중에 하나였다. 지나는 길에는 과일 가게에 들렀다. 붉은 플라스틱 바구니에 담긴 무화과를 보았다. 바구니에 매직으로 '만 원'이라고 휘갈겨 쓰여 있었다. 올해 처음 보는 무화과였다. 잦은 비 때문에 더디 자란 듯 색이 옅었으나, 배꼽이 슬쩍 열려 있는 것이 이미 여문 것 같았다. 입안에 침이 돌았다. 나는 주저 없이 바구니를 집어 들었다.

P와 나는 멋쩍게 인사를 나누었다. 인사를 하고 나자 더 이

상 할 말이 없었다. 나는 손에 든 비닐봉지에서 무화과 한 개를 꺼내 그에게 주었다. 비에 젖은 봉지가 요란하게 바스락거렸다. 과일을 받아든 P는 우두커니 서 있었다. 그는 무화과를 먹어본 적이 없다고 말했다. 나는 비닐봉지에서 무화과 한 개를 더 꺼냈다. 어깨를 귀에 붙여 우산을 목 근처에 고정했다. 무른 과일을 양 손가락 끝으로 집고 조심히 반으로 갈라, 껍질째 입에 넣었다. 그는 무화과 먹는 방법을 보여주고 있는 내 얼굴을 멀뚱히 바라보기만 했다. P의 손에 들린 무화과 위로 빗물이 조금씩 들이쳤다. P의 눈가가 미세하게 일그러졌다. 헛자란 과일은 전혀 달지 않았다. 나는 곧 그에게 무화과를 준 것을 후회했다.

차 안에는 냉기가 감돌았다. 차는, 아무런 장애물이 없었으므로, 거침없이 달렸다. 금세 익숙한 건물들이 눈에 들어왔다. 나는 오랜 관광을 마치고 귀환하는 여행객들처럼 피로해져 있었다. 그것은 L도 마찬가지인 것 같았다. 그는 여전히 목덜미가 축축했다. 붉어진 얼굴이 쉽게 가라앉질 않았다. 이윽고 차는 골목으로 들어섰다. 골목 양쪽에 빽빽하게 들어찬 다세대 주택들은 크기와 모양이 구별하기 어려울 정도로 닮아 있었다. 이곳으로 이사 온 후 한동안 집을 찾는 데 애를 먹었던 일이 떠올랐다. L은 자주 헛기침을 했다. 마른침을 삼켰다.

집 앞에 다다랐을 때, L은 물었다. 취직하니까 어때? 그 목소리가 지나치게 상냥해, 다른 사람이 된 것 같았다. 나는 발끝을 이용해 바닥에 널브러진 우산대를 들어 올린 후 손으로 집었다. 차 안에서 내내 짓밟힌 우산은 축축하고 더러웠다. 응, 점점 인간이 되어가는 것 같아.

나는 접힌 우산을 손에 든 채 빠르게 집으로 뛰어들어갔다. 집에 도착하는 동안 머리카락과 어깨가 조금 젖었으나, 상관없었다. 가능한 한 빨리 내 방으로 돌아가고 싶었다.

나뭇잎 아래, 물고기의 뼈

나는 오랫동안 한 사람의 죽음에 대해 생각했다. 그 사람은 나와 멀지도 가깝지도 않아, 부고가 귀에 들어오는 데에는 꽤 오랜 시간이 걸렸다. 어머니는 단둘뿐인 방 안에서도 누가 들을까 속삭이듯 소식을 전했다. 쉬쉬하는 데에는 그만한 이유가 있었다. 며칠 후 나는 어머니와 큰어머니의 전화 통화를 엿들으며 그녀의 마지막에 대해 비로소 알 수 있었다. 그녀는 큰고모의 첫째 딸이었다. 선희라고 불렀다.

우리 가족이 목포로 내려간 것은 내가 네 살이 되던 무렵이었다. 아무 연고도 없던 서울에 신접살림을 차린 어머니와 아버지는 얼마 지나지 않아 아버지의 고향으로 돌아갔다. 그러나 머물 곳이 마땅치 않아 큰고모 집에 짐을 풀었다. 고모에게는 장성한 딸이 셋 있었다. 고모는 아버지보다 열 살이나 많았다. 아버지는 서른을 훌쩍 넘긴 나이에 스무 살이 갓 지난 어머니를 만났다. 어머니는 충청도 벽지의 순진한 시골 처녀였다. 아버지처럼 허풍이 심한 사람을 처음 보았다. 어머니는 그것이 허세인지 아닌지 구분하지 못했다. 나는 목포에서 처음으로 바다를 보았다. 집 안팎에서 쩌렁쩌렁 울리는 친척들의 목소리와 걸걸한 말투는 시간이 지나자 곧 익숙해졌다. 안개와 꽃이 도처에 널려 있었다.

선희 언니의 첫인상은 좋지 않았다. 언니는 작고 깡마른 데다, 목소리가 크고 말을 함부로 했다. 눈치를 보는 법도 없었고, 하고 싶은 말이 있으면 꼭 해야 직성이 풀렸다. 명절 차례상 앞에서도 마음에 거슬리는 것이 있으면 일단 내지르고 보았다. 화를 잘 내는 만큼 잘 웃었다. 싫은 사람은 그 그림자도 밟지 않았다. 성정이 부드럽고 인자한 고모 내외와는 여러모로 달랐다. 사람들은 선희 언니의 성격을 두고 '고약하다'고 말했다. 날뛰는 망아지 같던 언니는, 그러나 나름 정의로운 구석이 있었다. 잔정도 많았다. 언니의 그런 성질은 종종 아버지와 비견되곤 했다. 그 당시 아버지는 고약스러움으로는 따라올 사람이 없었기 때문이었다. 선희 언니와 아버지는 순가락과 젓가락처럼 짝으로 묶여 친척들 입에 오르내렸다. 언니는 종종 멀뚱히 앉아 있는 내 뒤통수를 쥐어박으며 아이가 아이답지 않다고 면박을 주곤 했다.

고모 집에 들어섰을 때, 가장 먼저 우리를 맞이한 것은 앞마당의 무화과 나무였다. 나무는 두 팔로 감싸도 다 안지 못할 정도로 크고 웅장했다. 두서없이 갈라진 가지 끝에 오리 물갈퀴를 닮은 넓적한 나뭇잎들이 여러 겹으로 포개져 있어, 바람이 불면 손사래를 치듯 양옆으로 흔들렸다. 나뭇잎 가장자리를 따라 내려앉은 햇빛과 잎사귀 하나하나가 만든 작은 그늘들이 모여 끊임없이 일렁이는 물결무늬를 그려내고 있었다. 나는 나무 그늘의 서늘함과 습기를 좋아했다. 나무 아래 서면 비를 맞지 않는다는 사실을 알았다. 나뭇잎은 성글고 여유로우면서도 촘촘했다. 나뭇가지를 부러뜨리면 연유처럼 희고 끈적끈적한 물이 흘렀다. 그것이 나무의 피였다. 여름이면 염소의 축 늘어진 젖가슴처럼 생긴 열매들이 수도 없이 매달렸다. 그 열매의 단내 때문에 나무 주변엔 사시사철 벌레가 들끓었다.

선희 언니는 늦은 여름에 죽었다. 언니의 장례식은 목포가 아니라 거제에서 치렀다. 날이 무척 더워 발인을 서둘렀다. 시신이 더위를 견디지 못했다. 장례식은 간소하게 치러졌다. 가까운 친지들에게만 알렸다고 했지만, 어차피 더 올 사람도 없었다. 내가 언니의 부음을 들은 것은 겨울 초입이었다. 나는 언니의 죽음이 세 개의 계절에 걸쳐 바다를 건너고 뭍으로 올라와 남쪽에서부터 꽃이 피듯 서서히 북상하는 상상을 했다. 남쪽과 북쪽에서 자라는 수종이 서로 다르듯, 계절에 따라 나무의 모양새가 수시로 변하듯, 언니에 관한 소문도 계절이 지나는 동안 변형되고 부풀려졌으리라 짐작했다.

목포에 자리를 잡은 어머니와 아버지는 곧 가게를 차렸다. 다방이었다. 가게는 규모가 꽤 컸다. 홀 가장 안쪽에 주방이 있었고, 그 뒤로 다섯 평 남짓한 방이 하나 딸려 있었다. 방 구석에는 늘 커다란 땅콩 자루가 자리 잡고 있었다. 땅콩 껍질은 얼핏 단단해 보였지만, 엄지와 검지 사이에 넣고 조금만 힘을 주어도 쉽게 바스러졌다. 나란히 한 칸씩을 차지하고 있는 붉은 땅콩 알들이 몸을 한껏 웅크린 애벌레 같았다. 손바닥으로 땅콩을 비벼 속껍질을 벗겨내고는 칼로 으깼다. 지나치게 곱지 않게. 땅콩은 씹는 맛이 없으면 넣으나 마나였다. 땅콩 가루는 율무차에 넣었다. 잣과 말린 대추 들이 늘 가게 어딘가에 있어, 고소하거나 달큰한 냄새를 풍겼다. 말린 대추는 돌려 깎아 씨를 파낸 후 얇게 채 썰어 차 위에 고명으로 얹었다. 나는 어머니를 도와 양손 가득 붉은 땅콩을 쥐고 부서져라 비벼대며 속껍질을 벗겼다. 누런 땅콩은 온전하거나 반으로 갈라진 채 우수수 떨어졌다. 손바닥이 대신 붉어졌다.

그즈음 어머니와 아버지는 나를 유치원에 집어넣으려 무진 애를 썼다. 어린애가 종일 가게를 어슬렁거리는 것도 보기 좋지 않았고, 고모에게 나를 일임하는 것도 미안했던 탓이었다. 그러나 목포 시내를 모두 뒤져도 받아주는 유치원이 없었다. 너무 어렸다. 나이를 속이고 싶었지만 그럴 수도 없었다. 체구가 동년배들에 비해 눈에 띄게 작았기 때문이었다.

유치원 순례를 마치고 돌아오는 길에 아버지가 나를 등에 업었다. 가슴에 닿는 아버지의 따뜻한 등과 나의 뒤통수를 어루만지던 노을과, 길게 몸을 늘인 옅은 그림자와 푹신한 땅, 그리고 힘에 부쳐 터덜터덜 늘어지던 아버지의 발소리를 나는 오랫동안 기억했다.

여러 번의 실패 끝에 결국 유치원이 아닌 미술 학원에 들어갔다. 방을 가득 메울 정도로 커다란 책상에 여자아이와 남자아이가 하나씩 달라붙어 있었다. 초등학교 저학년이었던 둘은 서로 다른 것을 그렸다. 원장 선생은 어머니가 보는 앞에서 대뜸 내게 스케치북과 크레파스를 건네주더니 아무거나 그려보라고 했다. 나는 또래 아이들이 으레 그렇듯 치마를 입었다는 것 이외에는 성별도 종도 구분하기 어려운 사람 하나를 그렸다. 다섯 살이 될 때까지 상급생들과 마주 앉아 두서없는 그림을 그리며 시간을 보냈다. 몇 달 후, 다섯 살이 되자 유치원에 들어갈 수 있었다.

선희 언니와는 사소한 갈등이 있었다. 양말이 문제였다. 나는 집 밖을 나설 때에는 꼭 양말을 신는 버릇이 있었다. 집 앞 슈퍼에 갈 때에도, 슬리퍼를 신을 때나 샌들을 신을 때에도 예외는 없었다. 특별한 이유가 있어서라기보다는 자연스레 길들여진 버릇 같은 것이었다. 그런데 여름이 되자 문젯거리가 되었다. 선희 언니가 양말 위에 샌들 신는 것을 못마땅하게 여긴 것이었다. 양말을 신을 거면 뭐하러 샌들을 신느냐며 윽박질렀다. 샌들은 발이 시원하라고 신는 것이라고 했다. 나는 양말을 신어도 충분히 시원하다고 했다. 언니가 양말에 반기를 들수록 나는 점점 더 고집을 부렸다. 양말 없는 외출은 상상도 못했다.

해변으로 피서를 떠나던 날, 결국 일이 터졌다. 출발 직전, 선희 언니가 양말을 신은 채 슬리퍼를 꿰신는 내 발을 보더니 불같이 화를 내기 시작했다. 선희 언니는 양말을 신고 바닷가에 가는 사람이 어디 있느냐며 소리를 질렀다. 양말을 벗지 않으면 데려가지 않겠다고 으름장을 놓았다. 나는 눈이 새빨개진 채 어머니를 바라보았다. 그런데 어머니가 언니 편을 들었다. 어머니뿐만 아니라 모두가 한통속이 되어 나를 외면하고 있었다. 언니가 옳다고 했다. 눈앞으로 바람이 잔뜩 들어간 돌고래 튜브와 수영복이 든 비닐 백, 아이스박스와 돗자리가 지나갔다. 나는 결국 통곡을 하면서 양말을 벗었다. 해변에 도착한 후, 모래사장을 앞에 두고도 빛에 노출된 바퀴벌레처럼 한동안 옴짝달싹 못했다. 모래가 발가락에 튈까 두려웠기 때문이었다.

그해 여름, 나는 처음으로 맨발에 닿는 까끌까끌하고도 푹신한 모래의 감촉을 알았다. 선희 언니가 무서워져서 피해 다녔다.

농익은 무화과 열매는 저절로 땅에 떨어졌다. 손으로 배꼽을 가르지 않아도 팝콘처럼 사방으로 벌어진 것들이 있었다. 무화과는 본래 껍질이 연약하고 물렀다. 겉에 솜털이 나 있어 먹을 때 입 주위에 닿으면 붉게 염증이 돋았다. 잘 익은 무화과 껍질은 상한 채소처럼 푸르죽죽했지만 내부는 선명한 붉은빛을 띠었다. 무화과는 온난한 기후에서만 살아남았다. 한 계절 내내 먹고도 남을 만큼 많은 열매가 열렸다. 나는 껍질을 먹지 않고 과육만 베어 먹은 뒤 버렸다. 지천에 널린 것이 무화과였다. 너무 달아, 먹고 나면 입안이 아렸다. 수액에 닿은 입술이 퉁퉁 불었다. 아버지가 장대로 나뭇가지를 크게 한 번 휘저으면 손이 닿지 않는 곳의 열매들까지 바닥으로 후두둑 떨어졌다. 내장을 드러낸 무화과가 땅에 떨어지며, 온 마당에 단내를 풍겼다. 어머니와 고모는 과실을 소쿠리에 주워 담았다. 먹고 남은 것은 햇볕에 말렸다. 쪼그라든 무화과는 어른의 엄지손톱 크기만 했다.

언니는 거제도의 한 여관에서 발견되었다. 어머니는 큰어머니와 전화통화를 하며 낮게 한숨을 쉬었다. 시체가 불에 그슬린 듯 거무죽죽했다고 했다. 마른 장작 같았다던 언니의 시신을 본 사람들은, 입 밖으로 꺼내진 않았지만, 자살일 것이라 결론 내렸다. 농약이 입에 오르내렸다. 언니의 불행한 과거사와 도통 풀리지 않던 미래는, 자살이 당연한 귀결인 양 보이게 했다. 언니는 줄곧 이곳저곳을 떠돌았다. 집을 떠나 친인척에게 신세를 지다가 말년에는 누구도 모르는 곳에서 지냈다고 했다. 모두가 쉬쉬했으므로, 이제는 남이 된 어머니의 귀에까지 소식이 들어오는 데에는 오랜 시간이 걸림 직했다. 한동안 언니의 죽음은 내 머릿속을 떠나지 않았다. 고향 주변을 맴돌다 끝내 돌아가지 못한 언니의 끝은, 그즈음 내가 배운 소설의 한 대목을 떠올리게 했고, 좀처럼 현실감이 없어 눈물을 흘리며 애도할 수도 없었지만, 앙금처럼 마음의 바닥에 남아 때때로 떠올랐다 가라앉았다.

마을을 한 바퀴 돌아 아이들을 모두 태운 유치원 버스가 바닷가 방파제를 지났다. 첫 등교였다. 아이들은 바다가 나타나자 갑자기 큰 소리로 노래를 부르기 시작했다. 바다 끄트머리에서부터 밀려오는 빛과 그 아래 잘게 부서지는 물결이 있었다. 아이들이 부르는 노래가 물결을 따라 출렁였다. 노래가 아니라 버스의 출렁임일지도 몰랐다. 바다는, 풍경을 비현실적으로 바꾸어놓는 힘이 있었다. 깊이와 넓이를 가늠할 수 없는 물 위로 아침 햇빛이 반짝이며 녹아들어갔다.

유치원에 도착하자 선생님은 곧 노래 테이프를 틀었다. 자갈처럼 사방으로 굴러다니던 아이들이 한자리에 모였다. 만화 주제곡은 일종의 약속 같은 것이었다. 옆자리의 키 큰 여자아이가 내 이름을 물어왔다. 그러고는 곧 나이와 생일을 물어 순번을 따졌다. 나는 유치원에 가기 전, 아이들이 나이를 물어보면 꼭 여섯 살이라고 대답하라던 어머니의 충고가 떠올랐다. 너무 어리면 얕잡아 볼지도 모른다고 했다. 나는 다섯 살이었지만 여섯 살이라고 거짓말했다. 유치원은 다섯 살부터 일곱 살까지의 미취학 아동들로 구성되어 있었다. 나는 지금이나 그때나 친구 사귀는 것이 쉽지가 않았다. 그래도 유치원엔 매일 갔다. 얼마 후 어머니가 미용실로 데려가 파마를 해주었다.

어머니는 한껏 부푼 고수머리를 하고 있었다. 솜사탕처럼 풀풀 날리는 그 머리가 당시 유행이었다. 젊은 시절 어머니는 늘씬하고 피부가 하얬다. 머리카락과 눈동자 역시 밝은 갈색이어서 이국적인 분위기를 자아냈다. 때때로 친가 식구들과 함께 있을 때면 아예 다른 인종인 듯 느껴지기도 했다. 목소리가 크지 않았고 말씨는 느리고 나긋나긋했다. 나는 애석하게도 완벽히 아버지의 외양을 이어받았다. 얼굴이 까무잡잡한 데다 코까지 뭉툭하고 커서 주변에서 걱정이 이만저만이 아니었다. 머리를 그렇게 해놓으니 꼭 사내아이가 파마한 것 같다고 비웃음을 샀다. 어머니는 내가 설핏 잠이 들면 조용히 다가와 콧대를 잡아주곤 했다. 어린 코를 계속 매만지면 모양새가 변할 것이라 믿었다.

그즈음 다방에는 허드렛일을 도와주던 청년이 하나 있었다. 그는 가게에서 힘을 쓰는 거의 모든 일을 했다. 전구를 갈아끼우거나 간단한 물건을 고치고, 식자재를 나르고 장을 보았다. 그는 항상 가게 안을 분주히 오갔다. 의자나 선반 위에 올라선 채 땀을 흘렸다. 나는 그에 대해 아는 것이 거의 없었지만, 그가 어머니를 좋아한다는 것만은 어렴풋이 알고 있었다. 그것은 일일이 논거를 댈 수 없는, 자연스레 깨닫게 되는 감정이었다.

선희 언니에게는 늘 시도만이 있었다. 언니는 대학에 들어갔다 적성에 맞지 않아 그만두었고, 취직을 해도 제 성질을 못 이겨 떨어져 나왔다. 장사도 성에 차지 않았다. 그런 언니가 가장 진득하게 한 것은 연애였다.

언니의 연애 상대는 키가 크고 훤칠했다. 인상이 서글서글했다. 박봉에 불안정했지만 직장도 있었다. 작고 마른 언니와 함께 서 있으면 더욱 듬직해 보였다. 나는 선희 언니가 그를 집으로 데려오던 날을 기억하고 있었다. 고모네 거실 한쪽 벽에는 커다란 창문이 있었다. 그 유리창으로 앞마당과 대문이 훤히 보였다. 나는 거실 유리창으로 그가 언니와 함께 대문턱을 넘어 들어서는 것을 보았다. 언니는 그의 팔에 매달리듯 몸을 기댄 채 걸었다. 그는 진회색 양복바지에 겨자색 니트를 입고 있었다. 양쪽 가슴 부근에 꼬임 무늬가 들어간 옷이었다. 펜던트가 달린 순금목걸이가 멀리서도 번쩍번쩍거렸다. 둘이 가까이 다가올수록, 내 눈에는 그의 얼굴만이 크고 환하게 보여, 어둠 속 발광하는 가로등처럼 허공에 둥둥 떠다녔다. 언니와 그가 현관문을 열고 들어섰을 때, 나는 고모 뒤에 숨었다. 내가 거실 한가운데에 선 고모 치맛자락만 붙들고 이리저리 흔들자, 선희 언니가 다가와 물었다. 오빠 멋있냐? 나는 연방 고개를 끄덕였다.

나는 그 청년이 어머니를 좋아했다는 사실은 알았지만, 어머니가 타향살이를 하며 느꼈을 외로움과 고독, 공포는 알지 못했다. 어머니는 이방인이었다. 모두가 자신과 다른 억양으로 말하고, 때때로 같은 사물을 지칭하면서도 전혀 다른 단어를 썼다. 먹어본 적 없는 식재료로 만든 반찬이 매일 상에 올랐다. 입맛이 달라, 요리를 못하는 사람으로 오랫동안 오인받았다. 바닷가 마을 사람들과 확연히 다른 어머니의 외모는 장점으로도 작용했지만, 그에 따른 곤란함도 많았다. 나는 청승맞게 땅콩이나 부수고 있는 어머니의 뒷모습을 자주, 오랫동안 보았다. 아무리 일을 해도 손은 늘 고왔다. 그것이 어머니의 유일한 자부심이었다. 가게 문을 닫고 돌아가는 길에, 포장마차에 들러 아버지와 셋이 산낙지를 나누어 먹기도 했다. 꿈틀대는 낙지 다리를 뜯어 입에 넣어주던 길고 단정한 어머니의 손가락이 잊히지 않았다.

내가 유치원에 들어가자, 아버지는 자신의 스쿠터 앞자리에 나를 태워주기 시작했다. 아버지의 빨간색 스즈키 스쿠터는 아버지에게도 나에게도 큰 자랑이었다. 일요일 낮이면 우리는 스쿠터를 앞뒤로 나누어 타고 시내로 나갔다. 시장을 한 바퀴 돌며 불필요한 중고 물품들을 건져왔다. 유리병에 담긴 인삼주나 괘종시계, 지포라이터나 하모니카 같은 잡동사니들이었다. 쇼핑이 끝나면 근처 다방으로 갔다. 그곳에서 우리가 만드는 것과 꼭 같은 수준의 쌍화차를 마시며 숨을 돌렸다. 아버지는 먹고사는 일에 큰 관심이 없었다.

그 다방에는 벽 한 면을 가득 채울 정도로 커다란 수족관이 있었다. 크기가 매우 작은 금붕어들과 어른 팔뚝 길이 정도의 잉어가 함께 있었다. 잉어는 불이 붙은 듯 주둥이와 등지느러미 부분이 붉었다. 물고기들은 무리 지어 다니는 법이 없었고 산발적으로 노닐었다. 더러는 배가 뒤집혀 물 위에 떠 있거나 지느러미가 뜯긴 것들도 있었다. 대개는 자신의 분비물을 실밥처럼 길게 늘어뜨리고 좌우로 오갔다. 아버지는 종종 친구들을 만나 보양식을 먹으러 갈 때에도 나를 대동했다. 아버지는 술을 마시면 온몸에 두드러기가 났다. 스쿠터의 속도를 올리다 과속방지턱에 걸려 공중으로 솟구쳐 올랐다 떨어지기도 했다. 오토바이가 거의 뒤집힐 뻔했지만 아버지는 껄껄 웃기만 했다.

여름이 끝물에 이르자 무화과나무 열매들이 가지에 매달린 채 툭툭 터졌다. 열매 내부에 작은 시한폭탄이 들어 있어, 일정한 시간이 지나면 자폭하는 것 같았다. 이미 먹을 수 없는 것들이었다. 우리는 가지에 매달린 채 죽은 열매들을 내버려두었다. 새와 바람의 몫이었다. 떨어진 과실들은 굴러다니다 발에 밟혔다. 나는 종종 짓밟힌 무화과를 쥐나 새의 사체로 착각하고는 화들짝 놀라곤 했다. 찐득한 열매가 신발 바닥에 달라붙으면, 아스팔트 바닥에 대고 연방 문질러댔다. 썩어가는 과일의 살점은 동물의 것과 크게 다르지 않았다. 잎사귀가 가장자리부터 힘을 잃고 조금씩 아래로 처졌다. 나무는 살고 죽는 것이 분명했다. 미련이나 어떠한 여지도 없다는 점에서 무척 속 편한 인사처럼 느껴졌다. 나는 여전히 유치원에서 인기가 별로 없었다. 친구가 생기는 데에는 도시락 반찬이 중요한데, 어머니는 요리에 취약했다.

집에서 혼자 멀뚱히 앉아 있는 나를 발견한 선희 언니와 언니의 남자 친구는 나를 시립 동물원에 데려갔다. 날씨가 여전히 무더워 얼굴이 새빨갛게 달아올랐다. 언니는 양산을 들고 있었으나 양산의 작은 그늘은 나에게까지 미치지 않았다. 나는 언니와 그 사이에서 두 명의 손을 잡고 걷느라 팔이 빠질 것만 같았다. 둘은 걷는 속도도 달랐고, 팔의 높이도 달랐다. 그러나 나는 언니와 그에게 팔이 아프다고 말할 수 없었다. 동물 따위는 무엇을 보든 기억 속에서 순식간에 사라져버렸다. 언니의 손은 가느다랗고 차가웠다. 그의 손은 부드럽고 따뜻했다. 언니의 손은 힘이 셌다. 얼마 후 언니는 그와 결혼을 약속했다.

밑바닥에 가라앉아 있던 언니에 대한 기억이 다시금 수면 위로 올라오게 된 것은 언니의 부고를 들었던 그해 겨울, 성탄 전날이었다.

어머니는 갑자기 갈비가 먹고 싶다고 했다. 연말의 들뜬 분위기에 기분이 동한 것 같았다. 우리는 집 앞 골목 어귀의 돼지갈비집으로 갔다. 자리를 얻기 위해 문 앞에서 잠시 기다렸다. 만석이었다. 나는 벽에 붙은 메뉴판을 둘러보는 어머니의 옆모습을 바라보며 젊은 시절의 어머니를 떠올려보았다. 나는 어머니의 과거와 현재를 나의 현재와 미래의 모습과 연관 짓곤 했다. 우리가 20여 분가량을 기다린 후 자리에 앉았을 때, 어머니가 갑자기 머리가 아프다고 했다. 나는 찬바람을 오래 쐰 탓으로 여기고, 대수롭지 않게 넘겼다. 불판 위의 고기는 양념부터 타들어갔다. 어머니는 기름장에 담긴 마늘을 불 위에 올리다가, 머리를 양손으로 감싸고는 앞으로 고꾸라졌다. 머리칼이 불판 위로 쏟아질 것만 같아, 나는 재빨리 양손으로 어깨를 잡아 일으켰다.

병원은 멀지 않은 곳에 있었다. 어머니는 채 10분이 안 되는 거리를 가는 동안 수차례 다리가 풀렸다. 눈이 내리기 시작했다. 눈발이 거세, 눈을 제대로 뜰 수 없었다. 어머니는 길 한복판에 몸을 웅크리고 주저앉았다. 문득 그 동그란 뒷모습 위로 선희 언니의 마지막이 겹쳐 보였다. 나는 가슴이 내려앉아 깊게 눈을 감았다 떴다.

응급실은 환자들로 북새통을 이루었다. 간신히 부축해 들어간 어머니는 철제 침대에 누워 진정제를 맞았다. 나는 어머니가 맞고 있는 약의 종류와 효능을 한쪽 귀로 듣고 다른 쪽 귀로 흘려보냈다. 소란에 휩싸인 귀가 의사의 목소리를 걸러내지 못했다. 어머니는 이내 안정을 되찾았지만 병원에 남아 몇 가지 검사를 더 받아야 했다. 나는 응급실 입구에 놓인 의자에 앉아 검사가 끝나기를 기다렸다. 그때 갑자기 응급실 문이 열렸다. 이동식 침대에 남자 하나가 실려왔다. 구급 대원이 의사에게 교통사고 환자라고 말했다. 잠시 열렸던 자동문이 닫힐 때까지 눈발이 거세게 들이닥쳤다가 이내 잦아들었다. 그는 내 옆으로 스쳐 지나갔다. 호흡기 아래 함몰된 안면과 피로 범벅이 된 체크무늬 남방, 청바지와 새하얀 스포츠 양말을 보았다. 누군가 벗겨진 농구화 한 짝을 손에 들고 뒤따라 들어왔다. 피에 젖은 환자는 아직 소년이었다.

양말이 없으면 집 밖에 나가지 못하던 습관은 여름을 보내자 자연스레 사라졌다. 그러나 곧 다른 많은 습관들이 그 자리를 채웠다. 나는 선희 언니에게 들키지 않으려 애썼지만, 쉽지 않았다. 하루는 유치원에서 배워온 욕을 내뱉다 언니에게 붙잡혔다. 나는 입을 꾹 닫았다. 고집을 부렸다. 아무리 혼을 내도 잘못했다는 말이 튀어나오지 않자, 언니는 옷을 벗겨 내쫓겠다고 엄포를 놨다. 그래도 입을 열지 않았다. 언니는 두고 보란 듯이 내 등 한가운데에 달린 원피스의 지퍼를 내렸다. 순간, 나는 거실 창 너머로 대문턱을 넘는 언니의 약혼자를 보았다. 그는 빠른 속도로 앞마당을 가로질러 현관으로 다가오고 있었다. 잘못했어요! 물이 쏟아지듯 말이 입에서 툭 튀어나왔다. 발가벗겨 혼이 나는 모습을 그에게 절대 보이고 싶지 않았다. 언니의 약혼자가 현관문을 열고 들어오기까지의 짧은 시간 동안, 나는 손이 발이 되도록 빌었다. 제발. 미안해요, 언니. 급작스레 변한 내 태도에 의아해한 언니는 원피스를 가슴께까지 끌어내렸다가 그가 문을 열고 들어오는 것을 깨닫고는 다시 올려주었다. 나는 이미 자존심이 상할 대로 상했다.

그는 언니의 남자 친구였다가 약혼자가 되었고, 이듬해 나의 형부가 되었다. 어머니는 앞으로 내가 그를 '형부'라고 불러야 한다고 가르쳤다. 나는 '형부'가 무슨 뜻인지 깨닫고 난 후로는 절대 입 밖에 내지 않았다.

검사실로 들어갔던 어머니는 의사와 함께 걸어 나왔다. 새파랗게 질려 있던 얼굴이 점차 혈색을 되찾고 있었다. 문득 나잇살이 오른 어머니의 둥근 턱이 눈에 들어왔다. 몸에는 아무런 이상이 없었다. 의사는 우리에게 어머니의 머릿속 사진을 보여주었다. 머릿속의 하얀 부분을 가리키며, 훗날 그것이 문제가 될지도 모른다고 지적했다. 어머니는 서서히 늙어가고 있었으므로, 몸의 자연스러운 퇴행을 가볍게 받아들이는 것 같았다. 나는 의사가 가리켰던, 꼭 물고기의 뼈를 닮은 불길한 빈 곳을 가만히 바라보았다.

나는 그 유치원에서 3년 연속 개근상을 받은 전무후무한 어린이가 되었다. 유치원을 3년이나 다니는 동안, 아무리 가르쳐도 글자를 읽지 못했다. 어머니와 아버지는 학교에 들어갈 날이 얼마 남지 않았음에도 내가 여전히 글자를 깨우치지 못한 것을 못내 불안해했다. 학교에 입학하기 직전 동화책을 읽으며 간신히 한글을 깨우쳤다.

초등학교에 들어갈 무렵, 우리는 어머니의 고향과 가까운 대전으로 이사를 갔다. 나는 보라색 앙고라 점퍼를 입고 입학 사진을 찍었다. 목포에서 올라온 지 얼마 지나지 않아, 얼굴이 불그죽죽했다. 선희 언니는 몇 년 후 결혼 생활마저 포기했다. 언니는 한곳에 마음 붙이며 사는 것이 무엇보다 어려운 사람이었다. 나는 입학한 지 한 달 만에 서울로 올라갔다가, 곧 청주로 내려갔다. 여전히 읽고 쓰는 것에 어려움을 겪었다. 새로 만난 선생님들은 하나같이 칠판에 이름을 써보라고 시켰는데, 그때마다 손바닥에 땀이 날 정도로 긴장했다. 내 이름을 쓰는 것이 무서웠던 때가 있었다. 우리 가족은 언제나 이곳과 저곳에 자리를 잡고 살았다. 나는 한곳에 오랫동안 터를 잡는 것도, 유랑민처럼 여러 곳을 떠돌며 사는 것도, 모두 자연스러운 일이라는 것을 서서히 받아들였다.

선희 언니를 마지막으로 본 것은 대학 입시를 며칠 앞두고 있을 때였다. 10년 만이었다. 다 자란 내 체구는 언니와 똑같았다. 언니는 서울로 올라온 후, 수소문을 해 어머니에게 연락을 했다. 우리는 효자동의 오래되고 아담한 한옥에 살고 있었다. 작은 마당이 있어, 개도 한 마리 길렀다. 언니는 우리

집 근방으로 찾아와 근처 횟집에서 회를 사줬다. 어머니가 언니의 연고를 물어도 대충 얼버무렸다. 연락처도 없었다. 어머니에게 꼭 한 번은 음식을 대접하고 싶었다고 말하면서도, 언니는 연방 회가 맛이 없다고 투덜거렸다. 서울 회는 왜 죄다 이 모양이냐고, 말은 똑바로 해야지 이따위로 장사하면 쓰냐고 주인이 들으라는 듯 큰 소리로 말해, 어머니와 나를 곤혹스럽게 만들었다. 언니는 변한 것이 없었다. 어머니와 언니는 옛날 이야기를 했다. 나는 언제나 그랬듯이 잠자코 있었다. 10년도 더 지난 이야기들을 어제 일처럼 나누다, 역에 다다른 기차처럼 서서히 이야기를 멈췄다. 언니는 밥값을 내고 식당을 빠져나왔다. 어머니가 많이 늙었으니 잘 보살피라며 만 원짜리 지폐 몇 장을 내 손에 몰래 쥐여주었다. 언니는 곧 육교를 향해 가볍게 뒤돌아서 갔다.

해설

마음의 풍경, 풍경의 마음

조연정

1. 일인칭 관찰자의 내면 고백

풍경은 보지 않는 자에 의해 발견된다. 바깥 풍경의 섬세한 결들이 내 눈에 온전히 들어오는 것은 무념무상의 상태로 그것을 똑바로 응시할 때가 아니라 오히려 다른 생각에 골몰할 때다. 풍경이 우리를 상념에 빠뜨리는 것이 아니라 상념에 빠진 우리가 불현듯 풍경과 마주한다. 그러므로 풍경은 눈으로 보는 것이 아니라 '내면'이 발견하는 것이다. 근대문학의 기원을 '풍경의 발견'과 더불어 찾고자 했던 가라타니 고진을 통해 이미 익숙해진 이야기다. 그는 구니키다 돗포의 『잊을 수 없는 사람들』에서 인생의 고독에 짓눌려 주변에 무심해진 '내

적 인간'이 풍경을 발견하는 장면에 주목했다.[1] 막막한 삶에 대한 거대한 슬픔이 밀려오던 어느 밤, 주인공에게 떠오른 것은 가족도 친구도 스승도 아닌 몇 해 전 배를 타고 가다 본 흐릿한 남자의 형체이다. 잊어서는 안 될 사람은 다 잊히고 상관없는 사람이 '잊을 수 없는 사람'이 된 것. 주인공은 풍경으로 존재하던 그 남자에게 알 수 없는 동질감을 느끼며 "그저 누구든 다 그립고 애틋하게 느껴지는 것이다"라고 생각한다. 자기 자신을 압도하는 어떤 감정에 휩싸여 의외의 풍경을 눈여겨보게 되는 일, 이런 경험은 누구에게나 있을 것이다. 눈은 바깥을 보지만 마음은 오로지 자신만을 향한 상태 말이다. 가령, 이런 장면은 어떨까.

K에게 아름다운 풍경이란, 밤, 망망대해를 가르고 뭍으로 들어오는 오징어 배의 점멸하는 불빛 같은 것이었다. 이곳의 풍경엔 그런 희소성이 없었다. 그러나 어머니는 달라 보였다. 어머니는 한 시간 내내 입을 벌리고 주변을 둘러보느라 K를 잊은 듯했다. 발광하는 빌딩의 불빛들이 어머니의 눈동자 안으로 들어왔다. 어머니는 풍경을 보았고, K는 내내 어머니 옆에 붙어 있었다. 그는 갑자기 불안한 마음이 들어, 어머니의 손을 가져다 꼭 잡아보았다. 그러나 어머니는 손에 힘을 주지

---

[1] 가라타니 고진, 『일본근대문학의 기원』, 박유하 옮김, 도서출판b, 2010, pp. 33~37.

않았다. K는 어머니가 굳게 입을 닫는 것을 바라보았다. 단단한 눈동자를 보았다. 그것은 유람선에서 바라보는 풍경보다도 낯선 것이었다. 어린 K는 두려움이 일었다. 그는 어머니와 눈을 맞추려고 노력했지만, 어머니는 배에서 내릴 때까지 돌아보지 않았다. K는 홀로 남겨진 것 같았다. 그는 물결을 가르고 천천히 나아가는 유람선 안에서, 영혼의 반쪽이 잘려나간 듯한 고통을 느꼈다. (「바다 아래서, Tenuto」, p. 28)

낯선 도시에서 어린 아들과 함께 유람선을 탄 젊은 여자가 강변에 펼쳐진 화려한 풍경에 정신을 빼앗긴 것처럼 보일 때, 어린 아이가 그런 엄마를 불안하게 바라볼 때, 풍경에 고정된 그 여자의 "단단한 눈동자"는 과연 어떤 마음이 만들어낸 것일까. 어머니와 단둘이 30년을 함께 살았던 K의 기억 속에 뚜렷하게 각인된 그날, K는 기차를 타고 낯선 도시에 당도해 낯선 남자 앞에서 피아노를 연주했다. 그리고 어머니와 함께 유람선을 탔다. 낯선 남자가 누구였는지 그때도 그 이후에도 알 수 없었지만 어린 K에게 그날의 불안한 마음은 풍경에 고정돼 있던 어머니의 "단단한 눈동자"와 더불어 두고두고 기억된다. 밖을 응시하는 어머니의 마음속 그림이 어린 K에게 어렴풋이 그려졌던 것일까. 그날 유람선에서 바라본 빌딩의 불빛들도 어머니에게는 두고두고 '잊을 수 없는' 풍경이 되었을지 모른다. 어머니는 그 불빛에 고정된 채로 앞으로 진행될

자기 인생의 고독을 황망히 들여다보았을지 모른다. 어머니의 낯선 모습에서 "영혼의 반쪽이 잘려나간 듯한 고통을 느꼈다"고 회상하는 K는 어쩌면 어머니의 마음속 살풍경을 사후적으로 알아챘을 것이리라.

김유진의 두번째 소설집 『여름』은 바로 저 젊은 여자의 "단단한 눈동자"로 쓰여진 듯 읽힌다. 소설 속 인물들은 자신의 감정을 타인에게 투사하는 데 열심이기보다 그저 풍경을 응시하는 편이다. 주변에 무심한 채 자기 안에 침잠한 이들은 대체로 관계 안의 이방인이자 "풍경의 일부"(「바다 아래서, Tenuto」, p. 34)처럼 보이지만 그 모습이 무기력해보이지는 않는다. 왜일까. "사방에서 쏟아진 미적지근한 햇빛이 바닥으로 뚝뚝 떨어졌다가 이내 스며들었다. 수명을 다한 빛은 무거웠고, 눅눅했다. 빛은, 찌들어 보였고, 먼지로 가득 찬 것만 같았다"(「희미한 빛, p. 42」)라며 지하철 차창으로 쏟아지는 햇빛을 상세히 묘사하는 사람은 유람선의 젊은 여자처럼 지독한 상념에 빠진 상태일지 모른다. 도저히 묘사 불가능한 어떤 정서가 마음속에 요동칠 때 바깥 풍경은 오히려 뚜렷해지는 법이다. 『여름』은 소용돌이치는 마음이 발견한 풍경화라 할 수 있다.

그래서일까. 내면 묘사보다는 풍경 묘사에, 그럴 듯한 서사보다는 시적인 문장 쓰기에 주력하는 김유진의 근작 단편들은 한없이 조용하고 느리고 투명한 채로 어쩐지 슬프다. 그녀는 단호한 미문으로 모호한 정서를 실어 나른다. 김유진의 무심한 인물들이 후박나무의 빽빽한 잎 사이로 쪼개지는 햇빛에 대해 말할 때, 마른 땅 위로 피어오르는 아지랑이를 발견할 때, 한여름의 살구나무와 농익은 무화과를 기억해낼 때, 그들의 마음속에는 각양각색의 감정들이 엉키지만 김유진의 단단한 문장 속에서 감정의 채도는 풍경의 명도로 뒤바뀐다. 그렇다면 『여름』이 그려내는 조용한 인물과 세밀한 풍경의 만남을 목도하며 독자는 과연 어떤 '잊을 수 없는' 마음을 건져 올릴 수 있을까.

모자(母子)의 이야기로 돌아가보자. 「바다 아래서, Tenuto」는 여러모로 김유진식 서사의 주요한 특징들을 보여준다. 어머니의 죽음 이후 K는 "자연스레 자리 잡은 규칙들, 사소한 습관들에 의지해"(p. 12) 간소한 삶을 꾸려간다. "그의 이름을 다정하게 불러준 마지막 사람"(p. 16)인 어머니가 떠났음에도 "감정의 기복이 거의 없"(p. 12)는 K는 그다지 고독해 보이지도 않는다. 사실 이 소설에서 강조되는 것은 K의 당연한 쓸쓸함보다는 오히려 '관찰'이라는 형식이다. 자신이 속한 곳에서 스스로 일상적 풍경의 일부가 되어버린 K는 사실 성실한 관찰자이기도 하다. 집 발코니에서 바라본 마을의 풍경, 매일 출근하는 피아노 학원의 일상적 풍경, 그곳에서 만난 한 소녀에 대해 K는 이야기한다. 그러나 소설의 화자가 K인 것은 아니다. "나는 그를 K라고 불렀다"(p. 10)라고 말하며 K의 삶과 그가 바라본 풍경을 전달하는 일인칭 화자가 따로 존재한다. 「바다 아래서, Tenuto」에서는 이처럼 특정한 서사보다는 '보기'와 '보이기'라는 형식 자체가 두드러진다. 이러한 시선들 속에서 어떤 일이 발생할까.

이 소설은 K의 심심한 일상과 그가 기억하는 "단 한 차례 여행"(p. 20)이 교차 서술되는 방식으로 서사가 진행된다. 두 서사(정확히 말해 현재와 과거, 더 정확히 말해 눈앞에 보이는 장면과 마음속에 기억되는 장면)의 교차 편집은 『여름』의 많은 소설들이 공유하는 방식이다. 엄밀히 말해 이 소설은 K의 일상보다 그 "단 한 차례 여행"에 초점이 맞춰 있다. 30년 동안 어머니와 단둘뿐이었으며 이제 홀로 남겨진 K의 쓸쓸함은 그 자체로 생생히 발설되지는 않는다. 오히려 어린 K가 최초로 느꼈던 분리 불안을 기억하고 고백하는 방식으로 어른 K의 고독이 은연중에 드러난다. 어린 K가 그 옛날 어머니의 "단단한 눈동자"에서 느꼈던 두려움은 어머니의 죽음 이후 비로소 지독한 외로움으로 완성되었을 것이다. 아니 어쩌면 어머니가 부재한 지금-여기의 고독한 현실이 어린 시절의 그 하루를 '잊을 수 없는' 끔찍한 기억으로 호출한 것일 수 있다. 「바다 아래서, Tenuto」는 이처럼 '잊을 수 없는' 장면을 활용해 에두르기의 감정 표현법을 실행한다.

K의 삶을 보고 듣고 기록하는 '내'가 "오랫동안 곁에서 그 이름을 불러주고 싶었다"(p. 31)고 느끼는 것도 어쩌면 '나'

의 쓸쓸함이 발견한 마음이라고 해야 할지 모른다. 시선과 서사의 겹침 속에서 작중 인물 K와 일인칭 화자는 같은 마음을 공유하는 듯 그려지고 나아가 작가와 독자까지도 한마음이 될 수 있는 길이 열린다. 그 내밀한 마음의 소통에 정확히 어떤 이름을 부여해야 할지 모르겠지만 모든 것이 응시와 더불어 발생하는 것만은 분명하다. 이 소설에서 존재가 희미한 관찰자인 '나'는 작가 김유진이라고 보아도 무방할 텐데, 『여름』의 모든 소설에서 일인칭 화자가 관찰자로서 반복 출현한다는 사실을 상기한다면, 이 소설집은 작가 김유진이 세상을 느끼는 방식을 그대로 재현한다고 말할 수 있게 된다. 그녀는 바라보며 느낀다.

첫 소설집 『늑대의 문장』(문학동네, 2009)의 위태롭고 무시무시한 '자연'에서 나른하고 무료한 '일상'으로 눈 돌린 김유진의 두번째 소설집 『여름』은 풍경과 더불어 '감정'과 '관계'에 주목하면서[2] 작품의 진화와 작가의 성숙을 동시에 증명하고 있다. 풍경을 통한 에두르기의 감정 표현법이라고 했거니와 사실 이보다 더 정확한 감정 표현은 불가능하다. 슬프다, 외롭다, 두렵다라는 단어는 시시각각 변하는 묘사 불가능한 감정에 붙인 추상적 이름들에 불과하다. 구구절절 사연을 전하기보다는 등장인물들의 눈에 비친 파편적 풍경들을 불현

---

[2] 강지희, 「무성한 감각의 풍경」, 『문학동네』 2011년 겨울호. 차미령, 「인상파의 복화술」, 『문학과사회』 2012년 봄호.

듯 그려 보이는 김유진의 소설을 읽으며 우리는 "뒤늦게 감정을 배우"(p. 32)게 될지 모른다. 김유진의 소설에는 시적이라는 수식어가 자주 따라붙는다. 이 수식어는 단순히 서사 부재의 상황을 지적하거나, 지시적 기능과는 무관하게 그 자체로 존재하는 그의 미문을 음미하기 위해서만 쓰일 수는 없다. 그것은 이미지를 매개로 감정을 발견하고 공유하는 시의 특정 작동 방식을 김유진 소설이 적극적으로 활용하고 있다는 의미로 이해해야 한다. 풍경을 활용하는 것이든 풍경에 의존하는 것이든 풍경과 더불어 공감에 이르는 것은 매우 느린 방식이지만 유일하게 믿음직스런 방식이다. 김유진 소설을 읽으며 우리는 시적인 문장과 더불어 시적인 마음까지 얻을 수 있다. 무심함의 정조가 짙게 배어 있는 김유진의 두번째 소설집 『여름』은 우리 시대의 가장 서정적인 작가가 쓴 작품이라고 읽어도 무방하다.

2. 무심한 관계의 진실

김유진 소설에는 일인칭 화자가 어김없이 존재하지만 독자가 그 인물에 감정적으로 동화되기는 쉽지 않다. 내면을 드러내는 일이 별로 없기 때문이다. 그녀의 속도감 있는 문장들이 느리게 읽힐 수밖에 없고 또 그렇게 읽혀야만 하는 이유는 이러한 인물 설정과 무관하지 않다. 그렇다면 김유진의 인물들은 서로 어떤 관계를 맺고 있을까. 느슨한 형태의 동거가 그려지는 「희미한 빛」과 「여름」을 읽어보자. 두 소설의 동거인들은 서로 세세한 대화를 나누지 않고 어떤 감정도 공유하지 않지만 각자의 생활 규칙을 정확히 지키며 나름의 조화를 이룬 채 산다. 서로가 서로에게 이방인처럼 보이는 인물들을 한 공간 안에 둠으로써 김유진은 무엇을 보이고 싶은 것일까. 아니 무엇을 보고 싶은 것일까.

종말적이고 원시적인 분위기를 알 수 없는 적의와 더불어 기묘하게 엮어내던 김유진의 초기작을 생각한다면 그로부터 가장 멀리 와 있는 작품은 「희미한 빛」일 것이다. 일상의 권태로운 풍경들이 두드러지는 작품이다. 이 소설은 인물들의 구체적 행위와 이들의 모호한 관계가 오묘한 대비를 이룬다. 고용센터를 다니며 실업 급여를 받아 생활하는 무기력한 '나'는 전에 사귄 적이 있는 L의 집에서 그와 함께 살고 있다. "상투적"이고 "모호"(p. 44)한 포부를 지닌 L과, 고집스러워 보이지만 자신의 생활 방식을 남에게 강요하지 않는 L의 여자친구, 그리고 '나'는 서로에게 어느 정도 무심한 채로 한집을 공유한다. 이들이 공유하는 것은 그러나 비단 공간만은 아니다. 이들은 "모든 소음을 공유"(p. 39)한다. 제목은 「희미한 빛」이지만 소설을 읽어나갈수록 도드라지는 것은 미세한 기척들이다. 아파트 거실을 채우는 숨소리, 물소리, 인기척 들이 수시로 언급되면서 나른하면서도 모호한 분위기는 한층 강화된다. 지하철역을 찾는 도중 갑작스런 사고를 목격한 '나'는 굉음과 경적 소리와 비명이 뒤섞인 엄청난 소음에 정신이 아득해지다가 이내 모든 것이 "지리멸렬"(p. 55)하다고 느낀다. 이 같은 미세한 소음이나 엄청난 굉음은 관계의 진공 상태에 놓인 인물의 상황을 강조하는 듯하다. 자기만의 생각에 골몰한 사람에게 산란하는 빛의 결들이 놀랍도록 선명히 발견되듯 그에게는 들릴 듯 말 듯한 작은 기척들도 생생해지는 것이다. '나'는 미세한 기척과 세밀한 풍경을 발견하며 자신이 속한 침묵의 관계들을 응시한다.

소통에 무심한 자들이 등장하는 「희미한 빛」에서 '이해'라는 어휘가 반복된다는 것은 의미심장하다. L과 L의 여자 친구와 '나'의 무심한 동거가 묘사되는 한편으로 이 소설에서는 B와의 관계에 대한 '나'의 상념들이 적힌다. 모국에 정착하기 위해 6년간 애를 썼던 B는 "모호한 이곳의 정서"(p. 45)를 이해하지 못한 채 결국 자신이 자란 고국으로 돌아갔다. B가 제 마음을 열어 보인 유일한 사람이었던 '나'는 그러나 정작 "B를 어디까지 이해하고 용인해야 할지 감당할 수 없었다"(p. 54)고 회상한다. 자신을 이해해주는 사람은 너뿐이라는 그의 말에 "그를 이해하는 것은 자신 말고는 세상 어디에도 없었다"(p. 56)라고 정확히 말해주지 못한 것을 '나'는 지금 후회하고 있다. 그러나 내가 도달한 결론은 그에게 진실을 말했어야 한다는 자책이 아니라 "지금이야말로 침묵할 때"(p. 60)라는 사실이다. 그 이유는 분명치 않다. 진실의 불확실성에 대한 확신 때문이었을까.

「희미한 빛」은 진공의 상태 속에 미세한 소음들로 둘러싸인 '내'가 '이해'에 대해 생각하는 소설이다. 이 소설의 결론은 "나는 이해라는 단어가 참으로 재미있는 말이라는 생각을 문득 했다"(p. 60)라는 문장에서 찾을 수 있다. 우리는 이 소설이 관계의 소통 불능을 절망적으로 증명하기 위해서, 혹은 진정한 소통은 침묵에서 시작된다는 어떤 태도를 강조하기 위해서 쓰여졌다고 단순히 말할 수 없다. 「희미한 빛」은 '이해'라는 말 자체를 그저 놓아버리기 위해 쓰여진 소설일지 모른다. 관계를 놓아버리는 것이 아니라 이해를 놓아버리는 것. 애초에 모호할 수밖에 없는 관계에 특정한 이름을 부여할 때 이해라는 것도 요청된다. 이때의 이해는 각자의 감정을 상대에게 투사하며 서로가 서로를 얽어매는 결과를 낳기도 한다. 우리는 이 과정에서 관계 자체가 허물어지는 것을 일상에서 수시로 목도한다. 그러니 진실한 관계라는 것이 가능하다면 그것은 반드시 이해와 필연적인 인과관계를 이루지는 않을 것이다. 「희미한 빛」에서 김유진은 이러한 사실을 말하고 싶었던 것이 아닐까. 구애를 포기하고 날개를 접은 늙은 공작의 뒷모습 사이로 들이치는 "희미한 빛"을 묘사하며 끝을 맺는 이 소설은 이렇게 절망도 희망도 아닌 쓸쓸한 여운을 강조한다. 관계의 필요조건이 이해가 되기는 전혀 쉽지 않고 충분조건이 어김없이 쓸쓸함일 수밖에 없다는 당연한 사실을 우리는 이 소설에서 재차 확인하게 된다.

관계는 흐르고 변한다. 주변의 풍경이나 소음에 민감하고 자신의 생활 습관에 철저한 김유진의 인물들은 대체로 유동적 관계에 초연한 인물로 그려진다. 하지만 그 초연함이 어디에서 오는지는 불분명하다. 「여름」에서는 어떨까. 말을 문장으로 만드는 Y와 가구를 만드는 B의 단출한 동거가 그려지는 「여름」에서도 동거인 간 끈끈한 소통은 끝내 찾아보기 힘들다. 소설 전반에 여름 특유의 습기와 비린내가 흥건하며 살구나무와 체리나무에 대한 인상적 묘사가 미각과 후각을 동시에 자극하지만 Y와 B의 관계만큼은 그저 담백하다. Y의 몸은 "무성에 가까"(p. 85)운 것으로 그려지고 그런 Y에게 "어린아이에게 하듯"(p. 72) 대하는 B를 보면 이들의 관계에 어떤 이름이 어울릴지 애매해진다. 녹취록을 만드는 일을 하는 Y는 작업의 순서에 대해서나 집안의 청결에 대해서나 약간의 강박적 결벽증을 갖고 있다. Y는 B의 작업장에서 끊임없이 건너오는 먼지에 민감하게 반응한다. 한편 B는 낡은 집을 꾸미며 그 안에서 어린 시절의 추억을 반추하고 재현하는 것에 즐겁게 집중한다. 체리주를 떠올리며 어린 시절을 추억하는 B는 "모든 것은 함께 이루어나가는 데에 의미가 있는 것"이라고 Y에게 달래듯 말하지만 Y는 "체리는 어디까지나 B의

해설 | 마음의 풍경, 풍경의 마음

추억"(p. 79)일 뿐이라고 생각해버린다. 주로 Y를 통해 재현되는 B는 Y의 감정에 무심한 듯 보이고 Y는 그런 B를 유심히 관찰하고 있다.

「여름」은 오감을 모두 동원해 읽어야 할 소설이다. 다양한 감각의 풍경들을 음미할 수 있기 때문만은 아니다. 그보다는 이 소설에서 제공되는 다채로운 감각 묘사들이 결국 인물 사이에 오가는 희미한 감정의 색채와 무관하지 않다는 사실을 발견하는 일이 흥미롭다. 김유진 인물들의 초연함이 어디서 온 것인지 불분명하다고 했지만 정작 물어야 할 것은 이들이 과연 관계에 무감한 것일까라는 점이다. 「여름」에서 반복적으로 언급되는 것은 일상생활에서 Y가 느끼는 생리적 이물감이다. Y는 어떤 역겨움과 자주 만난다. 벌레를 발견하고 두려움과 혐오감을 느끼는 장면은 두 번에 걸쳐 묘사되며 화분 갈이를 하는 B의 커다란 손을 보며 구토가 치밀어 오르는 장면도 그려진다. Y의 몸에는 발진과 소름이 수시로 돋는다. 엄청난 양의 피를 토한 B 앞에 얼어붙은 듯 서 있는 Y를 보라. 이와 같은 Y의 강박적 결벽과 허약한 비위는 특정한 감정과 관계가 없지 않다.

Y는 인터뷰이들이 자신도 모르는 사이 진짜 목소리를 노출하고 "수치심"을 느끼는 대목이 "불편"(p. 75)하다고 느낀다. 왜일까. Y가 글로 옮기고 있는 한 인터뷰에서 K는 오랫동안 고향을 떠나 있던 이유를 묻는 질문에 어머니의 강요로

한낮의 햇볕 속에서 여동생과 함께 살구를 따던 날들의 풍경을 묘사한다. 어느 날 풋살구를 먹고 배가 아파 햇볕 아래서 똥을 누던 여동생을 바라보던 K는 그길로 고향을 떠났다고 했다. 「여름」에서는 이처럼 생리적 이물감과 심리적 불편함이 묘하게 뒤섞인다. 심리적 불편함은 정확히 말하면 일종의 수치심이다.[3] 수치는 관계 안의 인간에게 기입되는 최초의 감정이자 최소한의 감정이다. 「여름」은 이처럼 여러 가지 감각적인 풍경들을 동원하면서 주변에 무감한 듯 보이는 인물들의 민감한 속내를 느리게 펼쳐 보인다.

「여름」과 「희미한 빛」이 그리는 느슨한 동거에는 관계의 첫 감정으로서의 수치와 마지막 감정으로서의 쓸쓸함이 응축되어 있다. 김유진의 소설을 읽다 보면 풍경 안에서 이러한 감정들이 천천히 배어 나오는 것을 느끼게 된다. 이 감정에 하나의 이름을 부여하는 것은 "살아 있는 듯 끊임없이 태어나고 이동"(p. 67)하는 '먼지'를 붙잡는 것보다도 어려운 일일 것이다. 분명한 것은 대체로 침묵하고 있는 김유진의 인물들이 실은 인간 사이의 내밀한 관계에 누구보다도 민감하다는 사실이다. 관계 안에서 산란하는 무수한 감정의 결들에 정말로 무심한 독자들은 이 흥미로운 사실을 쉽게 놓쳐버릴 수도 있다. 풍경을 오로지 풍경으로만 음미한다면 그것은 김유진의

---

[3] 최근 차미령도 김유진 소설의 일상적 관계들에서 "종속과 모욕의 심리적 역학"을 읽어내고 있다. 앞의 글, pp. 396~403.

소설을 '충분히' 읽지 못한 것이 된다.

3. 무성(茂聲)한 침묵

「희미한 빛」과 「여름」이 빛과 함께 쓰여진 소설이라면 「물보라」와 「우기」는 비와 함께 쓰여진 소설이다. 무기력의 정서는 강화되고 우울마저 첨가된 듯하다. 비단 비 때문은 아닐 것이다. 이 두 소설에는 완전히 헤어진 것도 헤어지지 않은 것도 아닌 어정쩡한 상태의 남녀가, 즉 서로가 서로에게 불편한 채로 익숙해진 커플이 등장한다.(물론 김유진 소설에서 그려지는 대부분의 인간관계가 그렇듯 이 두 남녀를 명확하게 '연인'이라고 규정하기는 힘들다. 그저 그렇게 짐작하는 것이 자연스러울 뿐이다.) "머지않아 K는 나를 떠날 것이었다. 그것은 두렵고도 기대되는 일이었다"(p. 108)라는 두 문장은 이들이 처한 상황과 그에 대한 일인칭 여성 화자의 심리 상태를 정확히 드러낸다.

L과 차를 타고 이동 중인 「물보라」의 '나'는 그의 일거수일투족이 불편하기만 하고, 「우기」의 '나'는 아예 K를 떠나 잠시 낯선 나라로 여행을 와 있다. 별다른 사건 없이 진행되는 두 소설은 연인 사이가 파탄 난 이유를 친절히 설명하지 않고 불편한 상황 자체만을 묘사하며 관계의 곤란을 부각시킨다.

앞에 언급한 소설들이 '관계'의 쓸쓸함을 무심한 풍경 속에 드러낸다면 「물보라」와 「우기」는 저절로 자라나고 저절로 찢어지는 관계의 본질을 강조하려는 듯하다. 김유진 소설의 특징으로 흔히 서사의 부재가 지목되곤 하는데 정확히 말하면 그녀 소설에 부재하는 것은 인과이다. 김유진이 그리는 것은 특정한 관계의 타당한 생멸이 아니다. 애초에 모든 관계에는 상황만이 존재할 뿐 명백한 처음과 끝도, 원인과 결과도 찾기 힘들지 않을까. 어떤 관계를, 아니 모든 관계를 가장 적나라하게 보여주는 것은 관계의 역사가 아니라 관계의 한 장면이다. 그 결정적인 장면들이 「물보라」와 「우기」 안에 있다.

「물보라」의 상황을 먼저 보자. '나'는 예전에 함께 살았던 L에게 밥을 사주겠다 했고 이들은 내비게이션에 의존해 김포의 어느 한정식집을 찾아가고 있다. "나는 그곳의 주소를 알고 있었다"(p. 179)라는 문장으로 시작하는 이 소설은 "가능한 한 빨리 내 방으로 돌아가고 싶었다"(p. 200)라는 문장으로 끝난다. 내내 강조되는 것은 L과 함께 있는 상황 속에서 내가 느끼는 피로감이다. 식당을 찾아 헤매는 상황 자체도 피곤할 뿐더러 그 상황 속에서 점점 예민해지며 제멋대로인 L이 '나'는 더 견디기 힘들다. 「여름」의 일인칭 화자가 생리적 거북함을 통해 관계 안에서 느끼는 심리를 희미하게 드러냈다면 「물보라」의 '나'는 L에 대한 생생한 묘사로 심리적 불편함을 노골적으로 드러낸다. 그날따라 '나'의 눈에 비친 L은 몹시 위태롭다. "오락기 앞에 앉은 어린아이처럼"(p. 187) 목적지에 도달하는 일에만 온 신경을 쓰며, "나의 의중을 묻지 않은 채"(p. 195) "내 말을 무시한 채"(p. 197) 어색하게 행동하고 있다. L도 이 상황 자체가 편하지는 않아 보인다.

김유진 소설의 남성 인물들이 대체로 자기중심적인 태도를 취한다는 사실은 전형적 설정이지만 음미될 부분이다. 그들은 정작 자신이 상대에게 어린아이처럼 보인다는 사실을 모른 채 "어른스러운 표정"(p. 195)과 태도로 말한다. 「물보라」의 L의 경우가 가장 심각한데 그는 남을 비꼬는 농담을 즐기면서도 자신의 사소한 불쾌는 숨기지도 견디지도 못한다. 한정식집에 데려가겠다는 '나'의 말에 "돈도 없는 게"(p. 182)라며 코웃음을 치면서도 "어린 여성그룹의 노래를 듣는다는 사실을 들킨 것이 부끄러"(p. 182)워 과도하게 당황한다. 소설의 첫 장면부터 '나'는 L의 사소한 행동들, 가령 수첩의 작은 글씨를 보려고 눈을 가늘게 치뜨거나 수첩에 붙은 과자 부스러기를 손톱으로 긁어내는 모습을 묘사하는데, 이는 L에 대한, 나아가 L과의 관계에 대한 '나'의 심리를 정확히 표현하는 장치가 된다. L의 사소한 행동조차 무심히 넘길 수 없을 만큼 '나'는 이 관계가 견딜 수 없이 피곤하고 "시시"(p. 194)한 것이다. 오랜만에 맘먹은 이들의 만남이 결국 서로에게 불쾌한 여정이 되어버린 것은 그날의 단순한 불운 때문만은 아니다. 이들은 돌이키기 힘든 관계이다.

관계가 이 지경이 된 데에는 물론 이유가 있다. '나'는 결정적인 몇 장면을 회상한다. "네가 뭔가 일을 해야 한다고 생각해"(p. 191)라고 말하며 한숨을 쉬던 L을 떠올리고 있다. 엄청난 작업 분량의 아르바이트를 그만두고 싶을 때마다 L의 한숨이 생각났던 사실도 떠올린다. 정식 취직을 한 '나'에게 "그래도 이 일은 보람이 있지?"(p. 195)라고 말한 선배의 말도 오버랩된다. 그러니까 차에서 내리기 직전 "취직하니까 어때?"라고 물은 L에게 내가 "점점 인간이 되어가는 것 같"(p. 200)다고 말한 것은 예사로운 답변은 아니다. L에게서 '나'는 알게 모르게 수치를 느꼈던 것 같다. "L과 함께 있으면 때때로 놀림받고 있다는 느낌이 들었"(p. 184)던 것은 비단 그의 말장난 때문만은 아니었을 것이다. 그러나 이처럼 이들 관계의 과거와 현재를 이어 붙일 논리를 마련하는 일이 「물보라」라는 정적인 소설을 읽기 위해 필수적이지는 않다.

"나는 L과 소란하고 빛나는 길을 함께 걷고 싶지 않았다"(p. 192)라는 상황은 사태의 원인과 무관하게 결과 자체로 슬프다. 김유진은 상대에 대한 일인칭 화자의 선택적 묘사를 통해 부자연스럽고 시시해진 관계를 눈에 보일 듯 그려낸다. 조금은 심심해 보이는 이 소설의 가장 큰 성취가 바로 여기에 있다. 또 하나. 일인칭 화자가 관계 안에서 느끼는 불편이 대체로 '말'과 관련된다는 사실은 특히나 주목할 부분이다. 오래된 사이임에도 불구하고 '나'는 L의 식성이나 노래 취향에는 무심하지만 그가 구사하는 "말법"(p. 184)에 대해서만큼은 민감하다. L과의 관계가 시시해져버린 것은 "비꼬는 농담"(p. 186)을 즐기던 그의 가벼운 언사가 정말로 결정적이었을지도 모른다. 농담 섞인 조소가 결국 관계 자체를 우습게 만들어버린 것일 수도 있으니까. 모든 말에는 결국 책임이 뒤따르는 것이니까.

김유진의 인물들이 '말'에 민감하다는 사실은 고백보다는 관찰, 진술보다는 묘사의 방식을 주로 사용하는 특징과 무관하지 않다. '말'에 민감한 사람은 위태로운 말에 의존할 수 없기에 말수가 적어질 수밖에 없다. 「우기」의 '나'가 그렇다. 관계 안에서의 불편한 심리가 상대에 대한 세세한 묘사를 통해 드러났던 「물보라」에서와는 달리, 「우기」에서는 '나'에 대한 상대의 불편한 심리가 '나'를 향한 그의 힐난을 통해 드러난다. 이 소설의 '나'와 K는 여러모로 「물보라」의 두 인물을 연상시키는데 "우리는 경쟁하듯 병을 앓았다"(p. 112)라는 한 문장이 이들의 관계를 요약적으로 제시한다. K는 "문제를 말하지 않는 것"(p. 104)이 '나'의 문제라 말했고, 반면 '나'는 "지나치게 많은 말들을 내뱉는 것"(p. 106)이 K의 문제라고 생각했다. K는 내 앞에서 가슴팍을 주먹으로 내려치며 답답해했고 '나'는 K의 비난을 짐짓 모른 척하며 두려워했다. 이들에게 무슨 일이 있었는지 소설은 끝내 말하지 않는다. 도망치고 싶을 정도로 관계가 '병' 그 자체라는 사실만을 강조한다.

'나'는 "내 문제였다"(p. 106)라고 말한다. 도대체 무슨 문제일까. 짐작이 불가능한 것은 아니다. 이 소설의 가장 극적인 장면은 여행지의 호텔 욕조에서 갑작스럽게 발작을 일으키는 부분이다. 따뜻한 물속에서 느낀 나른함을 "관 속에 드러누운 기분"(p. 101)이라고 표현한 '나'는 돌연 물속에서 숨이 막혀 버둥대다 간신히 욕조의 마개를 뽑아 물의 수위가 낮아지자 발작을 멈춘다. 위협적으로 커다란 꽃봉오리에 관한 꿈과 더불어 이 장면은, 김유진의 다른 소설들에서처럼 인물의 심리상태를 대신 전하는 증상처럼 읽힌다. 어떤 심리일까? '나'의 발작 혹은 침묵과 관련하여 의미심장하게 읽힐 장면이 「우기」의 마지막 부분에 잠시 스치듯 묘사된다. 지난여름 폭우 끝에 어머니의 관을 이장하며 '나'는 "산발한 머리칼이 물 위로 떠올라 시신을 뒤덮"(p. 115)은 장면을 보았다. 그 장면에서 내가 느낀 공포와 고독은 어떤 말로 표현될 수 있을까. 그 심정이 어떠했을지 누구도 결코 알 수 없다. 그저 그녀가 침묵할 수밖에 없다는 사실을 이해할 수 있을 뿐이다. K도 그래야 했을 것이다. '나'의 말할 수 없음과 자신의 이해 불능을 인정해야 했을 것이다.

「우기」에서 김유진이 많은 부분을 할애해 서술하고 있는 것은 여행지에서 겪는 '나'의 곤란이다. 현지 가이드의 부드러운 강요에 이끌려 다니던 '나'는 그러나, 점점 "단순하고, 직선적이고, 용감"(p. 104)한 그들의 말법에 익숙해진다. 그리고 종국에는 원하는 것과 원치 않는 것을 단호히 말하게 된다. 집으로 돌아온 내가 여행지에서처럼 정확하고 단호하게 말할 수 있을 것이라고는 전혀 확신할 수 없다. 「우기」는 이처럼 소통 가능한 말과 소통 불가능한 말의 격차를 보여준다. 진심은 대체로 말할 수 없음에 있다는 사실도 더불어 말해준다. 관계 안의 진심을 나누기에는 말보다는 침묵이 더 용이할 것이라는 사실도 더불어.

「물보라」와 「우기」를 경유해 김유진 소설의 '관계'에 대해 이야기했다. 김유진 소설에서 '관계'의 곤란은 연인이라 이름 붙일 수 있는 남녀 사이에서 뚜렷하게 나타난다. 언제나 어른스러운 태도를 취하는 남성 인물들과, 관계에 무심한 듯하지만 생리적으로나 심리적으로나 연약한 여성 인물들이 등장한다. 그녀들은 구토를 느끼거나 온몸에 소름이 돋거나 숨이 막힌다. 관계의 불능과 불편을 그녀들은 몸으로 말한다. 어찌 보면 전형적인 남녀 관계를 다루는 듯 보이는 김유진의 소설은 섬세한 묘사나 말의 뉘앙스 차이를 통해 이러한 관계 양상을 전달하려 한다는 점에서 특별하다. 말을 아끼는 사람들의 눈에 비친 여러 가지 풍경들을 우리가 함께 보게끔 한다는 것이 김유진 소설의 가장 큰 성과일 것이다. 풍경 안에서 내 마음이 발견되고 또 다른 누군가의 마음이 발견되는 경험을 우리는 김유진의 소설을 읽으며 할 수 있다. 말하지 않아도 알게 되는 어떤 마음이 소설 속에 펼쳐져 있다.

4. 감정교육

 온전히 말로 표현되지 않는 마음은, 그 느낌은 말 너머 어디에 있는 것일까. 말하는 자로서 인간이 경험의 근원적 상태인 '말 없음의 상태'에 도달하기 힘들다는 것은 자명한 사실이다. 그러나 인간에게는 말할 수 없는 상태, 즉 '유아기'에 대한 경험이 있다. (유년을 뜻하는 라틴어 infas는 '말할 수 없는'이라는 의미이기도 하다.) 아감벤에 따르면 "유아기라는 심급은 언어를 진리의 장소로 건립하면서 언어 안에 출현한다."[4] 무슨 말일까. 말 없음의 상태로서 유아기의 경험이 존재하지 않는다면 언어는 하나의 놀이가 될 뿐이다. 그리고 이때 놀이의 진리는 논리적이고 문법적인 규칙의 올바른 사용에 불과하게 된다. 그러나 인간에게 말 없음의 상태인 유아기가 존재한다는 사실과 더불어 언어는 유아기의 경험을 진리로 만들어야 하는 장소가 된다. "경험이란, 인간이라면 누구든 유아기를 거친다는 사실을 통해 인간이 만들어내는 신비다. 이 신비는 침묵과 말할 수 없는 신비를 지키겠다는 선서가 아니라,

---

[4] 조르조 아감벤, 『유아기와 역사』, 조효원 옮김, 새물결, 2010, p. 99. 이하 한 단락의 내용은 이 책 pp. 98~103의 내용을 참조.

인간을 말과 진리에 묶어두겠다는 서원(誓願)이다."[5] 유아기라는 경험을 매개로 말 없음과 말은 서로를 끌어당긴다. 말 없음의 상태는 말 너머를 상정하지 않는다. 그것은 말 안에 있다.

'말 없음의 상태'에서 언어의 세계로 건너온다는 것은 결국 언어의 안과 밖에서 지속적으로 말 없음의 상태를 탐색하게 되는 것을 의미한다. 유아기를 지나온 말하는 주체에게는 침묵이 능사가 될 수는 없다. 김유진의 인물들에게 침묵은 차선책일 뿐이며 이 선택이 그들의 예민한 언어 감각과 섬세한 감성 때문이라는 사실은 재차 강조되어야 한다. 말하는 주체가 지나왔으나 되돌아가야 할 '말 없음의 상태'라고 하는 것은 이제껏 우리가 읽어온 김유진의 소설에서 '풍경'으로 표현된 바로 그것이다. 그렇다면 그 풍경의 최초 감정은 무엇일까. 일상적 관계와 더불어 김유진의 풍경에서 우리는 쓸쓸함 부끄러움 답답함 등 관계 불능의 감정을 주로 읽었는데 풍경의 첫 감정으로 돌아가보면 거기서는 오로지 '혼자'라는 느낌이 스며 나온다. 『여름』을 통틀어 가장 고독한 인물이라 할 수 있는 「바다 아래서, Tenuto」의 K가 꾼 꿈을 기억해보자. 어린 K는 언제나 바다 깊은 곳에서 고요히 유영하는 듯한 기분을 느끼며 잠을 잤고 그의 이름을 다정하게 불러주며 잠을 깨워준 것은 어머니였다. 꿈속에서나 꿈 밖에서나 언제나 어머니

---

[5] 앞의 책, p. 100.

와 함께하는 느낌이었다. 그 어머니와 사별한 이후 K는 어릴 적 자신이 분리 불안을 느꼈던 최초의 기억으로 돌아가본다. 이처럼 『여름』에서는 분리에 대한 두려움이 감정의 주요한 기원이 된다.[6] 무심한 듯 예민한 인물들은 사실 무척 외롭다.

「눈은 춤춘다」라는 기이한 성장담 역시 "나는 혼자다"라는 마지막 문장을 위해, 그 분명한 느낌을 위해 쓰여진 소설로 읽힌다. 이 소설에는 흥미롭게도 "교육"이라는 말이 등장한다. 어떤 교육일까. 『에밀』을 쓴 루소는 어른을 향한 첫번째 발걸음은 '마음의 최초의 움직임들의 출현'이며 여기서 도덕적인 질서 속으로 들어가는 두번째 발걸음이 가능해진다고 말한다. 우리가 흔히 생각하는 교육은 아마도 후자의 발걸음에 관심이 클 것이다. 그러나 「눈은 춤춘다」는 전자에 관심을 둔다. '마음의 최초의 움직임들의 출현' 말이다.

「눈은 춤춘다」는 어른 없이 홀로 자라는 아이들, '나'와 한 남매의 이야기이다. 교육을 하는 자는 남매의 오빠, 교육을 받는 자는 '나'이다. 빈집에 방치된 채 "혼자 받아쓰기 놀이"를 하며 "상상의 친구들"(p. 123)과 어울리는 "완전한 비문명인"(p. 127)이던 '나'는 남매를 만나게 되면서 많은 것을 배우게 된다. 내가 배운 것은 '문자의 규칙'과 '말 못할 경험,' 이렇게 둘로 요약된다. 이미 홀로 문자를 익힌 '나'는 새로운

---

6) 김유진의 소설을 '불안의 발생조건에 대한 이야기'로 읽어낸 사례가 있다. 김미정, 「불안은 어떻게 분노가 되어갔는가」, 『문학동네』 2011년 여름호 참조.

규칙의 문자를 배우기가 힘들었다. '나'는 종아리를 얻어맞으면서도 이미 형성된 나름의 문자 규칙을 포기할 수 없었다. 그래서 결국 교육을 주고받는 두 주체는 각자의 문자를 "광범위한 문자 세계의 한 영역"(p. 132)으로 이해하는 데 합의한다. 결론적으로 내가 그에게 배운 것은 문자에는 각자 나름의 규칙이 있다는 사실, 즉 명확한 규칙을 전제로 하는 '놀이'로서의 문자인 것이다. 그렇다면 그 규칙을 깨우친 '나'는 이제 완전한 문명인이 되었다고 할 수 있을까. 「눈은 춤춘다」의 결정적인 두 장면을 읽어보자. 그 장면에는 소리와 감촉이 있다. 거기서 어떤 규칙을 지닌 문자로도 번역될 수 없는 마음의 움직임들이 흘러나온다. 진짜 '교육'이 이루어지는 장면이다.

> 나는 그때 느꼈던 감정이 어떤 것인지 정의 내릴 수 없었다. 내가 알고 있는 단어로는 설명이 불가능했다. 나는 단지 그 콧소리가 아름답다고 느꼈으나, 내 것은 아니라고 생각했다. 가슴이 뻐근했다. 〔……〕 나는 오래전 두고 온 나의 집을 떠올렸다. 버려진 집은 지금 어떤 얼굴을 하고 있을지 상상했다. 단단하며, 낡고, 쓸쓸한 모습의 오래된 묘비를 떠올렸다. 나는 외톨이라는 단어를 배웠다. (「눈은 춤춘다」, p. 137)

그 일이 내 내면을 어떻게 바꾸어놓았는지는 설명하기 쉽지 않다. 그러나 날씨와 풍경의 변화에 대해서는 자세히 말할 수 있다. 〔……〕 세계는 동일한 색을 얻었다. 그것을 색을 잃었다, 고 표현해도 의미가 다르지 않으리라. (pp. 141~42)

남매가 엉겨 있는 곳에서 들려오는 "낮고 더운 숨소리"를 들었을 때의 감정을 표현할 길이 없다고 '나'는 말한다. 그때 내가 할 수 있는 일은 낡고 쓸쓸한 묘비를 떠올리는 것뿐이었다. 그의 크고 부드러운 손이 자신의 온몸을 훑고 내려간 이후의 감정도 '나'는 설명할 길이 없다. 그래서 "날씨와 풍경"의 변화에 대해서 말한다. 그 변화는 어떤 것일까. "계절은 언제나 모호했다"(p. 123)고 말하던 '나'는 이른바 "교육"을 통해 법칙의 세계에 들어갔으나 다시 "동일한 색"의 세계로 돌아온다. 아감벤의 말을 빌리자면 '나'는 말할 수 있는 주체로서 말할 수 없음을 발견하게 된다. 그와 '나' 사이의 진짜 교육은 바로 이런 것이다. 말로 표현할 수 없는 마음의 움직임을 발견하는 것. 비문명에서 문명의 세계로 돌이킬 수 없는 발걸음을 내딛는 것이 아니라 문명의 입장으로 자연을 발견하는 것. 김유진의 「눈은 춤춘다」는 이처럼 "불균등성과 불규칙성"(p. 143)을 본질로 하는 마음의 첫 움직임에 대해 말한다. 그 감정의 불가피한 번역어는 "나는 혼자" 정도가 될 것이다. 그리고 그 최초의 감정이 최후의 감정으로까지 지속되는 것이 바로 삶일 것이다. "끝없이 펼쳐진 불모지"를 자신의 내면에서 발견하는 일. 김유진은 그것이 "교육의 마지막 결과물"(p. 146)일 것이라고 '나'의 입을 빌려 말한다. 「눈은 춤춘다」는 특유의 쓸쓸한 단문과 오묘한 분위기를 동원해 끔찍한 마음의 성장담을 만들어낸다.

"나는 혼자다"라는 문장으로 끝나는 「눈은 춤춘다」의 한편에는 "나는 홀로, 도로를 걷기 시작했다"라는 문장으로 끝을 맺는 「A」가 있다. 역시나 이 소설에는 "아이다움이 없"(p. 160)는 혼자 사는 아이가 등장한다. 이 아이도 말과 관련된 곤란을 겪는다. 「A」의 '나'는 시종일관 A에 대해 말하고 있다. A는 누구일까. '나'는 어린 시절 학교 수련회에서 무리를 빠져나와 A의 뒤를 쫓아 숲을 헤맨 적이 있다. 수련회에서 돌아와 '나'는 글자와 말을 잃었다. 이후 '나'는 혼자만의 집에서 무수히 많은 책들의 글자 속에 점을 찍으며 수년을 보낸다. 그렇게 5년을 보낸 '나'는 A와 재회한다. 구청의 자원봉사자로 '나'의 집을 방문한 A가 5년 전 함께 숲을 헤매던 A가 맞는지 '나'조차 확신할 수 없다. A는 그저 A라고 믿고 싶은 A일 뿐. 「A」는 『여름』에 실린 소설 중 가장 모호하다. A가 누구인지도, '나'와 A의 관계도, 온통 희미하다. 이러한 분위기 속에서 이 소설은 '나'의 기억 속에 파편적으로 떠오르는 A의 이미지와, 홀로 걸어가는 '나'의 모습만을 선명히 부각시킨다.

나는 A의 충고대로 서쪽을 향해 걸었다. 돌이켜보건대, 내가 계곡 달빛 아래 서 있는 A를 본 것이 꿈이었는지 실재였는지 확신할 수 없다. 내가 열 살의 A와 구청 마크가 인쇄된 모자를 쓰고 나타난 A, 숲 속의 A를 동일인으로 확신할 수 없는 것처럼 말이다. 나는 또한 한밤중 잠든 내 머리칼을 쓰다듬던 A의 손길을, 새벽녘 깨어나 A의 빈자리를 깨닫고 계곡으로 뛰어갔을 때 보았던, 얕은 개울물에 잠긴 A의 푸르른 시체를 확신할 수 없다. 그러나 나는 세상의 많은 일들이 모호한 채로 잊힌다는 사실을 잘 알고 있었다.

[……]

나는 서쪽으로, 서쪽으로 걸었다. 계곡은 곧 강이 되어 흘렀다. 배가 고프지도 목이 마르지도 않았다. 채 한 시간이 지나지 않아, 빽빽한 관목 울타리가 보였다. 그 뒤로 곧게 뻗어 있는 아스팔트 도로가 나타났다. 나는 홀로, 도로를 걷기 시작했다. (「A」, pp. 174~75)

A는 내 곁에 함께했던 유일한 사람이자 지금은 곁에 없는 사람일 것이다. A는 내 삶의 유일한 교사였다. "만일 네가 혼자 남겨지게 되면, 이 계곡을 따라 서쪽으로 걸어가"(p. 172)라고 했던 A의 말을 따라, 곧게 뻗은 도로를 홀로 걸어가는 마지막 장면의 '나'는 그래서 인상적이다. A는 모국어를 잃은

'나'에게 새로운 언어를 가르쳐준 사람이기도 하다. 정확히 말해 A는 법칙의 언어가 아닌 소리를 들려준 사람이다. "나는 A의 목소리를 음악처럼 받아들였다"(p. 170). '나'는 A와 더불어 어렴풋이 '함께'라는 느낌을 알았는지도 모른다. 그런 A는 지금 '나'에게 몇 가지 불확실한 모습으로만 기억된다. "세상의 많은 일들이 모호한 채로 잊"히고 모호한 채로 기억되기 때문이다. 어떤 기억이 명확하다면 그것은 '말 없음의 상태'에 언어를 덧씌운 결과에 불과하다. "부박한 가능성"에 기대어 서로 다른 법칙을 적용하는 "가정법"(p. 171)이 말장난에 불과하다고 생각했던 '나'에게는, "어제와 같은 오늘을 기록하는" A의 일기가 무슨 의미일지 알 수 없었던 '나'에게는, 흘러가고 있는 현재의 느낌만이 중요했을 것이다. 김유진은 이처럼 모호한 기억과 불확실한 미래를 강조하며 결국 '혼자'라는 현재적 느낌을 묘사해낸다.

「A」의 '나'도 「눈은 춤춘다」의 '나'처럼 "교육의 마지막 결과물"에 도달한 것일까. 함께였다가 혼자가 되는 것, 그 느낌이 결코 언어의 법칙 속에서 확정될 수 없다는 사실을 알게 되는 것, 그것이 모든 인간이 경험하는 최초이자 마지막 감정교육이 된다. 김유진의 모호한 소설은 이러한 '교육'의 훌륭한 텍스트가 된다.

5. 내 마음과 네 마음의 데칼코마니

 이제 마지막 소설에 당도했다. 자전소설이라는 타이틀과 함께 발표된 「나뭇잎 아래, 물고기의 뼈」이다. "나는 오랫동안 한 사람의 죽음에 대해 생각했다"(p. 203)라는 문장으로 서두를 떼는 이 소설은 어린 시절 함께 살았던 큰 고모의 딸 '선희' 언니에 대한 이야기가 서사의 한 축을 형성한다. 자살한 (것으로 보이는) 선희 언니의 부고와 더불어 '나'는 아버지의 고향인 목포에서 보냈던 유년기를 회상하게 된다. 그 기억 속에는 성격이 "고약"(p. 204)했던 선희 언니도, 고모 집 앞마당의 커다란 무화과나무도, 아버지와 어머니가 운영한 다방도, 불편한 기억으로만 남은 유치원 풍경도 존재한다. 어린 '나'에게 모질게 굴던 선희 언니에 대한 기억과 그녀의 불행한 죽음에 대한 이야기가 이 소설의 뼈대에 해당하지만 사실 「나뭇잎 아래, 물고기의 뼈」라는 서정적 제목의 소설은 사실 어머니에 대한 소설이다. 「바다 아래서, Tenuto」에서 그려진 어머니의 "단단한 눈동자"가 이 소설집을 열고 있다면 「나뭇잎 아래, 물고기의 뼈」에서 묘사되는 어머니의 "단정한" 손이 이 소설집을 닫고 있다.

 어머니가 타향살이를 하며 느꼈을 외로움과 고독, 공포는 알지 못했다. 어머니는 이방인이었다. 모두가 자신과 다른 억양으로 말하고 , 때때로 같은 사물을 지칭하면서도 전혀 다른 단어를 썼다. 먹어본 적 없는 식재료로 만든 반찬이 매일 상에 올랐다. 입맛이 달라, 요리를 못하는 사람으로 오랫동안 오인 받았다. 바닷가 마을 사람들과 확연히 다른 어머니의 외모는 장점으로도 작용했지만, 그에 따른 곤란함도 많았다. 나는 청승맞게 땅콩이나 부수고 있는 어머니의 뒷모습을 자주, 오랫동안 보았다. 아무리 일을 해도 손은 늘 고왔다. (「나뭇잎 아래, 물고기의 뼈」, pp. 213~14)

남편을 따라 아무런 연고가 없는 목포에서 타향살이를 하게 된 어머니는 어린 '나'의 눈에 "이방인"으로 보였다. 아니 어머니의 저 쓸쓸한 모습은 지금의 내 마음이 기억해낸 어머니의 이미지에 불과할 수도 있다. 무엇이 되었든 어머니의 이러한 모습은, 즉 일인칭 화자가 처음으로 거리를 두고 바라본 어머니의 쓸쓸한 모습은, 김유진 소설의 결정적 모태가 되었다 할 수 있다. 이미 몇 해 전에 죽은 선희 언니의 기억이 수면 위로 떠오르게 된 것도 어머니 때문이었다. 갑자기 두통을 호소하며 길 한복판에 주저앉았던 어머니의 "동그란 뒷모습"(p. 217), 그리고 어머니의 머릿속을 찍은 사진 속에서 보았던 "물고기의 뼈를 닮은 불길한 빈 곳"(p. 219) 때문이었다. "나는 오랫동안 한 사람의 죽음에 대해 생각했다"라는 이 소설의 첫 문장이 예사롭지 않은 느낌을 자아내는 것은 이 지점부터다. "어머니의 과거와 현재를 나의 현재와 미래의 모습과 연관 짓곤 했다"(p. 216)는 '나'는 어머니의 과거와 현재 속에서 삶의 쓸쓸함과 마주하게 된다. 「바다 아래서, Tenuto」로부터 「나뭇잎 아래, 물고기의 뼈」에 이르기까지 김유진의 소설은 최초의 분리 불안이 남긴 두려움에서 시작되어 최후의 작별을 예감하는 두려움으로 마감된다. 언제부터인지를 분명히 기억할 수는 없지만 누구나의 마음속에 영원히 자리하게 된 황량한 '불모지'를 관찰하고 묘사하기 위해, 아니 어쩌면 제 마음속 '불모지'를 우리에게 고백하기 위해 김유진의 소설은 쓰여지고 있는 듯하다.

김유진의 『여름』은 '혼자'라는 느낌을 말로 그려낸다. 말할 수 없는 것을 보여주기 위해 그는 모든 것을 풍경으로 뒤바꾼다. 김유진의 일인칭 화자들은 관찰을 통해 고백하고 묘사를 통해 진술하며 독자에게 그 마음이 발견되도록 한다. 이처럼 풍경을 경유한 내면 고백은 말하는 주체로서 말할 수 없는 것을 드러내는 거의 유일한 방식인지 모른다. 뚜렷한 서사보다는 모호한 분위기와 섬세한 감각으로 충만한 김유진의 소설은 그런 점에서 가장 솔직한 소설의 한 사례로 읽힐 수 있다. 『여름』과 더불어 자신의 마음속 복잡한 풍경의 무늬를 하나도 빠짐없이 발견하고자 하는 독자라면 충분한 시간을 확보해야 할 것이다. 김유진이 그려낸 섬세한 마음의 풍경화에 대해서라면 가까이 보기가 아닌 천천히 보기를 권한다. 내 마음과 네 마음이 데칼코마니처럼 완벽하게 만나는 장면이 『여름』 안에 있다. 천천히 응시하면 보인다. 마음의 불모지를 견디게 하는 '희미한 빛'이 살며시 스며나오는 아름다운 광경도, 마침내 볼 수 있다.

작가의 말

 작품집을 묶을 때면, 한 시절의 마디를 지나는 기분이 든다. 지난 3년간의 기록이다. 그동안 이십대에서 완연한 삼십대로 접어들었다. 조바심이 난다.

 소설을 쓰는 동안 주변 사람들의 많은 도움과 애정이 있었다. 진 빚이 많음을, 갚을 기회가 아직 있음을 감사히 여긴다. 마지막으로 책을 내기까지 수고를 아끼지 않은 문학과지성사에 고마운 마음을 전하고 싶다.

2012년 3월
김유진

수록 작품 발표 지면

바다 아래서, Tenuto 『문학과사회』 2009년 여름호

희미한 빛 『창작과비평』 2010년 봄호

여름 『문학동네』 2010년 가을호

우기 『한국문학』 2011년 봄호

눈은 춤춘다 『문학들』 2008년 가을호

A 인터파크 웹진 〈북&〉 2009년 9~10월호

물보라 웹진 〈문장〉 2011년 9월호

나뭇잎 아래, 물고기의 뼈 『문학동네』 2011년 여름호